L'ENFANT SUR LA FALAISE

ET AUTRES NOUVELLES

FONDATION
BNP PARIBAS

Placée sous l'égide de la Fondation de France, la Fondation BNP Paribas s'attache à préserver et faire connaître les richesses des musées, à encourager des créateurs et interprètes, à soutenir la recherche médicale et à lutter contre la souffrance et l'exclusion.

Fidèle partenaire du prix du Jeune Écrivain, la Fondation BNP Paribas est heureuse de permettre à de jeunes auteurs venus de nombreux horizons de révéler leur talent. Leurs écrits témoignent de la vitalité de l'expression littéraire en langue française et donnent au mécénat son entière justification : susciter la rencontre de l'émotion et de la raison, de l'imaginaire et du quotidien, de créateurs et de leurs publics.

7, rue des Canettes, 75006 Paris
ISBN : 978-2-283-02447-8

L'ENFANT SUR LA FALAISE

ET AUTRES NOUVELLES

PRIX DU JEUNE ÉCRIVAIN 2010

Préface de Carole Martinez

BUCHET • CHASTEL

DÉJÀ PARUS

Sang indien et autres nouvelles. Préface de Roger Vrigny. Prix du Jeune Écrivain 1989, La Découverte-Le Monde.

Villes d'exil et autres nouvelles. Préface de Georges-Olivier Châteaureynaud. Prix du Jeune Écrivain 1990, Le Monde Éditions.

Edna Marvey et autres nouvelles. Préface d'Odette Joyeux. Prix du Jeune Écrivain 1991, Le Monde Éditions.

La Pluie au crépuscule et autres nouvelles. Préface de Christiane Baroche. Prix du Jeune Écrivain 1992, Le Monde Éditions.

Prix du Jeune Écrivain 1993. Préface de Georges-Olivier Châteaureynaud, Le Monde Éditions.

Prix du Jeune Écrivain 1994. Préface de Jean-Marie Laclavetine, Le Monde Éditions.

Prix du Jeune Écrivain 1995. Préface de Noëlle Châtelet, Le Monde Éditions.

Prix du Jeune Écrivain 1996. Préface de Daniel Pennac, Le Monde Éditions.

Prix du Jeune Écrivain 1997. Préface de Michèle Gazier, Le Monde Éditions.

Ciel de lit et autres nouvelles. Préface d'Eduardo Manet. Prix du Jeune Écrivain 1998, Le Mercure de France.

La Descente des oies sauvages sur le sable et autres nouvelles. Préface d'Henri Lopes. Prix du Jeune Écrivain 1999, Le Mercure de France.

Rom et autres nouvelles. Préface de François Salvaing. Prix du Jeune Écrivain 2000, Le Mercure de France.

Carrefour des fuites et autres nouvelles. Préface de Georges-Olivier Châteaureynaud. Prix du Jeune Écrivain 2001, Le Mercure de France.

Cargo, Maria aparecida et autres nouvelles. Préface de Claude Pujade-Renaud. Prix du Jeune Écrivain 2002, Le Mercure de France.

Dès la première seconde de solitude et autres nouvelles. Préface d'Alain Absire. Prix du Jeune Écrivain 2003, Le Mercure de France.

Merveille il a trop plu et autres nouvelles. Préface de Dominique Mainard. Prix du Jeune Écrivain 2004, Le Mercure de France.

Demain sans lendemain et autres nouvelles. Préface de Paul Fournel. Prix du Jeune Écrivain 2005, Le Mercure de France.

Ne rien faire et autres nouvelles. Préface de Christiane Baroche. Prix du Jeune Écrivain 2007, Buchet/Chastel.

Dans le lit du Rhône et autres nouvelles. Préface d'Alain Mabanckou. Prix du Jeune Écrivain 2008, Buchet/Chastel.

Il déserte et autres nouvelles. Préface de Philippe Ségur. Prix du Jeune Écrivain 2009, Buchet/Chastel.

Préface

Ensemble

Nous sommes si nombreux à partager la même folie, si nombreux à noircir du papier, à emplir des écrans, à tourner autour de quelques mots, à malaxer la langue, à sonder nos profondeurs, si nombreux à chercher à tâtons à comprendre, à construire à la mine, à raccommoder au crayon. Une foule de mains, de pattes de mouche, une foule qui écrit. Mais pourquoi tous ces jaillissements d'encre ? Pourquoi toutes ces saignées ? Dans l'espoir d'être lu, compris, aimé. Dans l'espoir d'acquérir une consistance, de se projeter dans cette autre dimension qu'est un livre. Tant de pages entassées, un éventail infini, comme une façon de se déployer, de s'éviscérer pour mesurer ce long ruban de folie, d'obsessions, qui nous sort des mains, le mesurer comme on pourrait le faire de nos intestins. Mesurer, étaler, comprendre, se démultiplier, s'emplir d'autrui, emplir autrui. Quelle exaltation quand, du puits, notre écriture remonte quelque

chose ! Quelle joie de se croiser au détour d'une phrase ! De continuer d'être enfant, de s'inventer des mondes, d'utiliser des matériaux de toutes sortes, du bric et du broc pour créer, de se vider ainsi sur les feuilles ! Ivresse, sensation de toute-puissance ou au contraire d'absolu abandon, de rapt de soi, de souffle qui nous traverse et nous transporte, et nous ravit à nous-même.

Ô volupté et douleur de ces hémorragies plus ou moins maîtrisées !

Puis le texte est là, achevé, qui nous réclame un lecteur, oui, le texte est là et voilà que courageusement nous acceptons qu'il nous échappe ! On l'envoie à des inconnus, on tremble, on attend la sentence, on espère ! Le lisent-ils au moins ces éditeurs, ces jurés ? À quel rythme ? Il faudrait les regarder faire, les accompagner, suivre leur regard, être le doigt sur la page. Mais non, tout cela nous est refusé et nous ne sommes plus qu'attente, qu'espoir et rêve ! Notre toute-puissance a fait long feu, la voilà soumise à la critique, au bon vouloir de ses premiers lecteurs. Tremblements !

Et pourtant, tout le monde le sait, il n'est pas de jury infaillible ! Ce recueil contient les nouvelles préférées d'un groupe de lecteurs écrivains aussi bienveillants que passionnés, mais ces êtres, pour la plupart à l'œil exercé, n'ont pas lu les mêmes textes. Chacun d'eux, de nous, les a reconstruits en les lisant, y mêlant une part de soi.

Aucune objectivité dans ce classement donc et heureusement ! Comme il est réjouissant de voir, quand on a la chance d'entrer dans un tel jury, à quel point, sauf exception, les avis sur une œuvre peuvent diverger, fascinant de mesurer la force de cette alchimie qu'est la lecture. Un petit peu de vous, vos mots, un petit peu de moi, ce que j'en fais, un temps T dans le rôle du catalyseur, et hop, les phrases sonnent, la rencontre se fait, le précipité de couleur apparaît dans l'éprouvette. On s'émerveille. Dans celle du voisin, rien n'a surgi, la mixture n'a pas pris. Comment est-ce possible ? Alors on argumente, on cherche à convaincre les autres qui autour de la table ne s'en laissent pas conter, eux aussi ont leurs coups de cœur, leur petite chimie personnelle, ils ne lâchent pas le morceau. Nous dévorons de nouveau les mots de tous ces jeunes gens qui nous offrent leurs obsessions, leur poésie, leur sensibilité, leurs mondes imaginaires, nous régurgitons leurs phrases, nous remâchons leurs images, nous rendons un classement forcément imparfait, d'autres auraient fait des choix différents sans doute.

Je pense donc, dans cette préface, aux absents, aux textes qui ne figurent pas dans ce recueil car si le prix du Jeune Écrivain met sans aucun doute un pied à l'étrier, ne pas l'obtenir ne sera jamais un croc-en-jambe, ne pas être parmi les élus du jour ne présage rien de l'avenir. Voilà pour moi l'un des enseignements majeurs de ces débats. Il est des moins aimés qui ont enthousiasmé

certains membres du jury, mais la majorité l'emporte, puisqu'il n'y a pas de tyran parmi nous. Et puis, tout se fait ici en marge des circuits commerciaux, sans aucune obligation de rentabilité, pour le plaisir. Plaisir de la découverte des talents de demain, plaisir d'imaginer leur joie, plaisir de les lire tout simplement et d'échanger autour de leurs travaux.

Ces textes primés viennent des quatre coins de la planète, portés par la même passion, écrits dans la même langue, et leurs voix, toujours singulières, nous plongent dans des univers et des tessitures variés. On passe en cheminant d'un espace à l'autre, ici où « la lumière des Caraïbes brille de son sinistre éclat », une couleur recouvre les damnés de la tête aux pieds et cette couleur finit par envahir le ciel de Guantánamo, saignant comme une orange ; là, une jeune fille emplit une chambre vide de « bouts de rien » pour en faire un cocon ; ailleurs, on croise un homme qui attend « tranquillement l'esquif de Charon, en lisant la page des sports », ou l'on écoute la mort en marche chez des voisins en proie à une violence ordinaire. Au hasard, on effeuille les pensées de personnages qui s'observent tendrement, avant de suivre la métamorphose d'une jeune femme en « une vapeur de tissus blancs », l'effilochement progressif de son corps en mouchoirs, dans un autre monde ; à quelques pages de là, Maria, la collectionneuse d'éphémères, chasse brouillard, ombres et reflets... un nouveau-né s'éteint

dans l'ombre d'un tissu bleu, une enfance meurt sans éclat, sans un bruit… un jeune garçon s'arrache à ses peurs, s'arrache à la terre pour se mêler à la mer, énorme…

De la poésie, de l'engagement, du sensible, du fantastique, de la drôlerie, parfois tout cela à la fois. Un vrai délice que ces lectures, n'est-ce pas l'essentiel ? Pour le reste, l'avenir nous le dira. Merci à ces jeunes plumes et à ces vilains petits canards de nous avoir confié leurs œuvres ! Et surtout ne vous laissez jamais plumer, alouettes, par les critiques, les déceptions, les victoires. Continuez de dire le monde tel que vous le voyez, avec la même énergie. Gardez vos forces créatrices intactes. L'écriture est un mouvement, une marche, une errance, une danse parfois. Même dans le cadre ridicule d'un carnet, dans l'espace d'une vignette, même au ralenti « sur un timbre-poste de terre natale » quelque chose bouge et ce mouvement se répète, se déploie dans le temps, magique. La littérature n'est pas impuissante, elle déplace les idées lentement, mais elle les déplace.

Alors à chacun son rythme, le tout est d'aller jusqu'au bout du geste et de continuer à saigner.

Carole Martinez

L'enfant sur la falaise

Guy Chevalley

Aux miens, à Dominique

Il fallait avoir le cœur bien accroché, « obligé ». Peut-être aussi un fond d'inconscience crasse assimilable à des envies de liberté. Il fallait vouloir, du fond de son être, pour oser. Sinon, on ne sautait pas. Et pourtant, beaucoup y allaient le cœur hésitant, juste pour en remontrer aux copains, et aux filles, juste pour pouvoir toiser ceux qui n'avaient pas voulu avec cette petite lueur de supériorité. Après réflexion, Hector en était certain : personne ne saute par goût des sensations fortes, personne n'aime avoir peur à ce point. C'est de la frime.

« Regarde la mer, et saute. »

Devant ses pieds s'étend la mer, l'éternelle étendue qui parfois roule une épaule pour vous repousser plus loin. Hector redoute les vagues, plus intensément que les autres, parce que les autres ne connaissent pas le danger. Lui seul sait.

« Allez, qu'est-ce que tu attends ? »

Et perché sur le dernier rocher, celui qui pointe vers l'avant et que tout le monde appelle « le Nez », celui qui sert de plongeoir, de promontoire aux turbulents, Hector se demande ce qu'il attend. Un miracle, un petit miracle. Il ne veut même pas se sentir pousser des ailes sur les omoplates, ou voir passer un énorme oiseau venu pour le rattraper en plein vol. Non, un petit miracle suffirait, une petite intervention salvatrice : un adulte qui passe par là, une grosse vague qui effraie tout le monde pour de bon, un truc normal mais efficace. C'est trop demander à l'existence.

Derrière lui, massés, les copains tyranniques attendent son bon vouloir. Le vent de la mer souffle, Hector sent son parfum nauséabond. On a beau grandir au bord de cette vaste plaine d'eau, on peut devenir un gars de la terre, un homme du continent. Papa ne serait pas très fier, mais c'est ainsi. Hector n'a pas le pied marin, pas même le petit orteil. Il veut la solide couche épaisse du sol sous son poids, le bruit de ses pas qui résonnent, la poussière qui vole quand il court, même le bitume convient, pourvu qu'il marche sur du solide. L'être humain a de ces idées ! Nager et naviguer, c'est bon pour les oiseaux et les poissons !

« Alors, tu sautes ?

– Obligé », commente un autre.

Encore un regard à ce drap mouvant, couleur de nuit et de ténèbres. Le jour commence à décliner sur la côte. Les jours de beau temps, la mer se pare de traînées de cire jaune rehaussées par la flamme du soleil, mais les jours de nuages gris gironds, quand la nuit tombe, l'eau devient d'une noirceur effroyable. Si le bruit des flots qui se cassent sur les falaises ne se déchaînait pas, on la prendrait pour du verre fumé. Non, Hector n'aime pas la mer. Quelle distance peut-il y avoir sous ses pieds ? Vingt ou trente mètres au moins. Il pourrait s'évanouir, là, ici. Mais ce n'est pas dans sa nature. Il est robuste et fier, le portrait de son père. Dans la famille, on ne s'évanouit pas, question d'honneur. Même maman ne s'évanouit pas. Hector n'a jamais vu personne tomber dans les pommes. En revanche, les noyés, il connaît. Alors prendre le risque et sauter… prendre le risque de ne pas s'en sortir, de ne pas remonter à la surface… Une fois en bas, il faut nager vite et avec de la force, sinon le courant vous entraîne contre la falaise et là… là c'est probablement terminé.

« Allez, saute ! »

Hector déglutit, puis d'une toute petite voix :

« Il fait presque nuit. »

Les copains pouffent et s'esclaffent. Ah, la mauvaise excuse ! S'il attend encore, oui, il finira par faire nuit. Plus ils se moquent, plus Hector réalise

qu'il n'ira pas, qu'il ne sautera pas du haut de la falaise, depuis le Nez jusqu'à l'eau. Ensuite, il faut nager jusqu'au petit groupe de rochers entassés en bas, sur la droite. Et là, au prix de quelques acrobaties, on peut rejoindre le petit sentier de la plage et rentrer tout droit à la maison. Le sentier respire la sécurité : de la terre humide, bien tassée, qui crisse sous les chaussures, on s'entend marcher dedans, un vrai plaisir.

Et soudain, ils trouvent l'argument, le mot juste, celui qu'il fallait prononcer pour convaincre Hector de sauter, de se jeter du Nez. Ils ne rigolent plus du tout, leurs rires se laissent déchirer par les flots qui s'écrasent contre la falaise. Tant pis, ils disent qu'ils vont rentrer, qu'il n'est pas « obligé » de sauter s'il n'a pas envie, tant pis. Tant pis. La mer est de plus en plus sombre, de plus en plus redoutable. Est-ce la grande marée aujourd'hui ? Hector l'ignore, tout ce qui concerne la mer ne le regarde pas. Sauf aujourd'hui : c'est lui qui regarde la mer, il pose sur elle ses grands yeux anxieux, il voit en elle une vieille compagne de route. Du genre qu'on côtoie sans jamais lui adresser la parole, sauf quand tout change autour de vous, qu'on ne reconnaît plus rien et qu'elle est le seul point d'ancrage de votre esprit avec le passé.

« Ne me tue pas, ne me tue pas », répète Hector en guise de prière.

Il ferme les yeux pour ne plus voir la mer, il plie les genoux et crispe la bouche, comme pour refuser le baiser de l'eau. Il tend les bras pour plonger, car trente mètres plus bas, il vaut mieux plonger pour de bon, sinon, c'est la claque de l'eau, la vengeance des flots humiliés, trop souvent fendus impunément. Lentement, lentement, il penche son corps en avant, il sent venir le point d'équilibre au-delà duquel il ne sera plus possible de s'arrêter. C'est comme un immense panneau de signalisation routière « stop ». Mais Hector continue, il sent ses talons décoller du sol, ses épaules qui remontent près de son cou, il rentre la tête. Il entend encore quelques encouragements des copains, puis son corps s'affaisse en avant d'un seul coup, et il disparaît, emporté par son propre poids, cherchant à se tendre pour entrer dans l'eau sans trop de douleur, comme on le lui a expliqué.

La chute est interminable, mais Hector garde la position. Et soudain, l'eau.

Madeleine porte une petite jupe en tissu écossais, fermée avec des épingles de nourrice. Quand elle désapprouve quelque chose, elle passe ses doigts le long des fines lignes jaunes et rouges qui quadrillent le tissu vert. Elle en suit les angles, pensive. Souvent les enfants la charrient sur sa jupe, ou sur son prénom

de thé de cinq heures. Madeleine s'en moque, elle hausse les épaules et son esprit compatit à la bêtise humaine.

Souvent, après l'école, Madeleine va se promener sur le petit chemin d'où on pourrait voir les trous de narine du Nez, s'il en avait. Elle prend un certain plaisir à laisser dans la terre qui crisse l'empreinte des pointes de ses bottines. Elle presse doucement avec les orteils sur la semelle et le bruit de la terre sablonneuse se fait entendre, comme si elle se broyait. Quand la terre est boueuse, comme aujourd'hui, Madeleine cherche des petits coquillages que les vagues ont déposés sur le chemin. La grosse mer donne des vagues si hautes qu'elles passent le rempart de rochers et aspergent le chemin. On trouve toujours des choses intéressantes après, si l'on sait chercher et regarder. Madeleine sait.

Quelquefois, Julie l'accompagne. Julie pose sur le monde son éternel regard mat. Il faut dire que ses yeux sont des boutons, son visage du coton, et ses cheveux de la laine tressée orange. Julie est une paysanne d'autrefois, elle connaît tous les recoins de la région, elle sait si l'on peut escalader les rochers pour contempler la mer qui s'étend au-delà, ou si l'entreprise est dangereuse. Elle sait reconnaître les petits coquillages, elle les classe par taille et par couleur : le *beigis miniculus* est très répandu dans le coin, loin

devant toutes les autres espèces. Mais une fois, une seule, Madeleine a trouvé un *rosis ultralissus*. Julie elle-même n'en a pas cru ses yeux de plastique.

Ce jour-là, Madeleine, fidèle à sa chasse au trésor, déambule sur le chemin de terre humide. Parfois elle s'arrête, laisse ses deux bottines s'humecter d'un peu de boue, et tandis qu'elle caresse les dessins de sa jupe du bout de l'index, ses yeux s'attardent dans le vide, sur des rêves récurrents. Ses lèvres remuent en silence quand elle répond à Julie. Aujourd'hui, la quête n'est guère fructueuse, un seul *beigis miniculus*, et il est cassé, et sale. La nature n'y met pas du sien, c'est rageant. Cela fait deux heures qu'elle marche et parcourt le sentier de long en large, suivant la côte. Quelques vieilles l'observent de loin en passant, elles secouent la tête en murmurant entre elles : « C'est la petite folle. » L'une d'elles crie : « Il faut rentrer, ma petite, la nuit tombe ! »

Madeleine ne répond pas, mais hoche la tête. Les vieilles s'en vont lentement, mais elles se promettent de prévenir les parents de la petite, histoire qu'ils sachent où chercher. Ils doivent s'en douter, Madeleine hante toujours le même sentier, à la même heure, avec le même air absorbé. Si aucun camarade d'école ne l'y suit, si personne ne vient l'embêter dans *son* coin, c'est parce que la crainte les retient, leur passe du front au cœur quand ils l'aperçoivent.

Tout le monde sait que Madeleine est folle. Ce n'est pas de sa faute, c'est dur pour les parents.

De toute façon, Madeleine s'apprête à rentrer. La récolte de coquillages est maigre aujourd'hui. Julie affirme qu'on ne trouvera plus rien, qu'il vaut mieux retourner à la maison. En plus, la nuit tombe. Un dernier regard, encore un dernier, juste pour voir si le petit truc qui brille là-bas ne serait pas… non, tant pis.

Et soudain, ses yeux se fixent, ronds, aussi ronds que ceux de Julie. Elle crispe sa bouche et passe son index sur la ligne jaune de sa jupe écossaise. Sur le rocher, s'accrochant avec fébrilité, avance un garçon. Il escalade le rempart de pierres pour gagner le petit sentier. Tous les vêtements d'Hector sont trempés, et maintenant il grelotte de froid. Le vent qui souffle claque son corps tandis qu'il se cramponne aux aspérités rocheuses pour ne pas retomber dans la mer. Il s'en est sorti, pas tout à fait intact. Il a froid et ses poignets sont endoloris, à cause du choc contre la surface des flots qu'ils ont dû écarter. Mais Hector est vivant, sa prière a été exaucée, la mer ne l'a pas emporté, pas fracassé au pied de la falaise. Tous ses muscles pour se diriger, tout son poids pour s'opposer au courant, et finalement, après plusieurs minutes d'effort intense, ses bras se sont agrippés aux premières pierres, celles qui émergent à peine

de l'eau glacée. Il s'est sorti de cette soupe infernale qui tentait de l'aspirer définitivement.

Madeleine regarde toujours sans cligner des paupières ce garçon qui remonte péniblement jusqu'au sommet des rochers et qui commence lentement, en assurant chaque pas, à redescendre pour gagner le sentier de terre sur lequel les chaussures crissent. Julie commence à s'affoler.

« Attention, souffle-t-elle, attention à ce garçon, tu ne le connais pas. »

Mais, pour une fois, Madeleine se rebelle contre les conseils de sa compagne de route. Elle observe toujours patiemment le garçon, dans ses vêtements trempés. Hector n'a pas pris le temps de se déshabiller pour sauter du Nez, car remonter tout en haut de la falaise nécessite une bonne demi-heure, et encore, il faut courir. Beaucoup trop long. Il s'est jeté tout habillé, « obligé ». Il n'a pas encore aperçu Madeleine, toute propre et nette, dans sa jupe écossaise aux plis parfaits, plantée dans ses deux bottines élégantes. Elle porte une veste rembourrée, blanche comme la neige, et Julie, la petite paysanne, trône dans ses bras, guettant l'intrus de son regard d'automate désamorcé.

Quand il a quitté le dernier rocher, Hector respire enfin à son aise : la mer est derrière les rochers, derrière lui. Elle est devenue un mauvais souvenir. Ne

seraient-ce ses vêtements détrempés d'eau salée, il pourrait croire que tout n'a été qu'un vilain cauchemar. Mais le froid l'assaille sans répit, le vent se lève, se fait plus insistant, comme pour le tancer de sa folle entreprise. Peu importe finalement, Hector savoure la terre sous ses pas, la terre sur laquelle les chaussures glissent un peu, parce qu'elle est sablonneuse, cristallisée. C'est agréable à entendre, même si le bruit tonitruant des flots continue à déferler dans ses oreilles. Quand il ouvre les yeux, rasséréné, lui apparaît Madeleine, toujours immobile, ses grands yeux désuets et interrogateurs posés sur lui. Seule son écharpe rouge, qui tranche sur le blanc lilial de sa doudoune, bat au gré du vent. Madeleine est cette apparition inattendue qui surgit dans les moments où l'on se trouve abattu. Sur le Nez, Hector attendait un miracle ; se pourrait-il que le miracle l'ait attendu en bas ?

« Salut », murmure-t-il.

Madeleine hoche la tête comme elle sait faire. Julie lui a toujours expliqué qu'il ne fallait pas trop s'approcher des inconnus. Cette fois, Julie semble avoir perdu la parole, ses cordes vocales sont nouées dans sa gorge ouatée.

« Salut, répond Madeleine. Tu es trempé. »

Hector regarde ses vêtements mouillés qui dégoulinent sur la terre. Il a toujours aussi froid, il s'en

rend compte à présent. Il donnerait n'importe quoi pour une couverture, une tasse de chocolat chaud, ou une chaise en face de la cheminée, à la maison. La maison est encore loin. De toute façon, il faut penser à rentrer, le chemin à parcourir est long, et la nuit prend ses aises, obligeant les couleurs à s'éteindre. La mer fonce à vue d'œil, déjà l'horizon se borde de noir, comme un cerne sous des yeux fatigués.

« Pourquoi tu te baignes avec tes vêtements ? »

Madeleine s'étonne plus de sa propre question que du sujet de celle-ci. Ce garçon l'intrigue. Et comment se fait-il qu'il ne fuie pas ? Pourtant, Hector sait ce qu'on raconte à propos de cette fille, cette folle – « Tiens, une seule voyelle distingue les mots », songe-t-il – qui se promène toute seule sur les côtes, au bord de la mer. Des fois, même, on appelle ce chemin qu'il aime tant « le chemin de la petite folle » ou « le chemin de la mort ».

« Je ne me baignais pas, j'ai sauté. »

Avec un calme impérial, Madeleine demande :

« Tu voulais mourir ?

– Non. »

Il n'y a rien à dire de plus. Hector ne ressent pas cette méfiance qu'on a tenté de lui inculquer à propos de Madeleine. Il ne connaît pas son histoire exacte, car beaucoup de rumeurs circulent sur son

compte, les rumeurs les plus délirantes. On prétend qu'elle est l'incarnation de la mort et qu'elle vient entendre ici, au milieu des rochers où l'écho des vagues se répercute à l'infini, le nom de ceux qui vont mourir et que si elle prononce le vôtre, alors… Il y a des vieilles au village, les plus âgées, celles qui croient plus aux esprits qu'au bon Dieu, qui affirment qu'il vaut mieux éviter « la petite ». À tout cela, Madeleine hausse les épaules, en signe d'impuissance devant la bêtise humaine. Hector n'y croit pas vraiment. Car Madeleine n'a pas prononcé le nom de son père, et pourtant, son père est mort. Si une petite fille pouvait appeler la mort, ou s'en faire obéir, cela se saurait, d'abord.

Une idée lui vient, une sorte de défi, un truc beaucoup plus courageux à accomplir qu'un saut depuis le Nez dans les vagues déchaînées en bas de la falaise, au risque de s'y noyer pour toujours. Même ses copains ont une appréhension devant Madeleine, quand ils la croisent dans la cour de l'école. Elle ne s'amuse guère dans le préau, elle marche lentement dans la cour, ou s'assoit au pied du grand arbre et parle à l'oreille de Julie, oreille qu'on ne voit pas parce qu'elle est cachée par ses cheveux de laine orange. Mais, dans l'oreille miraculeuse, Madeleine enfouit toutes ses pensées. Alors les enfants prétendent, pour jouer à se faire peur, que la poupée en tissu est

ensorcelée et que Madeleine lui chuchote à l'oreille les noms de ceux qu'elle veut tuer. Des bêtises à vous faire hausser les épaules, comme une vague qui roule sur la plage, histoire de chasser la sottise.

« Tu sais comment je m'appelle ? » demande Hector.

Toujours avec circonspection, Madeleine hoche la tête. Va-t-elle le dire ? Hector s'interroge, il veut savoir si la mort vient crier dans l'impasse des rochers, au bout du sentier de terre qui crisse sous les chaussures. Il veut entendre son nom. Après son plongeon dans les vagues, il ne craint plus rien, pas même la voix d'une petite prophétesse.

« Hector », prononce distinctement Madeleine.

Le cœur de l'intimé hésite entre satisfaction et regret. Il ne se retrouve pas foudroyé par l'orage qui menace, comment la mort l'atteindrait-elle sur la terre si elle n'a pas su se saisir de lui quand il nageait avec peine dans le tourment des flots ? Mais peut-être qu'il faut un peu de temps avant que la mort ne réponde à l'appel de sa protégée ? Non, c'est ridicule, toutes ces fables. C'est encore de la frime, c'est à celui qui racontera les choses les plus effrayantes sur cette gamine. Cette gamine, quel est son nom déjà ?

« Et toi, c'est comment ? crie-t-il pour que le vent laisse passer sa voix.

– Je m'appelle Madeleine. »

Les salutations faites, Hector s'approche. Il regarde Madeleine, toujours bien droite, plantée dans ses bottines, son index caressant les dessins du kilt sombre. Julie a incliné la tête et ses deux tresses de laine pendent de chaque côté de son visage sous sa petite coiffe. Sans savoir pourquoi, Hector lui jette un coup d'œil et se dit : « Elle est morte. » Mais il tait sa pensée, et ses yeux se confrontent aux yeux de Madeleine, toujours largement ouverts, comme pour y noyer tout ce qui vient s'y présenter, jusqu'à ce qu'un haussement d'épaules les rejette dans l'oubli. Ils ne savent plus quoi se dire, lui, tout mouillé, comme un chien qui revient auprès de son maître après avoir pataugé, un peu penaud, ridicule ; et elle, taciturne et silencieuse, petite fille contemplative pour qui les pointes de ses bottines peuvent constituer l'intérêt principal de l'existence. En redessinant du doigt les lignes de sa jupe, elle met en ordre ses pensées.

« À demain », lâche-t-elle de sa voix de sirène plongée dans la perplexité.

Il acquiesce. Un rendez-vous pris aussi simplement le surprend. Pourtant, Hector devine qu'il reviendra, malgré tout ce qu'on dit au village de la petite folle qui se promène sur le sentier, malgré tout ce que les enfants racontent sur la petite folle à la poupée. Il reviendra parce qu'il sent que sa route l'y mène.

Et le lendemain, tandis qu'il parcourt le chemin pour la retrouver à l'impasse des rochers située un peu en dessous du Nez, une drôle de pensée lui traverse la tête. « Madeleine est au-delà de la mer. » Il a dû s'y jeter pour la trouver, sera-t-elle là aujourd'hui, aussi évidemment que la veille ?

Mais ce rendez-vous possède une odeur d'interdit. Il entend encore les cris de sa mère lorsqu'il a raconté sa rencontre avec Madeleine. Il a fallu aussi avouer le défi stupide que ses copains étaient parvenus à lui imposer. Hector aurait volontiers passé tout cela sous silence, abandonnant à la mer la seule trace de son entreprise imbécile. Mais ses vêtements humides et couverts de sel séché l'ont trahi. La mer parle malgré les mensonges.

« Tu veux mourir, comme papa ? » a demandé maman.

Sa force. De sa mère, il ne retient que cela : la force, aussi bien de caractère que de corps. Et de son père, quel souvenir conserver ? L'absence peut-être. L'éternel absent, dont la présence hante encore la maison familiale : son fauteuil, sa pipe. Le lit conjugal que la mère n'a pas voulu changer, comme si elle lui gardait la place au chaud, toujours deux oreillers, comme si… Hector a essayé de réagir, mais avec une faiblesse honteuse : il est robuste, fort, le courant ne

peut pas l'emporter comme il le désire. Il est capable de lui résister, d'imposer à la mer sa propre volonté, sans concession. Alors il revoit très clairement, dans le regard de sa mère, cette lueur d'effroi et ces mots :

« Tu finiras comme ton père. »

Elle raconte avec un calme froid la force de son mari, capable de nager des heures, le plus endurant de tous les pêcheurs de la région. Mais tous les muscles les plus puissants ne peuvent rien contre la mer. La mer gagne toujours, elle a le temps pour elle, elle use ses naufragés jusqu'à en faire des noyés, ses fiancés éternels qui viennent reposer sur le lit de noces, le lit de sable et de vase. Les poissons se vengent des pêcheurs qui tombent à l'eau. On raconte qu'ils ne les laissent jamais reposer en paix, qu'ils viennent les grignoter, les défaire morceau par morceau pour les unir à jamais à la mer dans laquelle ils baignent désormais. Alors contre la mer, qui roule des épaules pour chavirer les bateaux et chahuter les pêcheurs jusqu'à l'épuisement, on ne peut rien. Hector aura eu de la chance de s'en sortir vivant. Ah ! elle a déjà perdu un mari, veut-il donc qu'elle perde un fils aussi ?

Le pire l'attend. Sa mère soupçonne Hector d'être attiré par la mer, alors qu'il la déteste, cette mer

dévastatrice. Il est un garçon de la terre, qui s'est juré de ne jamais être pêcheur. Tous les garçons de la région travaillent sur les bateaux quand ils deviennent des hommes, parfois même avant. Lui ne veut pas aller au large. Il a élu domicile sur la terre ferme. Mais il ne dit rien de ses projets, comme par superstition. Il préfère évoquer Madeleine, conter la blancheur pure de son manteau, le rouge vermillon de son écharpe qui bat au vent comme un pavillon. Les doigts de sa mère se crispent. Hector voit les tendons de son cou se serrer.

« Ne l'approche pas. N'approche pas la fille de la mort. »

Pourquoi ? Elle ne paraît pas bien méchante. La force de cette remarque est telle que la mère d'Hector la lit sur le visage de son fils. Elle s'en montre plus inquiète encore.

« Elle porte malheur. Elle est gentille… mais elle porte malheur. »

Hector trouve que sa mère vieillit pour dire des âneries pareilles. Elle a pourtant le catholicisme assez fervent, ce qui ne l'empêche pas de croire à ces superstitions ridicules, ces contes qui animent la vie du village. On se demande pourquoi les parents de Madeleine veulent encore vivre ici, là où la mer gronde sans pouvoir jamais couvrir le murmure des rumeurs qui accompagnent les pas de leur fille.

Pourquoi tout ce cirque autour d'elle ? À croire que toute communauté cherche un responsable à ses malheurs. Hector sent le regard de sa mère qui pèse sur lui de tout son poids. Tout à l'heure, elle priera sans aucun doute, elle demandera au Ciel, à son bon Dieu, qui ne s'est pas gêné pour lui enlever son mari, de protéger son fils de la folie et de la mort, peut-être même de Madeleine. Aux innocents les mains pleines… de sang.

Heureusement, elle n'exige pas ce qu'Hector redoute : promettre. Il peut rejoindre Madeleine à leur rendez-vous, sans se sentir trop coupable. Bien sûr, ce n'est qu'un arrangement avec sa conscience, car il se doute que maman désapprouverait, mais elle a préféré s'en remettre à la grâce de Dieu plutôt qu'à la parole de son fils. Pas de promesse, pas de parjure.

Sur le chemin qui descend tranquillement jusqu'à la plage, Hector aperçoit déjà Madeleine, attendant sa venue au milieu des remparts que forment les rochers. La mer est toujours aussi houleuse. De temps à autre, une pluie de gouttelettes tombe du ciel, ce sont les restes des vagues mortes qui ressusciteront encore et encore. Madeleine est toujours vêtue de sa doudoune blanche, de cette écharpe fanion, et toujours plantée dans ses bottines. D'une main, elle caresse sa jupe écossaise comme si elle y

lisait des messages en braille, de l'autre elle tient Julie, fidèle au poste dans sa tenue de paysanne, jetant au monde son regard indolent.

« Salut.

– On ne peut pas rester ici. Julie dit que la mer est dangereuse aujourd'hui. Tu veux monter en haut de la falaise ?

– Au Nez ?

– Allons-y. »

Ils marchent côte à côte. Le silence n'est rompu que par le bruit délicat de leurs pas qui foulent la terre et l'écrasent. Ça crisse. Mais plus on monte, plus la terre est silencieuse, parce qu'elle ne se fait entendre que près de la mer, pour unir ses cris aux vociférations de la mer. En s'élevant, il faut écouter le vent, il règne sur les hauteurs et il n'y a qu'au bout du Nez que la mer parvient à le vaincre un peu. De ce petit comité, personne ne semble troublé de grimper le chemin pour gagner le sommet de la falaise pour ensuite… Et ensuite quoi ?

Arrivés en haut, ni l'un ni l'autre ne regardent autre chose que la mer. Du haut de la falaise, elle s'étend partout ; si le ciel ne se chargeait pas de peser sur elle à l'horizon, il y aurait de fortes chances pour qu'elle s'élève, dresse un mur autour de tout, monte encore, bâtisse un plafond ruisselant qui pleuvrait éternellement, jusqu'à former une sphère d'eau

englobant le monde entier. Heureusement que le ciel est là, il la retient dans ses projets. Elle doit se contenter de baigner les côtes et de buter contre la ligne d'horizon, c'est déjà un espace bien assez vaste pour que les hommes s'y perdent.

« Tu vois la mer ? demande Madeleine. C'est un cimetière. Moi je vois les croix que les humains auraient plantées au-dessus des morts s'ils avaient pu. Il y en a partout parce que les morts jonchent le sable. Des fois, si j'écoute la mer attentivement, j'entends les plaintes des noyés qui appellent pour qu'on vienne les chercher. Je ne veux pas me baigner dans la mer où ils sont tous. Même s'ils ne me font pas peur.

– Je déteste la mer », conclut Hector.

Mais soudain, une question traverse son esprit. Comment son père peut-il avoir une tombe au cimetière du village ? La tradition veut que les noyés aient droit de figurer sur le monument aux morts. Mais Hector en est certain, le nom de son père est gravé sur une stèle, à côté d'une croix, à la tête d'une tombe. D'ailleurs il a toujours aimé cette idée rassurante : la terre garde son père. Il ne se souvient pas de l'enterrement, il était trop jeune, mais peut-être n'y a-t-il pas assisté – qui l'a gardé pendant la cérémonie ? Les enterrements font courir tout le village…

« Mon père s'est noyé, explique-t-il. Il est tombé du bateau pendant une tempête. Ses gars n'ont pas pu le repêcher. Mais il est enterré au village, enfin je crois.

– Je sais. »

Hector regarde Madeleine, étonné. Mais elle n'en dit pas plus. Elle brandit Julie devant elle, les bras bien tendus, pour lui permettre de scruter la mer. La petite poupée semble peu impressionnée par le spectacle des vagues. Madeleine s'approche encore de la pointe du Nez et Hector se sent mal à l'aise, cela lui rappelle son propre saut dans les flots déchaînés.

« Tu vois, dit-elle, Julie ne s'est encore jamais baignée. »

Et elle lance la poupée dans la mer du haut de la falaise.

« Tu es folle ! s'écrie Hector sans se soucier du sens de ses paroles. Tu ne la retrouveras jamais maintenant !

– Je vais aller la chercher.

– Non !

– Pourquoi non ?

– Tu vas te noyer !

– Alors vas-y, toi, Hector. »

Alors revient à l'esprit d'Hector ce qu'il a entendu : « C'est la petite folle », « Elle porte malheur ». S'il se

jette dans les vagues maintenant, c'est peut-être la mort qui refermera ses bras sur lui. N'a-t-il pas fait en sorte que Madeleine prononce son nom ? Qu'elle appelle la mort pour l'emporter ?

« Tu finiras comme ton père. » Peut-être sa mère possède-t-elle aussi un don de prophétie ? Après tout, fils de marin, fils de pêcheur, a-t-il d'autre choix que d'entrer dans les flots gris de la mer lourde qui semble réclamer son dû comme une bouche affamée ? En bas, elle remue puis s'agite, elle appelle et geint. Il sera l'une de ces croix sans nom que Madeleine voit flotter par-dessus l'écume. Au fond de lui pointe le désir d'être aspiré par le courant, de se sentir fracassé définitivement, puissamment, contre les rochers, par l'eau qui se joue de lui et le balade comme un bouchon de ligne de pêche. Sa route ne le conduit-elle pas là, en bas ? Lentement, il s'avance, marche sur le promontoire, la pointe du Nez. Mais aucune crispation, aucune appréhension, au contraire de la veille, juste le sentiment de se trouver enfin à sa place. Sa peur de l'eau disparaît. Il prépare ses bras pour fendre l'eau, se laisse tomber en avant, tandis que Madeleine, en retrait, pose sur lui ses grands yeux que certains disent gris. Elle murmure : « À tout à l'heure. »

Madeleine n'a jamais couru de sa vie. Du moins, elle n'en garde aucun souvenir. Elle se souvient d'un

jour où il lui a semblé parcourir des distances infinies avant de retrouver sa maison et de pouvoir parler à quelqu'un. Ce jour-là, elle se souvient d'avoir trouvé bien autre chose qu'un *beigis miniculus*. Même Julie n'avait jamais vu cela.

Mais aujourd'hui, pour la première fois, Madeleine court. Elle court à en perdre haleine, dévale le chemin qui mène jusqu'à la plage, et ensuite, tout au bout, au rempart de rochers où la mer résonne mille fois. Elle manque tomber plusieurs fois. Ses pieds butent sur le sol, sur la terre épaisse, et entendre ce bruit qui ressemble à un cœur qui bat la rassure. Lui offrirait-on des ailes à cet instant, qu'elle les refuserait pour pouvoir entendre ses pas sur le chemin de terre. Elle arrive peu à peu en vue de la côte. Au loin, des vieilles la regardent passer et sourient de la voir se dépêcher à ce point :

« Tiens, la petite folle est pressée ! »

Finalement, Madeleine atteint *son* coin, celui où elle a vu Hector dépasser des rochers, agrippé aux parois escarpées, trempé, se détachant nettement sur le ciel boursouflé de nuages. Le verra-t-elle encore repasser sur le même chemin ? Les coquillages ne l'intéressent pas aujourd'hui, elle ne vit plus que pour savoir si Hector va revenir vivant, si Julie ne s'est pas trompée quand elle a dit, là-haut sur la falaise : « Jette-moi ! Jette-moi dans l'eau ! »

Les minutes s'écoulent, Madeleine piaffe d'impatience et se tord les pieds, écrasant la terre sablonneuse sous les pointes de ses bottines. Elle, toujours si calme et si sereine, se laisse gagner par la nervosité et le doute, sans plus se perdre dans les dessins de sa jupe de tissu écossais. Mais soudain, soudain, elle voit la silhouette d'Hector qui gravit les rochers et regarde dans sa direction. Lentement, infiniment lentement, il redescend peu à peu et la rejoint. Enfin ses deux pieds se posent sur le sol.

« Pourquoi tu as fait ça ?

– Un jour, dit Madeleine, un jour il y avait un homme ici. Étendu, juste là, dans les rochers. C'était un mort. Ce jour-là, j'ai couru comme une folle jusqu'à la maison pour chercher de l'aide et dire à tout le monde qu'un noyé était revenu, que la mer l'avait rendu à la terre pour qu'on lui donne une tombe. Julie a été la première à me croire. »

Hector fixe les rochers que Madeleine a désignés du doigt, ceux qu'il a escaladés il y a un instant à peine, ceux où son père a été retrouvé. Son esprit écoute le vent qui le libère à jamais, mais il entend la mer qui roule éternellement les cadavres couchés sur le sable et que les poissons harcèlent, et cette vieille colère qui l'assaillait depuis si longtemps commence à s'évanouir. Il n'entend plus que le bruit des vagues qui vont et viennent, prisonnières à l'infini de leur

propre nature. Il sera un homme de la terre, oui, mais sans mépris pour les flots, sans rancœur, ni rancune.

« Tiens, dit-il, j'ai sauvé Julie. »

Madeleine sourit.

« C'est elle qui t'a sauvé. »

Guy Chevalley : né à Genève en 1985, il a obtenu un bachelor en français moderne et histoire de l'art en 2009. Il étudie désormais la socio-économie avec une orientation en études genre.

Il a reçu plusieurs prix locaux et était déjà arrivé en troisième position au PJE 2008. Il a écrit des nouvelles, des poèmes et deux romans sont en cours de rédaction. Le thème de l'identité, dans son rapport avec la société, l'intéresse particulièrement.

Ses auteur(e)s de prédilection : Amélie Nothomb, Racine, Françoise Sagan, Boris Vian. Les textes de chanson sont aussi une source d'inspiration pour lui (Juliette, Souchon, Zazie). *La guerre de Troie n'aura pas lieu* est l'une de ses pièces favorites.

Il travaille comme rédacteur de sous-titres pour le télétexte suisse et veut devenir écrivain.

« J'aimerais en faire mon métier, si le métier veut bien de moi. »

Orange sanguine
Alexis Spitsas

Lorsqu'ils arrivèrent pour me ramener dans ma cellule, je n'étais déjà plus conscient. Je me rappelle seulement avoir senti de l'air frais caresser mon visage, et leurs mains, leurs intolérables mains, se poser sur moi, me saisir par les épaules et me décoller de ce sol infect sur lequel j'agonisais.

Combien de temps étais-je resté ainsi isolé, je ne le savais pas. Un jour. Deux semaines. Trois mois. L'éternité peut-être. Entre ces quatre murs que la lumière du jour n'ose venir effleurer, par peur d'y rester enfermée elle aussi, le temps n'est plus une valeur fixe sur laquelle raisonnablement s'appuyer. On ne peut pas dire qu'il ralentit, ou encore qu'il s'arrête, car en réalité il n'existe pas. Oui, c'est bien ça. Au même titre que la lumière, le temps redoute les cellules d'isolement. Il sait que si par audace ou par maladresse il s'en approche de trop près, il risque d'y rester et de ne plus pouvoir s'en échapper. Je me rappelle que

parfois, fort de son courage, il tentait quand même de pénétrer ces parois, les discrets cliquetis d'une montre au poignet d'un gardien ; mais à peine avais-je l'occasion de ressentir sa frêle présence, dans l'espoir de trouver un dernier point d'équilibre à ma vie, qu'il s'enfuyait et m'abandonnait, comme effrayé par une obscure puissance. Ainsi, avec son courage s'envolaient mes espoirs, car là-bas, à l'écart du monde et du temps, toute volonté est aussi futile que la vie de ceux qui s'y trouvent.

Heures et minutes n'osent exercer leur empire sur ce vain purgatoire, car un tyran y règne sans partage. Le désespoir. En ces lieux, il jouit d'une exténuante omniprésence : un intemporel vous-y-passerez-de-toute-façon que l'on retrouve dans les chaînes, dans la voix des gardiens, dans les mailles de ces combinaisons d'un orange écœurant… Insatiable, il traque et anéantit toute forme d'espoir, aussi infime soit-elle. Ses attaques rythmaient ma vie. Je croyais certaines fois, naïveté déconcertante, pouvoir l'esquiver et échapper à ses crocs acérés ; mais comme tout bon prédateur, il rôde, se cache, guette sa proie et bondit avec précision. Inutile de se débattre, le combat est perdu d'avance – il est déjà perdu depuis longtemps. Contrairement aux autres tigres et lions, ce carnassier prend soin, une fois sa victime à terre, de ne pas l'achever, du moins pas immédiatement,

car c'est de cette succulente agonie qu'il obtient véritablement satisfaction ; à quoi bon dévorer lorsque l'on peut savourer ?

Hors des cellules d'isolement, là où le temps reprend tristement son cours et où la lumière des Caraïbes brille de son sinistre éclat, les nouveaux venus, fraîchement livrés par avion, sont généralement tentés de croire que le désespoir se fera moins insistant. Mais, après plusieurs années passées ici, on ne prend plus le risque de croire en quoi que ce soit d'autre qu'en la parole de Dieu. Le désespérant prédateur n'abandonne jamais. Il adopte le plus souvent une autre technique, plus douce en apparence, qui consiste à se faire discret et à distiller par un lent goutte-à-goutte son venin dans la nourriture, les rayons du soleil, le souffle du vent : dans tout ce qui autrefois aurait suffi à me rendre heureux. C'est ainsi que j'ai perdu goût à la vie, ou que la vie s'est dégoûtée de moi.

Une fois arrivés devant ma cage, les gardiens me jetèrent à l'intérieur. Par souci de zèle sûrement, ils m'administrèrent quelques coups de pied savamment placés – un acharnement tout à fait inutile – et me lancèrent une combinaison propre au visage. La porte claqua, les verrous grincèrent. Lentement, je repris mes esprits. Je tremblais. J'avais le corps engourdi et recouvert de bleus. Chacun de mes

mouvements était une torture supplémentaire qui s'ajoutait à la longue liste de celles que j'avais subies. Après que je me fus redressé et changé – la combinaison que je portais était passée de cet orange épuisant à un brun-rouge repoussant –, mon voisin de cellule, le numéro 123, ou le 321 peut-être, m'informa que cette fois j'étais resté environ quatre semaines totalement isolé. Pour quelle raison m'avait-il dit cela, à cet instant précis ? En quoi cette remarque m'aurait-elle aidé à subsister ? Qui, en isolement, retiré de tout, ne chercherait pas à se rattacher au temps ? Dans un ultime élan de survie, n'importe quelle preuve attestant l'existence d'un élément stable, d'une valeur sur laquelle se reposer quelques instants pour ne pas abandonner, est une aide précieuse. Mais, dans cette partie plus ouverte de l'enfer, le temps s'écoule normalement, sa présence n'est qu'un perpétuel rappel de mon sort. Quatre semaines ou cinq vies n'auraient rien changé ! Je ne répondis rien à 123-321, car je n'en avais ni la force ni l'envie. Puis, prenant entre mes mains le coran que l'on m'avait donné, je voulus m'agenouiller et prier.

Au nom de Dieu, le Tout miséricorde, le Miséricordieux. Louange à...

Mais les douleurs qui parcouraient mes muscles eurent raison de ma foi. Je me laissai tomber lourdement sur le sol de ma cellule. Les larmes me vinrent

aux yeux. Je sentis que le désespoir, après s'être longuement amusé avec moi, était sur le point de mettre fin à son petit jeu. Il me porterait le coup de grâce, emportant avec lui, dans un assaut imparable, le dernier souffle d'une vie abandonnée depuis longtemps.

La chaleur était suffocante et la nuit tombait sur Guantánamo.

Le jour de ma capture avait été l'un de ceux où l'on regrette avec amertume de ne pas être sagement resté chez soi. Le ciel était d'un bleu outremer magnifiquement réconfortant, presque paternel. Une brise fraîche, portant avec elle les derniers parfums d'un été déjà oublié, venait caresser ma peau. Les citronniers et les pistachiers abandonnaient leurs lourds feuillages, laissant s'envoler des nuées de feuilles jaunies dans les airs, se préparant ainsi aux périodes difficiles que cette fin d'octobre annonçait. Personne n'aurait pu imaginer que, dans un tel cadre, la guerre puisse causer tant de malheurs. En fin d'après-midi, je pris le bus qui devait rejoindre Peshawar pour y retrouver mon père. Il m'avait appelé dans la matinée et, cachant ses inquiétudes derrière une touchante pointe d'autorité comme à son habitude, m'avait supplié de rentrer au Pakistan, car la rumeur d'une éventuelle attaque sur Kaboul se faisait dangereusement pesante.

Mon père avait cette attitude des hommes que l'on respecte sans trop savoir pourquoi. Proche et distant à la fois, aimant bien sûr, mais pas trop, du moins masquant ses émotions derrière un mélange d'autorité paternelle et d'un je-ne-sais-quoi de fierté masculine qui le rendait maladroit dès qu'il fallait faire preuve d'affection. Bien qu'il ne me l'ait jamais dit, il n'aimait pas me savoir loin de lui. Il aurait voulu que son fils unique reste pour toujours à ses côtés et devienne lui aussi bijoutier. Depuis les lointains jours du Saint Prophète, on avait toujours très bien gagné sa vie ainsi, il n'était pas envisageable de remettre en question la tradition familiale, l'ordre établi – un ordre que nos ancêtres auraient arbitrairement défini, condamnant ainsi les générations futures à être soumises au bon vouloir des pierres et des métaux. C'était un privilège. À tort, j'avais préféré l'abandonner et, par curiosité ou par goût de ce que je croyais être la liberté, j'étais retourné à Kaboul au début de l'été.

Comme beaucoup d'autres, nous avions fui l'Afghanistan peu de temps après l'invasion des troupes soviétiques dans les années quatre-vingt. J'étais très jeune, je devais avoir quatre ou cinq ans seulement, mais même des années plus tard, je gardais en moi des souvenirs encore vifs du pays qui m'avait vu naître, mon pays. Je voulais revoir cette terre promise dont

on me parlait si souvent. C'était de la folie de vouloir y retourner, mon père avait raison. Jamais je ne le revis.

Son odeur, sa voix et son apparence se sont progressivement effacées de ma mémoire. D'abord, je perdis quelques détails, sans trop me méfier de cette discrète absence, puis rapidement tout fut emporté et caché derrière un brouillard impénétrable. Aujourd'hui, mon père n'est plus qu'une ombre aux traits indistincts, mais à travers cette brume amnésique une frêle lueur persiste encore. Ses yeux. Ils n'ont pas disparu. Je les vois très clairement. Deux billes d'ivoire, serties d'iris d'un lapis-lazuli, au centre desquels ont été finement taillées de noires et profondes pupilles. Ce regard, digne des trésors de l'empire moghol, me fixe avec angoisse, comme si, par une absurde affinité filiale dépassant les limites de l'espace et du temps, il vivait en moi et essayait de me donner la clé du mystère, la solution à mes malheurs.

Cette fin de journée fut donc rapidement interrompue. Lourde fut la chute. Le bus s'engagea sur une route interminable et poussiéreuse, dont la destination n'était pas « Pakistan ! Pakistan ! », comme le hurlait ce chauffeur moustachu fièrement posté devant son véhicule, mais bien « Guantánamo ! Guantánamo ! » passant par Kandahar et autres bastions de la démocratie. Malheureusement, je n'en savais

rien ; d'ailleurs, comment aurais-je pu le savoir ? Bercé par les ronronnements du moteur, je rêvassais. Je pensais à mon père. Cela faisait longtemps que je ne l'avais pas revu, j'avais hâte de le retrouver. Le paysage défilait sous mes yeux. Les bordures de cette voie de goudron dessinaient deux lignes droites qui semblaient s'enfuir à toute vitesse au-delà des montagnes qui se dressaient devant moi, loin vers un horizon caché, comme pressées de disparaître. La perspective d'une vie qui s'en va.

Je m'endormis.

Les freins grincèrent. Le bus s'arrêta. Brusquement. Des soldats, une vingtaine, barraient la route. Ils firent rapidement sortir tous les passagers et fouillèrent le véhicule. Simple contrôle ; pourquoi s'inquiéter ? Quelques minutes d'attente... L'un d'eux s'arrêta et, après avoir pris une respiration, affirma d'une voix puissante avoir trouvé des armes. Il fit signe aux autres d'un mouvement de bras sec et rapide. Tout bascula. Ils devinrent menaçants et brandirent leurs instruments de malheur. Un violent mal me prit au ventre. Inévitable : je perdais ce semblant de contrôle que je croyais naïvement exercer sur ma vie. Les battements de mon cœur s'accélérèrent. Des coups de feu, des cris de colère et de détresse. Une cacophonie de détonations et de voix qui me paralysa. Je n'osais regarder autour de moi. Certains se mirent à courir ;

d'autres restèrent immobiles. J'avais terriblement peur. Une sensation qui aujourd'hui encore me donne des frissons. L'un des soldats s'approcha. Il hurla quelque chose. Peut-être voulait-il voir mes papiers ou m'ordonnait-il de m'agenouiller et de mettre mes mains bien en évidence ? Je ne le savais pas. Je ne l'ai jamais su. Il hurla encore une fois. J'étais tétanisé…

Il me frappe au visage avec la crosse de son arme. Du sang, mon propre sang. Une seconde fois. Puis une autre. Encore du sang. Au ventre. Je tombe à terre.

Les lumières du soleil avaient alors complètement disparu. Mais comme chaque nuit – car dans cette prison tout se répète aussi sûrement que les tics et les tacs successifs d'une montre suisse à la mécanique exigeante et minutieuse –, elles furent instantanément remplacées par une aveuglante lumière électrique produite par un groupe électrogène, dont les mugissements auraient réveillé les plus aguerris des dormeurs ; si tant est que quiconque puisse se reposer en ces lieux.

Après être resté quelques heures dans un état quasi catatonique à revivre cette journée d'octobre sur le sol de ma cellule, je me mis à envisager la sinistre solution, la seule qui me paraissait concevable : le dernier recours. Après tout, que ce soit ici ou ailleurs,

d'autres l'avaient fait avant moi et le feront encore après moi. Ils m'accusaient d'être un terroriste, ces mêmes terroristes qui se donnent la mort pour le djihad. D'une pierre deux coups : je leur aurais finalement offert le motif qu'ils recherchaient et par la même occasion je me serais libéré de mes chaînes. C'est un péché, mais Dieu connaît les faiblesses des hommes et sait leur pardonner. De plus, personne ne s'en serait réellement soucié. On aurait simplement noté dans un quelconque dossier de l'état-major : prisonnier untel, numéro peu importe, originaire de n'importe où, décédé n'importe quand. Pourquoi ne pas y céder ? Pourquoi ne pas tout arrêter ? Pourquoi ne pas se laisser dévorer par le désespoir ? Simplement, pourquoi ?

Je ne pus y songer bien longtemps et mes pourquoi restèrent une fois de plus sans réponse. Les verrous grincèrent de nouveau. Deux gardiens entrèrent et, avec la grâce dont ils font si souvent preuve, me soulevèrent. La porte claqua derrière moi. Un interrogatoire de plus. Je fus emporté dans une salle, toujours la même composition : un bureau, deux ou trois chaises – selon le nombre d'interrogateurs présents –, des chaînes et aucune fenêtre. Je fus installé, enchaîné et cogné. Mon interlocutrice, jamais vue auparavant, fit son apparition. Une femme rousse, en tailleur, la quarantaine, un air pincé et sévère.

Je m'attendais au même interminable jeu de *Tu-es-terroriste-Où-est-Oussama.* Je m'explique, les règles sont très simples. L'un des interrogateurs commence par cette assertion affirmativo-interrogative *Tu-es-terroriste-Où-est-Oussama.* À ce stade, plusieurs réponses possibles : la classique *Non-Je-n'en-sais-rien,* mais ce peut aussi être – car le résultat final est toujours le même – *Oui-Juste-derrière-vous,* ou encore *Oui-C'est-moi-Oussama,* ou simplement ne rien répondre et passer son tour. C'est à ce moment que commence la deuxième étape du jeu : l'un des interrogateurs vous présente d'accablantes preuves pour démontrer, avec une étincelle de fierté dans son regard, ce qu'il vous a précédemment annoncé par son *Tu-es-terroriste-Où-est-Oussama.* Ce sont le plus souvent des photos, des vidéos et des papiers, attestant d'on-ne-sait-trop-quoi. Bien sûr, vous n'êtes pas sur les photos, les vidéos montrent un rassemblement de musulmans dont vous n'avez jamais fait partie, et les papiers sont faux. Alors vous clamez votre innocence par un nouveau *Non-Je-n'en-sais-rien,* ou vous passez votre tour. Là entre en jeu le gardien, sûr de ses muscles et du bien-fondé de son intervention, qui se tenait silencieusement derrière vous depuis le début de cette première manche qu'il clôt brillamment en vous frappant de ses poings ; la suivante peut commencer. Les manches se succèdent et se

ressemblent et, même si vous capitulez, cette haine qui peu à peu grandit en vous, non, pas en vous, en moi ne partira jamais.

Mais cette fois, pas de *Tu-es-terroriste-Où-est-Oussama*, on commença autrement. La femme rousse s'adressa à moi par mon nom. Inhabituel, presque étonnant. Ici on se contente généralement d'un numéro à trois chiffres qui, depuis les premiers jours, se charge de remplacer mon nom. Si bien que ce dernier n'évoque plus rien, il m'est étranger, il n'est plus le symbole de ma personnalité, la concentration de mon être en un assemblage de lettres. Seulement trois chiffres. Trois pauvres chiffres dont l'origine et la signification me sont inconnues. Je ne suis plus un individu, je ne suis plus personne, je suis l'innommable.

Pourquoi lui aurais-je raconté le début de ma détention dans les camps de Kandahar ? N'étaient-ils pas au courant de ce qui se passait chez eux ? Elle affirmait que c'était pour remettre à jour mon dossier, pour avoir ma version des faits – depuis quand se souciaient-ils de ma version de quoi que ce soit ? Après tout.

Ayant été vendu pour quelques dollars par l'Alliance libératrice du Nord, comme une marchandise dont on évalue la valeur d'un rapide coup d'œil, je fus transféré par avion dans la base aérienne de

Kandahar. Pour mon baptême de l'air, j'aurais pu espérer mieux. Je n'eus pas droit à une démonstration des mesures de sécurité, orchestrée par une hôtesse de l'air qui serait venue me proposer de son sourire hollywoodien un verre de jus de citron, une fois cette colombe d'acier dans les cieux. Je fus cagoulé, menotté, ligoté et, à défaut de jus de fruits, on me servit coups et insultes. Le trajet dura plusieurs heures. L'air était glacial et les hurlements des réacteurs insupportables. Même si je m'avançais sans le savoir sur la terrible voie qu'un prophétique chauffeur de bus ne m'avait pas annoncée, je gardais en moi l'espoir de prouver que j'étais innocent, que tout cela n'était qu'une énorme erreur et que bientôt je rejoindrais mon père. Juste avant que je monte à bord de cet oiseau de mauvais augure, le sac de jute que l'on m'avait violemment enfilé sur la tête glissa légèrement en arrière. L'éblouissante lumière d'un coucher de soleil : un dégradé de couleurs enflammées qui, partant d'un jaune presque éteint et glissant insensiblement vers un orange oppressant, rencontrait cette ligne indécise que délimite l'horizon dans une auréole rouge sang. Devant ce ciel embrasé, une trentaine d'ombres marchaient maladroitement en file indienne, la tête baissée. Le cortège des condamnés… « Avance ! »

Aucune trace du père fondateur de cette province, un certain Alexandre que l'on nomma le Grand,

sans doute à cause de sa taille démesurée ou de quelques-unes de ses conquêtes militaires. Aucune trace du djihad, qui fit de cette Alexandroupolis musulmane l'une de ses places fortes pendant plus d'un siècle. Aucune trace non plus du commerce d'opium qui, par les aléas de l'offre et de la demande, était devenu très en vogue dans la région. Seulement une barrière de montagnes escarpées et stériles, une tour de contrôle en piteux état, des hangars en tôle criblés d'impacts de balles, toute une garnison de militaires armés jusqu'aux dents et des enclos de fil barbelé au centre desquels se regroupaient en un magma de corps frigorifiés ces mêmes silhouettes noires qui, quelques heures plus tôt, s'étaient envolées à leur perte.

Dans l'enclos de ferraille coupante à l'intérieur duquel, dès notre arrivée, nous fûmes enfermés, les autres détenus et moi, nous étions entièrement exposés à la volonté des éléments. Lorsqu'il pleuvait et que les nuages libéraient sur nos têtes des torrents d'eau glaciale, ce rectangle de terre, caillouteuse et jaunâtre par temps sec, se transformait en une sorte de mare boueuse, où ensemble nous nous abritions comme nous le pouvions. Se coller les uns aux autres, en espérant qu'ainsi le peu de chaleur qui habitait encore notre meute ne parte pas avec les prochaines gouttes qui ricocheront sur la pointe de nos nez pour

venir s'écraser à nos pieds nus à moitié avalés par le sol mouvant ; enfoncer autant que possible sa tête entre ses épaules, dans l'espoir de se découvrir une aptitude semblable à celle des tortues ; s'immobiliser complètement, pas un geste, une respiration lente et profonde, une hibernation improvisée que nous pratiquions pour économiser le peu d'énergie dont nous disposions. Tout était bon à prendre. Une fois les averses terminées et les nuages dissipés, l'humidité se chargeait avec ténacité d'en prolonger les effets : le sol et les fines combinaisons que nous portions ne séchaient que très lentement. Nous restions trempés et égarés, comme des fauves qui n'avaient pas su s'abriter à temps d'un imprévisible déluge. Mais alors, si le vent se levait, tout ce qui croisait son souffle tranchant était asséché, craquelé et divisé en d'infimes particules. La terre sur laquelle j'étais forcé de rester constamment assis se fissurait et, moi, je me retrouvais seul.

C'est à Kandahar que je vécus mes premiers interrogatoires. Cagoulé, menotté et insulté – décidément, c'était une habitude –, j'avais été conduit par deux soldats à l'intérieur d'une tente. Enfin l'occasion de m'expliquer, tout allait s'arranger et ce cauchemar se terminerait bientôt. Si seulement. Ils me firent m'agenouiller. Un homme se trouvait en face de moi, derrière un bureau. Cet homme, jamais je

ne l'oublierai. Son regard arrogant, son rictus sadique. Je n'ai jamais su son nom ; peut-être n'en avait-il simplement pas, comme moi en somme. Un tortionnaire anonyme. Un inqualifiable bourreau. Comme beaucoup d'autres d'ailleurs, mais pour lui c'était différent. Il fut le premier, d'une longue liste certes, mais le premier. Le premier à avoir noyé mes espoirs, à m'avoir plongé dans cette obscure réalité que fut ma vie jusqu'à aujourd'hui. Une plongée dans de lointaines profondeurs, desquelles, malgré des brasses acharnées et une apnée remarquable, je ne rejoindrai jamais la surface, du moins pas sans de lourdes séquelles.

Ce fut un *Tu-es-terroriste-Où-est-Oussama* simplifié pour débutant. Il ne se donnait ni la peine d'apporter des preuves ni de m'écouter, il cherchait simplement des aveux ; vrais ou faux, là n'était pas la question. Lui dire que j'avais pris le bus pour Peshawar en vue de rejoindre Oussama et ses sbires et qu'ensemble, dans une grotte sombre et humide, nous aurions secrètement préparé la destruction de l'Occident en aurait fait l'homme le plus heureux du monde. On aurait crié « Champagne ! » à l'état-major et, sous des flots de bulles et de joie, on l'aurait nommé général des infidèles ou encore grand chef de l'armée des mécréants. Quant à moi, après m'avoir jugé par un tribunal de convenance, histoire de ne pas choquer les âmes

sensibles et de calmer les pinailleurs, on m'aurait exécuté sommairement, symbole de la victoire du Bien contre le Mal. Mais je ne lui en fis pas l'honneur. Je m'écroulai sous les coups qui ponctuaient chacune de mes réponses, toujours la même. *Non-Je-n'en-sais-rien*. Pendant des heures, ce même refrain et cet homme qui me fixait de derrière son bureau. D'abord une once d'étonnement quand il découvrit que je parlais très bien sa langue – je l'avais apprise à l'école au Pakistan –, puis de nouveau ce regard qui s'illuminait de satisfaction à mesure que, moi, je m'effondrais.

En entrant dans cette même tente la fois suivante, j'aperçus une bassine d'eau sur la table. On m'installa sur une chaise en face et à peine avais-je entendu l'ignoble son de sa voix que je sentis une main aussi large que musclée me saisir les cheveux et me plonger violemment la tête sous l'eau. Les deux autres soldats qui se trouvaient autour de moi me frappèrent au ventre. J'avalai inévitablement le liquide. Mes poumons se remplissaient d'eau. J'étouffais. La main relâcha légèrement son emprise et me sortit la tête du récipient. « Putain de terroriste ! Où se cache Oussama ? » Il m'était impossible de parler. J'avais le souffle coupé. Elle m'y replongea. J'entendais au loin les tambours de leurs poings qui s'écrasaient sur mon ventre et la voix de mon bourreau qui jubilait devant mon impuissance. « Où est Oussama ? » De

plongeon en plongeon, mon cœur s'emballa. Je ne pouvais pas lutter. Impossible. « Alors, où est... » Je perdis connaissance.

Nombreux furent les détenus qui ne revinrent jamais de ces interrogatoires. Je les entendais d'abord hurler et appeler à l'aide de toute leur force, si faible soit-elle. Leurs voix s'affaiblissaient progressivement, leurs cris d'agonie devenaient moins fréquents et se perdaient dans le labyrinthe de leurs propres échos. Finalement, un bruit sourd retentissait à travers la quiétude de la nuit, un mélange de soulagement, de peur et surtout de colère. Peut-être attendaient-ils une intervention divine ou celle de quelques prisonniers enhardis qui protesteraient face au martyre de leurs camarades d'infortune ? Personne ne vint les sauver. Ils disparurent en silence – c'était la moindre des choses après tout le brouhaha qu'ils avaient fait, plaisantait un gardien. Ils furent oubliés à jamais. L'expérience de la mort ne m'était pas inconnue : un parent dont la longévité était devenue dangereusement provocatrice, un proche tombé malade, des soldats morts au combat, des exécutions publiques dont je m'étais toujours bien gardé de suivre le déroulement ; mais jamais des hommes sans défense battus à mort sous mes yeux, leurs corps inertes abandonnés plusieurs jours dans une flaque de sang et de boue à quelques mètres de moi et,

par-dessus tout, cette insoutenable crainte d'être le prochain qui à chaque instant me dévorait de l'intérieur.

Je ne savais pas bien pourquoi j'avais parlé à cette femme. Moi qui refusais de répondre aux questions, qui n'adressais la parole à personne, qui restais une ombre silencieuse depuis déjà si longtemps, je lui avais tout raconté d'une traite, sans m'arrêter, sans prendre de respiration ni de pause, comme pour me vider d'un poids, pour exorciser ce deuil, mon propre deuil, celui de ma vie passée, pour me sentir vivant à nouveau en somme. Mais en vain. J'étais exténué et la tête me tournait.

Alors, après m'avoir interrompu, elle se leva et d'un léger hochement de tête me fit comprendre qu'elle en avait assez entendu pour cette fois, ou qu'elle était fatiguée d'entendre mes inepties, ou encore que j'allais être puni pour avoir parlé ainsi.

Je fus reconduit dans ma cage – traîné serait plus correct, car je n'avais plus la force de marcher. La porte claqua, les verrous grincèrent. Le coran que j'avais emporté dans ma chute quelques heures auparavant se trouvait toujours sur le sol métallique, abandonné au pied d'une des parois de ce cube de barreaux coupants. Je trébuchai dessus sans même y prêter attention et je vins péniblement m'écraser sur

la banquette qui me faisait office de lit. Bien que les jets de lumière électrique dissolvent son voile noir, la nuit se faisait sentir, à la fois pesante et vide. Un vide qui remplissait l'espace de son absence totale et qui n'attendait que d'être comblé. Il l'aurait fallu, mais je ne pouvais pas me reposer, je ne pouvais pas dormir, une seule idée m'obsédait : mon passé.

Mes souvenirs avaient insensiblement refait surface. Ils ne m'avaient jamais quitté d'ailleurs. J'avais essayé de les oublier pendant toutes ces années, je les avais enfermés par crainte : la crainte de ne pas pouvoir supporter la violence de leurs éclats, la crainte de me retrouver face à eux et de devoir affronter cette écrasante réalité. On ne se défait jamais de son passé. Ils s'étaient un à un libérés de leurs fers, glissés entre les barreaux et sous les épaisses portes qui les retenaient captifs et, sans doute grâce à l'aide de cette femme à la chevelure plus rouge qu'orange, sauvés de cette prison que j'avais bâtie en moi. Ces évadés parcouraient à présent mon corps de toutes leurs mémorables étincelles. Ils exaltaient le brasier de mon passé, ravivaient mes sentiments pour mieux les brûler. Leurs flammes vengeresses tournoyaient d'une même danse de plus en plus rapide, ravageant tout sur leur passage. Je frémissais. Comme pour un champ que l'on brûle pour qu'il soit plus fertile l'année suivante, ce feu n'était pas destructeur. Je ne pouvais pas encore

le comprendre. Mais aujourd'hui je le sais, moi. Je m'enflammais pour mieux renaître de mes cendres.

Je devais faire de l'ordre à l'intérieur de cette tornade embrasée. C'était une nécessité : trouver des réponses, une attache, qu'importe, mais trouver quelque chose ou tout abandonner cette nuit même.

De l'orange, de l'orange partout et pour tous. Un orange incandescent, qui prend à la gorge dès le premier coup d'œil, fragile équilibre entre le jaune fade, triste témoin d'une lueur passée, et le rouge déchaîné, sanguinaire. Une couleur qui recouvre les damnés de la tête aux pieds. Des taches oscillantes, qui hésitent continuellement entre le monde des vivants et celui des morts, mais, n'appartenant à aucun des deux, elles restent là, errantes, dans l'attente. L'attente de quoi ? L'attente de la vie, ou plus souvent l'attente de la mort, l'attente de ce qui pourrait mettre fin à tout ça.

Des grillages, des grillages à perte de vue qui découpaient tout, sans distinction, en d'innombrables petits losanges métalliques, un filtre qui morcelait le monde extérieur pour n'en laisser passer qu'une partie incomplète et morne. Des barrières grillagées, des portes grillagées, des cages grillagées. C'était un camp passé aux rayons X, une transparence

totale. Sans la moindre intimité, sans le moindre espace privé, assis sur un matelas de mousse au milieu de cette cage étroite, j'étais observé jour et nuit, ou plutôt ils m'observaient jour et nuit, eux, toujours à l'affût, toujours prêts à me frapper, à m'insulter, à m'humilier…

Des bêtes souvent, des araignées, des scorpions, des grenouilles, des lézards et des serpents qui allaient et venaient à leur guise, ne se souciant ni des barreaux ni des gardiens. Elles entraient dans ma cage, me narguaient et, si elles m'échappaient, s'en retournaient heureuses et fières d'être ce que, moi, je n'étais plus : libres. Elles me dégoûtaient. Que j'aimais les écraser, les tuer, les sentir se réduire en bouillie sous mes poings ! Alors j'étais puissant, je les dominais, je détruisais leur vie d'un seul coup, sans qu'elles aient pu s'y attendre ou se défendre.

Une question surtout, une question dont je ne me soucie plus aujourd'hui mais qui me tourmentait sans cesse au camp X-Ray. Si tout ça s'était passé différemment ? Si mon père ne m'avait pas appelé ce matin-là ? Si le bus avait fait une halte de quelques minutes seulement pour faire le plein d'essence ? Si l'un des pneus avait crevé pendant le trajet ? Et je m'imaginais tous les scénarios aussi impossibles fussent-ils, j'envisageais tous les « Si… » qui auraient pu me sauver. Je me voyais rejoindre mon père au

Pakistan, devenir bijoutier comme lui, trouver une femme belle et aimante, me marier, avoir des enfants, passer mes vacances en famille à la campagne, courir après mes fils à travers les allées d'arbres fruitiers parsemés de mandarines et de pêches, être heureux. Ainsi je peignais naïvement la vie aisée et paisible que j'aurais dû avoir, celle pour laquelle j'étais né, celle qu'ils m'avaient volée. Mais j'étais rapidement rattrapé par la réalité, et ce tableau s'embrouillait et s'effaçait, me laissant abruti, plein de regrets au goût cruellement amer. Je pris donc la décision d'en finir avec ces hypothétiques lendemains heureux qui à chaque fois m'accablaient un peu plus. Je voulus me débarrasser de mon passé pour qu'il cesse de hanter mon présent. Un homme sans histoire, voilà la solution ! Ce sera plus facile de supporter cette vie insensée, avais-je pensé.

Le Coran aussi ; il leur arrivait de distribuer des corans à certains prisonniers. Par je ne sais quels jeux du hasard, j'en reçus un. « Tu vois, je te respecte », m'avait dit le gardien qui me tendait le livre en me souriant à travers les grillages. J'étais croyant bien sûr, j'allais parfois à la mosquée. C'était normal. Enfin, je ne me posais pas la question, il fallait croire comme tout le monde, un point c'est tout. Mais je ne m'étais jamais réellement intéressé à la religion ; mon père me l'avait souvent reproché. Je me

contentais simplement de croire ce que l'on me disait sans y prêter un véritable intérêt. Ce fut alors une solution pour fuir, pour survivre : me plonger dans le Livre et ses saintes révélations, m'en remettre à la volonté de Dieu qui me guiderait et m'aiderait – du moins, pour un moment – à travers les ténèbres dans lesquelles je sombrais. J'accomplissais rigoureusement les cinq prières journalières aux heures que j'estimais adéquates, me référant à l'emplacement du soleil dans le ciel : aux premières lueurs de l'aube, au zénith, lorsqu'il redescendait vers les collines recouvertes de cactus, au coucher et à la nuit tombée. Debout, incliné, debout, prosterné, assis, prosterné, assis. Une flèche noire qu'ils avaient dessinée sur le sol juste en face de ma cage indiquait la direction de La Mecque, là-bas, à des milliers de kilomètres, derrière les océans, les plaines, les fleuves, les forêts, les montagnes, et les déserts.

J'appris de nombreux versets par cœur, en les répétant en boucle dans ma tête, en les mâchant et en les remâchant comme de vulgaires chewing-gums qui ont pour seul but d'occuper la bouche de toute leur élasticité, mais pas de la nourrir. Grâce à cet incessant masticage religieux, je bloquais la naissance de toute autre pensée et je me préservais un tant soit peu des griffes du désespoir.

Au nom de Dieu, le Tout miséricorde, le Miséricordieux.

Dis : « Mon refuge soit en le Seigneur du point du jour
Contre le ravage de Sa créature
Contre le ravage de l'heure où la nuit s'épaissit… »

Dans les rares moments où les gardiens ne m'épiaient pas, j'en profitais pour discuter avec les autres détenus. Je ne croyais pas toujours ce qu'ils me racontaient, certaines fois même je ne les écoutais pas. L'important n'était pas le sujet de la discussion ; mais la discussion elle-même, le contact avec d'autres êtres faits de chair et d'os. L'islam était l'unique et trop fragile point d'attache entre moi et les autres prisonniers. Peu m'importait qu'ils fussent talibans, terroristes, ou simples marchands, ils me donnaient l'illusion d'être encore vivant.

Puis il y eut du changement dans l'air. Un matin, je dus quitter le camp X-Ray, ses grillages et ses bêtes répugnantes pour un nouveau camp. Le camp Delta. Une vraie prison de métal : ces barreaux, ce sol, ces toilettes, ce lavabo, cette banquette… L'atroce chaleur de ce camp avait même quelque chose de métallique dans ses ondes. Ici, plus de collines, de cactus, de ciel et de soleil, je ne percevais les lueurs du jour que par l'extrémité du long couloir que formait cet ensemble de cages collées les unes aux autres. Ils en étaient très fiers, eux. Moi, je m'adaptais comme

je le pouvais, me réfugiant le plus possible dans mes prières.

Un jour, l'un d'entre eux vint inspecter la cellule voisine de celle que j'occupais. Il souleva la couverture et le matelas de mousse. Il promena ses mains en tâtonnant dans tous les recoins, comme quelqu'un qui ne retrouve plus ses lunettes. Que pouvait-il bien chercher ? Ses mains arrivèrent sur le coran qui se trouvait là. Il le feuilleta brutalement, le jeta à terre et le piétina de ses grosses bottes noires. Soudain, un capharnaüm d'insultes et de cris se leva de toutes parts. Moi, je hurlais et gesticulais à n'en plus pouvoir. Je vidais ma colère. Je m'approchai le plus possible et lui crachai au visage. Il disparut en courant. Les prisonniers se calmèrent, tous soulagés et solidaires.

Quelques minutes plus tard, des pas lourds résonnèrent dans le couloir. Ils étaient cinq, vêtus de noir, entièrement recouverts de protections et armés de matraques. Ils avançaient dans ma direction. Je les avais déjà vus s'en prendre à des détenus ; ils appelaient ça la « force de réaction immédiate ». Ils s'arrêtèrent devant ma porte. Je vis l'un d'entre eux pointer un objet dans ma direction. Mes yeux et mon nez se mirent à me brûler. Du spray au poivre. La porte s'ouvrit. Je fus plaqué contre le mur. Je vis un bras se lever. Ma tête frappa le sol. « Tu en veux encore ! » Je n'y voyais plus rien. « Tu en veux encore, fils

de pute ! » Un craquement d'os dans mon dos. Leurs bottes et leurs matraques s'écrasaient sur mes membres. Mes oreilles bourdonnaient. Un goût de sang me vint à la bouche. Ma tête rebondissait à chaque coup sur le métal. Mon corps ne répondait plus. Je sentais le sang couler sur mon visage. Ils continuaient de marteler ma tête. Je me brisais…

Après m'avoir vidé jusqu'à la dernière goutte de cette sensation douce qui coule dans les veines de ceux qui appartiennent encore à la vie, ils me laissèrent tomber, comme l'écorce d'une orange, ou plutôt d'une orange sanguine que l'on a pressée, oppressée et que l'on jette à la poubelle avec indifférence – une écorce tachetée de pointes rouges qui restait là, immobile et vidée. Ils en avaient profité, eux. Mes forces, mes espoirs, ma vie ? Ils n'en avaient laissé qu'une pulpe juteuse et sanguinolente qui recouvrait le sol autour de moi. Moi à qui il ne restait que l'amertume et l'acidité à la gorge, abandonné de Dieu, de ceux que je croyais stupidement être mes semblables, de tous. Essayer de me relever, de prendre appui, de vivre un peu ; voilà ce que je n'ai cessé de faire, jusqu'à cette nuit noyée de souvenirs. Mais vainement : cette amertume me rongeait, jour après jour.

Je compris, finalement. C'était une formidable colère qui se réveillait et que j'embrassais avec un abominable apaisement. Je savais très bien qu'une fois cette voie choisie, je ne pourrais plus jamais revenir en arrière ni guérir de mes blessures. Mais que me restait-il d'autre ? Rien, hormis cette rage qui me pénétrait de son souffle vengeur, me soulageait et me redonnait la force de poursuivre cette vie méprisable. Cette haine ascensionnelle, supérieure aux hommes par sa puissance dévastatrice et sa soif de justice. Les vivants ne la connaissent pas. Et eux encore moins. Oui, eux qui doivent payer pour ce qu'ils m'ont fait.

Les rougeurs de l'aube apparaissaient aux extrémités du couloir. Une journée de plus. Je n'avais pas fermé l'œil de la nuit, mais je n'étais pas fatigué. Il ne me restait plus qu'à attendre.

Ils vinrent me chercher. Retour en isolement. « Tu finiras bien par craquer », me lança l'un d'eux. J'avais failli craquer en effet, mais je ne faillirai plus. Je n'avais plus peur de rien. Ils me poussèrent hors de la cage. Je crois que la porte claqua et que les verrous grincèrent derrière moi, mais je n'y prêtai pas attention.

Il y a une semaine environ, l'un d'entre eux m'a apporté une lettre, dans laquelle ils m'informaient

que je devais comparaître pour la deuxième ou la troisième fois déjà devant leur tribunal militaire, le « tribunal de révision du statut de combattant » je crois. Ils sont venus me chercher en fin de journée.

J'entre. C'est une salle d'interrogatoire aménagée pour l'occasion, rectangulaire, étroite et banale. Ils sont trois en face de moi, silencieux, assis derrière une longue table recouverte d'une nappe grisâtre qui descend jusqu'au sol. Je ne distingue pas leurs jambes. Trois gradés au regard froid et figé. Leurs épaulettes et leurs décorations dorées reflètent la lumière des néons – une lumière blanche et aseptisée qui enveloppe toute la pièce. Je m'assois. Un greffier se trouve à ma gauche, derrière une table en bois clair placée perpendiculairement à celle du tribunal. Il transpire et tripote un magnétophone. Il se tourne vers moi, avale sa salive et me présente la cour : des colonels, des capitaines ou encore des lieutenants. Je ne l'écoute pas vraiment. Je crois que l'un d'entre eux est mon avocat, mais je ne sais pas lequel. Celui du milieu, le juge probablement, s'incline légèrement vers l'avant et commence à lire. Au même moment, la climatisation placée juste au-dessus de sa tête se met à bourdonner. Ses cheveux taillés avec exactitude et le drapeau accroché au mur ondulent sous ce souffle qui rafraîchit soudainement la pièce. Tant mieux, il fait souvent trop chaud dans ces salles. Indifférente, la lecture continue son ennuyeux

va-et-vient, faisant alterner les pauses, les respirations et les changements d'intonation – histoire de donner un peu de vie à tout ça. Il est question de capture, d'enfermement, de transferts et d'interrogatoires. Après plusieurs longues minutes, elle s'interrompt. Les vrombissements de la climatisation, eux, ne cessent pas ; avec cette lumière blanchâtre, ils répandent une affreuse sérénité dans la salle. J'attends. Celui de droite sort quelques mots, celui de gauche réajuste délicatement ses lunettes, celui du milieu s'avance encore un peu sur son fauteuil de cuir, fronce les sourcils et pose ses yeux impassibles sur moi. « Verdict… plus un combattant ennemi… libération… demain. » Et en plus, il me sourit !

J'attends. Lui, il est toujours en face de moi, penché sur sa table, me souriant bêtement. Il cherche sûrement une réaction de ma part ; il n'en aura pas. Tout s'accélère. La climatisation s'arrête. Le greffier s'agite de nouveau sur ma gauche. Des mots sont échangés. Il éteint le magnétophone. Deux soldats entrent derrière moi, me saisissent. Je sors. Procès terminé.

Dehors, la nuit muette et lugubre. On y perçoit aussi cette singulière sensation de « calme avant la tempête ». Ma vie n'a été que cela en somme : une nuit aux reflets rougeâtres. Ils me reconduisent au camp 4. Ils m'y ont transféré il y a à peu près cinq mois, peut-être plus ou peut-être moins, je ne sais

plus. C'est un camp pour les détenus modèles. On y vit à plusieurs par cellule – conteneur métallique serait plus correct –, on dispose de lits de camp, on y sert une cuillerée de plus par repas et on peut même se promener parfois. Mais surtout, ici on ne porte plus d'orange mais du blanc.

Il ne faut pas se méprendre, ces habits blancs ne sont qu'une illusion. Personne ne peut réellement se défaire de l'orange ; personne ne peut être sauvé dans cette histoire, pas même ceux qui rentrent chez eux ; personne ne peut vaincre le désespoir. J'ai fini par le comprendre, par l'accepter et par me laisser pénétrer par mon propre malheur – j'y ai trouvé une nouvelle vie. Aujourd'hui, je me sens parfaitement mal et j'attends...

« Lève-toi ! » Deux silhouettes sont entrées dans le conteneur, elles se dressent devant moi. Il fait encore nuit dehors, j'ai dû dormir quelques heures seulement. L'une d'elles me tend un paquet en carton. « Change-toi ! Tiens-toi prêt ! On reviendra plus tard ! » Elles disparaissent aussitôt. À l'intérieur, tout l'attirail d'un homme libre : des baskets, un jeans, un tee-shirt blanc et une veste en jeans. Je m'habille. Ces vêtements ne sont pas aussi confortables qu'il y paraît. Les autres détenus se sont aussi réveillés. Les yeux encore inondés de sommeil pour les uns ou de larmes

pour les autres, ils me regardent en silence. Ils ont compris, c'est sûr. Je ne leur dis rien. Moi, je pars ; eux, ils restent. J'attends toujours.

Une heure plus tard, la porte s'ouvre de nouveau. Ils sont cinq cette fois ; c'est plus que d'habitude, grand événement oblige. Ils m'enfilent une cagoule sur la tête et me passent des menottes aux poignets. Gauche, droite, droite, gauche. J'entends des graviers crépiter sous mes pieds, des barrières qui s'ouvrent et se referment et des bruits de moteurs. Ils me retirent la cagoule et me font monter dans un bus. Le soleil ne s'est toujours pas levé.

Ils me font asseoir à l'arrière. On démarre. Je reste calme et lisse. Rien ne peut me trahir. L'un d'eux s'assoit sur la banquette juste en face de moi. À travers la pénombre qui règne dans le véhicule, je ne distingue presque rien de lui : une ombre légèrement penchée sur l'accoudoir, arme à la main. Seule la lueur miroitante de ses yeux bleus perce à travers le voile sombre qui nous sépare. Ils me fixent, immobiles. Pas un geste, pas un mot. Juste nos regards qui se font face. La ressemblance est troublante. Ses yeux bleutés me rappellent étrangement ceux de mon père. Oui, ces perles azur qui, enfouies dans ma mémoire, détenaient le secret bien gardé de ma survie et qui bientôt vireront au rouge elles aussi. Lui, en face de moi, il ne se doute ni ne s'aperçoit de

rien, bien sûr. Mais c'est la clé du mystère que je vois se refléter au fin fond de ces pupilles. C'est ma vengeance. Celle qui m'a redonné la vie, celle que j'attends.

Le bus s'arrête. J'entends les grondements des réacteurs d'un avion. Je sors. C'est l'aube. Enfin. Le soleil se lève et le ciel saigne, il saigne comme une orange.

Alexis Spitsas : en juin 2009, il obtenait sa maturité (équivalent suisse du baccalauréat) avec mention très bien. Il s'oriente maintenant vers une double formation (d'une part droit international et droits de l'homme, et d'autre part littérature et philosophie) pour, dit-il, « garder un équilibre entre le monde réel et celui de l'art, entre l'action et la pensée ».

Ce qu'il aime ? D'abord voyager. Il a décidé d'y consacrer une année avant d'aller à l'université. Mais ensuite, et surtout, « lire et écrire ». La littérature doit, selon lui, « aider l'homme à aller de l'avant, à progresser dans sa propre vie et dans la société ».

Ses écrivains favoris aujourd'hui sont Nicolas Bouvier, Camus et Kafka. L'an dernier, il a découvert Atiq Rahimi dont l'œuvre l'a beaucoup touché.

La violence ordinaire
Laëtitia Chrislit

LUI : Il crie. Il crie d'une voix forte et haineuse. Il ne sait plus très bien pourquoi la dispute a commencé ; il est énervé, c'est tout. Il crie : « Casse-toi, dégage. » Il l'attrape par les deux bras, il la serre, elle est entre ses mains comme dans un étau, des petites veinules éclatent sous sa peau fragile. Il ouvre la porte, l'air glacial de l'hiver s'engouffre dans l'appartement.

ELLE *(sourde violence)* : Elle articule d'une voix impuissante, presque éteinte : « Arrête, lâche-moi, calme-toi, s'il te plaît. » Elle se débat, elle a froid, elle ne veut pas qu'il la foute dehors, elle a peur que le voisin ne sorte sur le palier et le voie la mettre à la porte en sous-vêtements. L'humiliation. Elle essaie de se retenir au portemanteau, au chambranle, à n'importe quoi. Mais il la serre trop, elle se fait mal lorsqu'elle tente d'échapper à sa solide étreinte, elle lâche prise à chaque fois qu'elle croit s'être

accrochée à quelque chose. Dans un sursaut, elle s'agrippe à son visage, des griffures se dessinent dans sa barbe de trois jours ; il continue de la pousser, ses pieds nus râpent le paillasson, ça gratte. Elle se penche, sa bouche frôle une oreille, elle la prend entre ses dents, elle mord. Du haut du pavillon jusqu'au lobe, la peau se déchire, nette. Une perle de sang naît tout en haut de la blessure, la goutte se forme, glisse, tombe, lentement, comme au ralenti, sur son pull blanc immaculé. « Ploc. » Bientôt, l'oreille n'est plus qu'un amas rouge sur son crâne rasé.

LUI : Il voit rouge. Elle a osé le toucher. Au visage en plus. Il regarde son pull, incrédule. Le mouvement s'arrête, se suspend quelques dixièmes de seconde. « Qu'est-ce que t'as fait ? Qu'est-ce que t'as fait ? Je saigne putain ! » Il la tire par le poignet, l'attire vers lui, claque la porte. *(ELLE : Elle est à l'intérieur. Le froid se fait moins perçant. Elle croit respirer un instant. Mais la trêve est déjà finie, elle voit le mépris grandir dans ses yeux noirs, et sa tête cogne quelque chose : « Boum. »)* Il la plaque au mur, ses mains autour de son long cou blanc. Il la secoue, il l'étrangle, il sent sa glotte rouler sous ses pouces. Cris, bousculades. « Vire-moi tes affaires de là. » Des vestes sur leurs cintres volent dans le salon, d'un tour de bras il vide les étagères et envoie tout valser. Ballet dégénéré. Le sol est jonché de vêtements

féminins, comme des cadavres décharnés, des marionnettes dégingandées.

ELLE *(violence aveugle)* : Elle ne voit plus rien, le noir s'installe. La tête dans la penderie, allongée sur le sol, coincée entre l'aspirateur et un tabouret, elle tâtonne, elle heurte les parois de l'armoire de ses mains tremblantes, elle s'écorche sur les clous rouillés qui dépassent à travers les planches ; elle suffoque, elle sanglote. Un murmure, inaudible : « Arrête. » Pourquoi, comment en sont-ils arrivés là ce matin ? Elle s'est levée de mauvaise humeur, lui aussi sûrement, elle a ronchonné un peu, c'est vrai. Et soudain la première gifle est tombée, cinglante. Son tympan en siffle encore. Après, c'est un flot de paroles insensées et de gestes brusques, tout ça lui paraît bien flou déjà. Peut-être n'aurait-elle pas dû essayer de l'empêcher de mettre l'appartement sens dessus dessous, peut-être n'aurait-elle pas dû le suivre dans sa course hystérique à travers les pièces en le suppliant de ne pas s'emporter pour rien, peut-être aurait-elle dû s'excuser et se taire… Peut-être se serait-il calmé alors ? Mais il crie encore là-haut. La fatigue l'enveloppe, ses forces l'abandonnent, dans un dernier effort elle hurle à s'en brûler la gorge : « Mais arrête ! Arrête ! »

LUI : Il voit rouge, vous dis-je. Elle est là, étendue devant lui, son corps désarticulé à moitié enfoui

dans l'armoire. Elle gigote, des mouvements saccadés et inefficaces. Il tient ses deux poings fermés et les abat sur sa hanche laiteuse, une, deux, trois fois, il ne compte plus, quand on aime on ne compte pas, il se défoule, la peau rougit un peu plus à chaque choc. Il ne l'entend plus. Il s'arrête. Elle a hurlé tout à l'heure : « Mais arrête ! Arrête ! » Puis plus rien. Le silence. Quand il tend l'oreille, il perçoit son souffle court et quelques sanglots irréguliers, là, au fond, sous les vêtements. Il a honte tout à coup, une vague de tristesse l'envahit. Il caresse sa cuisse froide et tuméfiée, tendrement, du bout des doigts. « Relève-toi, allez, viens ; j'arrête. »

ELLE *(violence aveugle, sourde violence. Âpre violence)* : Elle reste tapie dans le noir. Elle a remué un moment, pour échapper à l'emprise de sa violence sourde et aveugle. Puis, démunie, elle a cessé de bouger, attendant que ça se passe. Ses cheveux collent à son visage humide, se faufilent entre ses lèvres entrouvertes. Un goût salé de larmes pend sur sa langue. La nausée. Et soudain les cris s'arrêtent, les coups ne pleuvent plus. Dans le doute, elle reste immobile. Vingt secondes de répit, où elle croit s'endormir, blottie sous un tas de nippes, tellement c'est bon quand ça s'arrête. « Relève-toi, allez, viens ; j'arrête. » Une voix suave, irréelle ; il semblerait que ce ne soit plus le même homme là-haut… Mais, de

toute façon, elle n'écoute plus. Ses yeux sont vides, ses paupières lourdes, elle n'écoute plus.

LUI : Il la touche, doucement, la relève, de force mais sans à-coups ; elle ne réagit plus, molle et docile comme une poupée, elle se laisse soulever, sans volonté. Il la prend tout contre lui, passe sa main dans ses cheveux défaits et emmêlés, effleure sa joue mouillée de ses lèvres encore brûlantes de rage. Au creux de sa nuque, il chuchote timidement : « Je suis désolé. » Il la traîne dans le salon, gentiment, à pas de velours, il s'assoit dans le canapé, il se grille une clope, il sent la fumée se répandre en lui, apaisante et bienfaitrice. Il la regarde, l'air absent, choqué, il l'invite à s'approcher, mais elle stagne dans l'air pesant de l'appartement ; il se demande, las et coupable, si c'est elle ou son fantôme qui trône au milieu de la pièce, sous la peau diaphane où pointent des traces violacées, discrètes encore.

ELLE *(violence rêche et impalpable)* : Inconsistante, elle plane, loin, très loin, incapable du moindre mot, du moindre mouvement. Elle reste plantée là, les épaules voûtées, les bras ballants. Elle voudrait sombrer dans un sommeil profond et moelleux, se recroqueviller autour de son nombril, oublier, retrouver l'obscurité du placard sur ses rétines. Un gouffre d'égarement s'étale sous elle, au milieu du salon. Elle se balance, d'avant en arrière, elle oscille sur ses

pieds nus, de gauche à droite ; que s'est-il passé, où suis-je... pourquoi ? Cet inexorable pourquoi qui trotte dans sa bouche, slalome entre ses dents, et s'apprête à sortir au grand jour, avant de s'évanouir de désillusion, vaincu d'avance. Le contact du parquet frais, un rai de lumière qui traverse le rideau pour atterrir sur son visage inexpressif, une fissure de chaleur, c'est tout ce qui la rattache au monde réel à cet instant.

LUI : Il respire lentement, il s'est calmé. Il ne crie plus, il ne dit rien, les mots lui échappent ; l'océan de cris laisse place au désert, sa bouche est sèche, horriblement sèche. La vérité en face de lui inonde son champ de vision ; il baisse la tête, détourne le regard, il a peur de lui faire mal en posant ses yeux sur son corps abattu. Il avale sa salive, péniblement. L'amertume. « Qu'ai-je fait ? Pourquoi ? » Il passe ses paumes moites sur ses joues râpeuses, il enfonce ses doigts incontrôlables dans la chair de son cou, et se fige dans une pause douloureuse, fataliste. Les regrets sont si acerbes qu'ils lacèrent sa cervelle et la réduisent en une bouillie immonde.

ELLE *(violence puante, méphitique violence)* : Elle sent la peur et l'hostilité, un parfum indécis et entêtant qui flotte autour d'elle. Elle a besoin d'une douche. Elle voudrait protester avant de s'éclipser – « Et tu crois que ça suffit, une caresse, un pardon

à demi mot… » –, mais de sa bouche s'échappe un son guttural, difforme. Parler l'étouffe. Après tout, peut-être que ça suffit vraiment. Et puis, elle ne veut plus crier… Son corps se déplace, autonome, ses sous-vêtements tombent sur le carrelage de la salle de bains. L'eau coule sur ses membres pétrifiés, gelée d'abord, puis de plus en plus chaude, jusqu'à ce qu'elle soit brûlante, à ce point brûlante qu'on ne sait plus si elle est chaude ou si elle est froide. Elle frotte, impitoyable, elle frotterait jusqu'à l'os si elle pouvait, elle est déjà écorchée vive de toute façon. Sa peau est écarlate sous le jet bouillant, sous la friction acharnée du gant de crin. Ses sens se réveillent ; elle entend le clapotis de l'eau sur l'émail de la baignoire ; elle voit des bleus éparpillés sur ses membres ramollis, elle suce le sang qui coule des plaies sur ses mains égratignées, on dirait de la rouille, goût lamentable et victorieux du sang ; elle masse distraitement les bosses qui sortent de son crâne. Elle s'enduit de savon, ça sent bon le savon ; l'odeur de soufre qui l'incommodait tant s'évapore. Dans les vapeurs de la salle de bains, la distance entre Elle et Lui, là-bas, paraît infinie, impossible à combler. Ses courbes imprécises se troublent encore. Elle préfère ne pas penser tout de suite. Elle est seule, hébétée, cachée par la buée sur le miroir qui s'efface peu à peu pour la laisser apparaître, morceau par

morceau. On l'a disséquée, puis rapiécée. Elle attend, jusqu'à ce qu'elle soit redevenue entière, entièrement nue, prête à tout recommencer au début. Elle peut sortir maintenant sans doute, elle est propre, le mal est lavé.

LUI : Dans le salon, il n'a pas bougé, il pleure, silencieusement, solitairement, involontairement. C'est l'émotion liquide qui s'empare de lui, qui s'échappe de dessous ses paupières gonflées. Il ne maîtrise pas plus ses glandes lacrymales que ses poings agressifs, ses yeux revolver ou sa langue de vipère. Ça dégaine et ça tire, ça incendie et ça s'enflamme, ça déborde, ça coule le long de ses joues marbrées de sa colère passée. Il l'aime pourtant, il ne veut pas la briser, il ne veut pas la perdre. Un monstre imprévisible, voilà ce qu'il est, l'agneau qui se transforme en loup si on le titille où il ne faut pas quand il ne faut pas. Jeune donzelle, gare à ce bouton magique, invisible et mouvant, qui transforme l'homme ordinaire en créature féroce ! Il promet, il ne le refera plus, ou il ne promet rien ; il gomme tout simplement le sel sur ses joues, il essuie d'un revers de main sa minable crise, on a tous ses moments de délire psychotique, ses pulsions incontrôlables. Il l'aime, il l'aime tant, on ne peut pas tout arrêter comme ça, pour ça. Il se lève,

livide, torturé, et se dirige vers la salle de bains, l'indécision peinte sur ses traits fatigués.

ELLE : Elle sent la fraîcheur entrer dans l'étuve. Elle l'entrevoit, il réintègre son monde, plein de regrets, malade de lui-même, conscient d'avoir franchi des limites dangereuses. Il s'excuse de ses yeux baissés, de sa présence pâle et muette. Elle l'entend bredouiller. « Je ne veux pas tout gâcher. » Elle est d'accord, elle ne veut pas décider elle non plus, elle n'arrive pas à être intransigeante ; elle est écœurée de ces guerres intestines, mais elle ne veut pas fuir, elle veut rester. Serait-elle idiote, collée irrémédiablement à la merde, attachée à un poids mort qui l'entraîne vers le fond ? Serait-elle maso, serait-elle prête à tout accepter de lui, le meilleur comme le pire, et surtout le pire ? Elle ne sait pas, trancher ça fait mal, elle n'arrive pas à dire ce qui serait le plus lâche, le plus stupide : abandonner la partie ou s'entêter dans l'adversité ? Il l'aime, elle le sait, elle le sent. Elle a conscience que, chacun de leur côté, avant même la réconciliation, ils échafaudent des plans pour masquer leurs blessures, pour les excuser, pour enterrer leurs corps meurtris. Elle pose délicatement sa main sur sa joue : « Ça ira, ça ira. » Elle ne sait pas vraiment qui elle essaie de rassurer ou de convaincre, si ces mots sont pour lui ou pour elle. Elle les laisse flotter un moment dans l'air, en suspens ; ça fonctionne, elle se sent

réconfortée, elle les répète, elle goûte l'effet de ces paroles, elle les mastique, elle avale ça sans plus de formalité, elle gobe ce « ça ira », avec plaisir même. C'est presque digéré déjà *(violence ordinaire)*...

LUI : Elle a dit « ça ira ». Ça lui va. Le soulagement. Il respire. Il savoure sa main sur sa joue, la tendresse de sa peau sur la sienne. Une image : la douce princesse et le monstre féroce, qu'elle sait si bien amadouer de ses doigts fins et caressants, de ses grands yeux clairs, de sa voix berçante. Sauf des fois, où tout chavire... Il chasse l'image. Il fixe son regard sur son corps nu, pas tout à fait sec encore, dans la salle de bains embuée. Elle est belle, une nymphe... Juste un peu ravagée... Elle a des bleus, il a le blues, mais il ne veut pas de drame, il ne veut pas de mélodrame, de psychologie de bas étage – croit-il... Il sait qu'il a déconné, elle le sait aussi, c'est implicite, ils n'ont pas besoin de parler – croit-il... Plongé dans ses réflexions intérieures, il l'entend dire : « J'ai besoin de sortir, allons respirer un peu dehors. » Elle aime prendre l'air après les tempêtes, prendre les bords de Seine et s'enduire de la pollution des rives parisiennes comme d'un onguent salvateur, noyer le dégoût de ses yeux dans le fleuve, le brûler, le visage face au soleil. Il le sait, ce dont elle a besoin après. D'un bon bain chaud ou d'une balade, en fonction de l'heure, de la saison. Il en est à connaître ses

habitudes postbranlée. Soudain, il se déteste. Il est son pire ennemi. Il sait que tôt ou tard l'occasion se présentera où, irrité et fougueux, il s'énervera de nouveau à ses dépens. Il se rend compte qu'avec lui, comme avec tant d'autres, la violence est ordinaire.

Un étage plus bas…

Elle entendait une dispute là-haut. Une dispute qui durait depuis une vingtaine de minutes déjà. Des pas avaient martelé le plancher, des voix s'élevaient, l'une tonitruante, l'autre fluette. Ces voix s'étaient amplifiées à un moment donné, comme si la dispute s'était déplacée sur le palier, pour finalement réintégrer son quartier général, « l'appartement des raclées ». C'était le surnom qu'elle lui donnait. Un couple y vivait ; un couple qui somme toute paraissait heureux. Quand elle les croisait dans l'ascenseur, ils étaient souriants, agréables, pleins d'affection l'un pour l'autre. Un couple ordinaire. À tel point qu'elle se demandait parfois si c'était bien de chez eux que venaient les cris, les menaces et les supplications, les objets qui volaient pour s'écraser lourdement au mur, et les impacts plus bruyants, dont elle préférait ignorer l'origine.

Elle enfila sa veste et ses bottes, enfonça ses écouteurs dans ses oreilles et quitta son studio en coup

de vent. Cette musique cruelle, elle la connaissait, trop bien même, elle ne voulait pas qu'un couple banalement belliqueux fasse remonter de sordides souvenirs à sa mémoire branlante. Elle soignait souvent la mauvaise musique par la bonne, à fond dans ses oreilles, des mélodies pas toujours mélodieuses, rageuses, ravageuses même, qui s'échappaient avec force à travers sa cervelle et réveillaient ses sens. Avec ce joyeux bordel en fond sonore, elle aimait fouler les trottoirs parisiens et croiser les badauds pressés, en s'imaginant qu'ils se mouvaient au rythme des basses qui résonnaient à ses tympans, dans une chorégraphie décalée et énergique. Ou parfois, au contraire, elle se demandait comment son univers pouvait se balancer avec tant de conviction, alors que le monde alentour gardait un silence courtois et frustré, une attitude froide et résignée. Elle aurait voulu qu'un air de métal, agressif et entraînant, s'élève, sorti de nulle part et se répandant partout ; que tout le monde se mette à danser dans les rues, à bouger les cheveux en rythme, d'un mouvement uniforme et saccadé, comme dans une parodie de comédie musicale délirante et survoltée. Elle en riait à part soi.

Mais ce jour-là elle n'avait pas la tête à rire, ni à se prêter à de telles élucubrations. Elle voulait juste

se réfugier dans son vacarme intérieur et sentir le froid hivernal piquer ses joues. Elle était perturbée, elle se demandait ce qu'il pouvait bien se passer sur cette satanée planète pour que les individus n'aient qu'un objectif : se taper sur la gueule les uns les autres. Les guerres et les conflits internationaux, les émeutes, les bagarres, les agressions... Cela ne suffisait pas. Même deux personnes censées s'aimer en venaient aux mains pour régler leurs différends. L'humanité n'était-elle plus formée que de mioches capricieux et intolérants qui tapaient du poing et des pieds dès qu'ils étaient contrariés ? Humanité pourrie gâtée. Monde pourri, gâté comme un vieux fruit.

Elle pensait à la jeune femme du sixième. Elle savait que les hématomes, ça s'oublie vite. Les blessures physiques s'assument, en serrant bien fort les dents. La souffrance n'est jamais que toute relative, et souvent le véritable ennui quand on se fait tabasser, c'est quand ça se voit. Le regard des autres est comme une blessure lancinante, un tourment purulent. Alors on cache le mal, on gomme les traces. Il y a même des expert(e)s en la matière. Elle en avait fait partie. Elle avait toujours su garder le sourire en toutes circonstances et inventer des chutes et des catastrophes justifiant son état. Elle se prenait au jeu et peaufinait toujours ses histoires, dans le moindre détail, pour

les rendre comiques et d'autant plus persuasives qu'elles étaient irréalistes. La pro de la dissimulation. Mais elle savait aussi que, quand les bleus s'estompent et semblent disparaître, ils se faufilent en fait insidieusement sous la peau, ils s'insinuent sous la chair et s'incrustent dans nos squelettes, ce sont des bleus à l'âme qui se déclarent, et qui menacent de s'épandre, de créer l'hémorragie dans les têtes cabossées.

Elle avait eu envie d'aller cogner à leur porte, de s'introduire dans leur univers et de séparer ces deux guerriers amoureux. Mais, à la place, elle avait dévalé l'escalier quatre à quatre et s'était jetée sur la chaussée glissante : « Vite de l'air », et une sensation de légèreté l'avait assaillie. Libération ! À quoi bon s'immiscer dans des batailles sans foi ni loi ? Elle savait qu'ils prétendraient qu'ils déplaçaient des meubles et qu'ils se parlaient d'une pièce à l'autre, forcés d'élever la voix. Elle savait qu'ils fuiraient la réalité, qu'ils oublieraient eux-mêmes la gravité de leurs ébats agressifs, qu'ils la persuaderaient, et se persuaderaient eux-mêmes, que la vie continuait son chemin tortueux, qu'elle ne s'en était même jamais écartée. Elle avait vomi ces mensonges-là des milliers de fois auparavant, et pourtant elle savait que si ce couple naïf les lui servait ce jour-là, essayant de la berner, ce serait elle qui serait prise

d'un élan de violence ordinaire, voire meurtrière. Elle ne supportait plus qu'on triche, elle ne cautionnait plus l'omerta, elle voulait la faire exploser et voler en éclat, comme un feu d'artifice morbide s'étalant dans le ciel au crépuscule, au vu et au su de tous.

À l'époque, avant que son propre calvaire prenne fin, elle avait déjà renoncé à ses talents de dissimulatrice pour endosser effrontément le rôle de preuve vivante d'un mal sans nom, sans âge, insurmontable car indescriptible et inavouable, protégé par l'armure du tabou. Un jour, elle s'était mise à répondre sans détour aux inquiétudes de son entourage. D'un pragmatique « Oui, je sais, j'ai un vilain coquard. Gilles a eu la main lourde » à un plus impertinent « Jolis camaïeux de bleu et de jaune, n'est-ce pas ? Je trouve que ça me va pas mal au teint finalement. C'est tout de même étonnant ce qu'on peut faire quand on a le coup de main ! », elle innovait chaque fois selon son humeur. Et elle avait eu l'occasion de se rendre compte que l'aveu dérange, qu'il démange, que celui qui l'entend se tortille, mal à l'aise, contrit. Après tout, il devient témoin, alors il se sent coincé, obligé d'agir, ou se rendant définitivement coupable de non-assistance à personne en danger. Comme elle avec la voisine du sixième, pensa-t-elle. Elle repoussa cette idée intrusive : on ne pouvait pas non plus toujours sauver les autres et les sortir de leurs cauchemars

malgré eux… Personne ne savait jamais quoi répondre devant sa franchise cassante, glaciale, improbable. Certains semblaient faire comme s'ils n'avaient pas entendu ou pas compris, rejetant toute complicité dans son quotidien conjugal houleux. Cela l'amusait presque de voir les réactions gênées, de sentir le froid qu'elle jetait dans l'air avec nonchalance retomber sur les épaules de ses interlocuteurs abasourdis. Et puis, elle s'en fichait bien de tout ce qu'on pouvait penser d'elle, elle avait déjà oublié la honte, la dignité, le respect de soi, la diplomatie. Que tous ces faux derches aillent se faire foutre ! Combien, insensibles ou maladroits, avaient ignoré ses plaies, confortés dans l'idée que si elle ne disait rien, c'est qu'elle acceptait son sort ou peut-être même qu'elle en était responsable ? Elle haïssait tous ces hypocrites persuadés que la peur, l'espoir, ou tout autre « argument de femme battue », n'étaient que de basses et faibles excuses pour éviter une rupture, un futur de solitude et de vérité amère. Elle, elle comprenait. La peur, ça existe, on peut y succomber, on peut légitimement penser que, quand on tente de s'échapper, le malheur finit toujours par nous rattraper et par s'abattre sur nous comme un couperet. D'autant que parfois c'est vrai, on ne s'échappe pas, parfois on en meurt, parfois la peur ne naît pas de l'ombre, parfois elle a une substance. Elle comprenait

très bien. Même si, pour elle, l'argument n'était pas la peur. Elle n'avait jamais eu peur des coups, des représailles, de la mort. Du haut de ses tendances nihilistes, tout ça lui importait peu. Elle n'avait pas peur de la douleur non plus, elle supportait bien mieux ses souffrances que l'indifférence du monde. Non, son argument à elle, c'était l'espoir. Putain d'espoir ! Elle avait toujours eu trop confiance en la vie, en l'avenir. En l'amour. Candide jusqu'au bout des cils, absorbée par sa furieuse idylle, elle pensait que le mal se guérissait dans la douceur, que la méchanceté ne résistait pas à la bonté. C'était sa faiblesse à elle. L'espoir, elle s'y était noyée, elle s'y était étendue de tout son long et avait attendu l'éclaircie dans son obscurité, pendant que, petit à petit, le ciel lui tombait sur la tête, l'emprisonnait, l'asphyxiait.

Et puis, un jour, un bon poing dans la gueule l'avait réveillée de son coma ; la mâchoire vrillée, elle avait craché un « Tout ça, c'est fini ! » tranchant, venimeux. Gilles s'était foutu d'elle, il l'avait raillée d'un air mauvais : « Tu es bien incapable de mettre fin à quoi que ce soit, ma pauvre fille ! » et il s'était mis à glousser. Jusqu'à ce qu'il lise la détermination ancrée dans ses yeux, jusqu'à ce qu'il la voie remplir tranquillement sa valise, jusqu'à ce qu'elle mette son manteau, ouvre le loquet et sorte des Enfers, à tout jamais, sans plus de cérémonie. C'était fini. Elle

l'avait planté là, la bouche ouverte et les yeux ronds, devant la porte qui se refermait fermement sur elle. Il avait attendu qu'elle rentre, une demi-heure, une heure, un jour, un mois… Il l'avait harcelée au téléphone, elle, sa sœur, sa mère, ses ami(e)s, même ses ex, au cas où. Sans succès. Elle était venue récupérer ce qui lui appartenait un jour où elle le savait absent ; elle avait dit au revoir au chien, mélancolique, partagée. Elle avait posé un dernier regard attendri sur ces Enfers aux relents doux-amers où elle avait coulé des jours paisibles parfois, mais où elle avait surtout coulé des jours tout court, où elle s'était enfoncée tête la première dans un bourbier impitoyable, où elle avait plongé dans l'acide sa jeunesse et ses rêves… Elle était heureuse, elle était triste, elle se réveillait enfin, elle se réveillait seulement alors. Puis elle était finalement partie sans se retourner, sans laisser d'adresse, en déposant sa clé dans la boîte aux lettres. Elle avait été capable de mettre fin aux Enfers, peut-être par défi, par courage, ou peut-être par épuisement, par lassitude. Mais le résultat était là, elle était libre, et lisse, sans bosse ni fracture. Elle s'était reconstruite, elle avait fait surface et s'était redressée. Elle était fière de ça, comme une enfant qui apprend à nager sans brassards ni bouée ; en son for intérieur, elle se surprit à souhaiter la même force à la femme du sixième. Elle l'aimait bien, cette

blondinette aux grands yeux verts, si aimable, si souriante, toujours drôle et taquine aux détours des couloirs...

Après une marche de trois heures à vive allure, elle se sentait moins oppressée. Elle avait fait le tour de Paris sans même s'en apercevoir, plongée dans ses pensées, tantôt virulentes, tantôt compatissantes ; tantôt déprimantes, tantôt dynamisantes. C'était tout elle, ça, une âme *border line*, un esprit funambule sautillant sur un fil transparent reliant des humeurs opposées : la générosité de cœur et l'intransigeance, la joie et la tristesse, la sérénité et l'hystérie... Elle pouvait facilement tomber d'un côté ou de l'autre. Ce jour-là, elle s'était emportée, avait divagué ; pour mieux raisonner ensuite. À cet instant, elle sentait déjà qu'elle retrouvait son calme, son sens commun. Dans sa course à travers Paris, elle avait semé la rage et l'angoisse. Elle avait laissé ces sentiments vicieux loin derrière elle, sur les trottoirs ; elle les avait piétinés.

Elle entreprit alors de rentrer. Une crêpe au chocolat chaude et dégoulinante à la main, elle remontait les bords de Seine, sereine. Elle voulait retrouver son canapé, s'y blottir, se vautrer sous la couette moelleuse, dans le silence retrouvé de son vieil immeuble. En cette fin d'après-midi de janvier, il faisait certes à peine deux degrés, et pourtant les

moineaux gazouillaient gaiement, se faisant péniblement entendre derrière le grognement indiscipliné des voitures. Le ciel était d'un bleu hivernal et limpide que le soleil déclinant étirait à l'horizon en une gamme d'orangés éclatante. C'était beau. Elle respira un grand coup, comme si elle avait passé de longues minutes en apnée. Un bateau-mouche la doubla ; des touristes tout excités interpellaient les piétons du pont, ils leur faisaient de grands signes amicaux et riaient de bon cœur dès qu'un passant leur répondait timidement de la berge. Elle sourit, soulagée ; la vie pouvait être légère. Elle avait soudain oublié le tonnerre qui gronde. Elle avait soudain envie de respirer l'insouciance elle aussi, d'être frivole, volage. Elle avait envie de sautiller comme une gamine, d'un pied sur l'autre, en fredonnant un air tout droit sorti de son imagination débridée. Elle voulait tout à coup se déchaîner, se venger des années où elle s'était résignée à souffrir, en courant à toutes jambes, en chantant à pleins poumons, en tourbillonnant à en perdre la tête. Le sang tambourinait à ses tempes, tout son corps était en émoi, elle se sentait imploser d'une joie incongrue. Elle venait de comprendre qu'elle avait gagné une bataille, contre Gilles, contre les hommes, contre elle-même. Qu'elle avait enfilé sans s'en apercevoir un nouveau elle pardessus l'ancien, ou peut-être qu'au contraire elle avait

laissé tomber sa mue pour découvrir ce qui était en dessous. Mais ce qui était sûr, c'est que sur sa nouvelle peau, plus de marques ; et sous sa nouvelle peau, plus de démons. Ces démons universels qui erraient sur la planète, désespérément libres et impunis, s'étaient avoués vaincus devant elle, et avaient changé de peau. Tout ça était derrière elle, enfin. Après des mois, des années à culpabiliser, à douter, à se décourager régulièrement, à avancer à moitié et à reculons, comme une vieille caisse au moteur qui toussote, elle venait de faire son premier pas conscient dans sa vie de femme insoumise, libre de corps et d'esprit. Et, ironie du sort, cette révélation subite que tout s'était arrangé pour elle, elle la devait à une femme en souffrance. Elle avait réalisé ça sous les coups et les cris qui dégoulinaient, indiscrets, de son plafond. Un comble. Elle pensa qu'elle avait une dette envers la blondinette, qu'elle se devait de lui passer le relais, pour commencer une chaîne qui peut-être finirait par étrangler la violence ordinaire. Idée utopique, fabuleuse qui fit pendant une seconde pétiller ses yeux.

Elle arrivait, toute guillerette, au coin de sa rue quand elle vit un attroupement inhabituel à hauteur de son immeuble, littéralement sous ses fenêtres. Elle fut intriguée ; immédiatement une alarme se mit à retentir dans sa tête. Ses yeux ne pétillèrent plus, ils

s'étrécirent et se durcirent. Instinct animal, sale intuition. Elle sentait à cinq cents mètres que ce rassemblement impromptu lui serait hostile. Elle percevait dans l'atmosphère le parfum indélicat de la curiosité malsaine, elle devinait là un groupe d'individus friands d'accidents mortels, de faits divers sanglants et amoraux. Un murmure aux relents de complot planait sur eux ; elle détestait ce faux silence assourdissant. Il y avait de l'électricité dans l'air, il régnait une ambiance pesante, opaque, plombée, elle avait du mal à avancer. Que s'était-il passé ici ? Pourquoi est-ce qu'un mauvais pressentiment l'assaillait, alors que quelques secondes plus tôt elle gambadait comme une sauterelle écervelée ? Elle leva les yeux ; la fenêtre du sixième, juste au-dessus de la fenêtre de son salon où l'on distinguait une jardinière débordant de mauvaises herbes, était grande ouverte. Elle s'avança, aussi vite que le lui permettaient ses jambes de coton. Elle voulait voir, être sûre qu'elle se plantait, qu'elle dramatisait, qu'elle affabulait encore. Elle voulait s'assurer que personne ne s'était précipité à travers ce trou béant dans la façade pour atterrir tout droit sur le béton, elle voulait pouvoir souffler en se moquant d'elle-même pour avoir eu une idée si saugrenue, si lugubre.

Mais déjà, à travers la foule éparse des voyeurs, elle distinguait un pied nu gisant sur le trottoir. Il

appartenait à une jambe négligemment étendue sur l'asphalte, figée dans une posture précaire et sans aucun doute inconfortable. Elle entrapercevait aussi une main aux ongles vernis, des cheveux aux éclats dorés étalés sur leur oreiller de bitume. Une grotesque poupée de chiffon abandonnée sur le goudron souillé de Paris lui apparaissait par tronçons entre les jambes tendues des spectateurs, comme un puzzle inachevé. Un cri mourut dans sa gorge, ses yeux s'embuèrent. Elle n'avait pas eu le temps de lui passer le relais. La blondinette aux grands yeux verts avait sauté le pas, elle avait fui son cher et tendre tortionnaire. Mais, au lieu de prendre la porte, elle avait choisi la fenêtre, elle avait choisi de s'écraser devant lui plutôt que de le défier.

Prostrée devant ce cadavre encastré dans le sol, pathétique reflet de la belle jeune fille qui avait été sa voisine, elle s'en voulait profondément. Elle aurait dû aller cogner à leur porte au lieu de s'éloigner, cheveux au vent, toute lâche et égoïste qu'elle était. Regrets acérés. Elle tomba à genoux, affligée, et pencha la tête en arrière, prête à injurier le ciel bien en face. C'est alors qu'elle croisa son regard affolé, à lui, le cher et tendre tortionnaire. Il était pétrifié, interloqué, misérable et vulnérable devant la victime de son amour névrosé. C'était un spectre vacillant, sinistre, qui se penchait dangereusement par-dessus la balustrade,

incapable de comprendre ce qui venait d'arriver. Un cri strident déchira l'air comme une sirène dans la nuit naissante ; un son aigu, abominable, dévastateur. Le cri de la louve qui s'aperçoit au petit jour qu'elle a dévoré ses louveteaux. Un cri insupportable, intolérable. L'histoire avait commencé dans un cri, elle s'achevait dans un cri.

Déjà, les autorités arrivaient, elles s'emparèrent de l'affaire ; car la blondinette était devenue une affaire. On déposa un drap sur son corps disloqué. La police dispersa les curieux ; on l'invita, elle aussi, à rejoindre sans tarder son appartement. On la prévint qu'elle serait entendue, simple routine, pour éclaircir le déroulement de l'événement, récolter des informations. Leur jargon vide et froid écorchait ses oreilles comme une craie qui grince sur un tableau. Le voisin à la fenêtre n'avait pas bougé, endormi par le choc. Un policier lui tenait le bras, le secouant avec rigueur et professionnalisme, l'invitant à le suivre. Elle tourna sur ses talons, et se rua sur la porte, le ventre noué, la gorge serrée. Elle grimpa l'escalier, agrippée à la rampe, rentra dans son appartement sans même prendre la peine de refermer derrière elle et repartit presque aussitôt, après avoir jeté quelques vêtements dans un baise-en-ville.

Elle ne pouvait pas rester ici ; ses démons n'étaient vraisemblablement pas restés derrière elle mais ils avaient migré au-dessus d'elle, pour hanter un autre foyer et lui rappeler qu'ils n'étaient jamais loin, toujours latents et vivaces, prêts à lui sauter à la gorge au moindre faux pas. Elle avait guéri, mais d'autres avaient été contaminés, jusqu'aux os ; le fléau ne prendrait jamais fin, les démons de la violence ordinaire rôderaient toujours. Ici et ailleurs. Elle devait s'éloigner, elle ne voulait plus entendre les lamentations déchirantes, le couinement douloureux de son voisin assassin. Tant pis : elle partirait sans se retourner, encore une fois.

ELLE : Elle est prête, elle a une envie pressante de sortir, de s'évader, de quitter le lieu du crime, ne serait-ce qu'une petite heure. Elle se plante devant lui, qui est allé se rasseoir, lourd et indolent, sur le canapé défoncé. « Tu viens. » « Bof, pas envie. » Elle n'y croit pas, elle est offusquée, dépitée. Son visage se décompose, effet immédiat et mécanique de ce refus indifférent. N'est-il même pas capable de cet effort ? Ne vaut-elle même pas cette peine ? Ne devine-t-il pas son angoisse, ne désire-t-il pas l'apaiser ? Il la voit penser que c'est un salop, c'est manifeste. Alors il oublie vite qu'il s'en veut, l'amnésique occasionnel ; il repart au quart de tour, il lève de nouveau la voix. « Tu vas pas faire la gueule en plus ! » Mais elle est sortie de sa léthargie, elle ne se laisse pas impressionner. Elle l'accuse, elle l'accable, elle crache sur son absence de remords ; elle a une valeur, il doit la soupeser, il doit l'estimer, ou elle

se barre, c'est quand même simple, c'est enfantin, logique, ça coule de source. Une main fend l'air, sa tête vrille, ses cheveux trempés retombent en une masse gluante sur son épaule, dans un son humide et sec qui ressemble au son d'une botte s'enfonçant dans la boue. La goutte de trop. Elle sent la haine germer dans son ventre, elle grouille, elle grignote ses intestins, elle bouillonne et menace d'exploser, brutalement, férocement. Elle serre ses mâchoires, ses poings se contractent en un paquet solide, incontrôlable, ses ongles se plantent dans ses paumes, elle ne le sent même pas, la colère est plus forte que la douleur. Le combat reprend de plus belle, la douche n'a servi à rien.

LUI : Il est anéanti, réduit à l'état de larve, il rejoint le canapé et s'y laisse tomber, paresseux, impotent. Il se sent épuisé, les embrouilles l'ankylosent. Il décrète qu'il ne sortira pas avec elle ; d'ailleurs, ça leur fera du bien à tous les deux de s'isoler, chacun dans son coin. Il faut bien se remettre les idées en place après de telles secousses. Quand elle l'invite à partir, il lui annonce de but en blanc : « Bof, pas envie », une réponse molle, désinvolte. Elle se vexe, elle n'est pas d'accord, il la voit se braquer. Il veut lui expliquer posément qu'il n'en peut plus, qu'il aimerait juste se réfugier dans le sommeil, dans l'inconscience absolue, mettre son cerveau sur « off »,

et puis se réveiller frais et dispos pour mieux prendre soin d'elle. Mais il n'en a pas la force, tout ce qui sort, c'est un « Tu vas pas faire la gueule en plus ! », insensible et brusque, moins long et moins fatigant qu'un discours sensé et aimant. Étonné, il l'entend répliquer avec véhémence, sa langue se délie, ça n'en finit plus. Il sait que ses objections sont fondées, mais le flot brouillon de ses reproches le cloue au sol, comme les rouleaux de l'océan vous plaquent sur le sable. Acculé, le dos au mur, trop fatigué pour être amoureux et altruiste, il laisse le monstre revenir et prendre les choses en mains. Le sang afflue à son visage, le voile rouge retombe sur ses yeux, sans plus attendre il la claque.

ELLE : Le deuxième round est rude. Elle ne compte pas rester passive et se laisser écrabouiller cette fois. Elle n'a plus la patience de tendre la joue. Mais la violence ne lui est pas ordinaire à elle, elle ne cautionne pas le langage primaire du poing sur la gueule, elle ne conçoit pas d'aiguiser ses crocs ni de limer ses ongles sur l'homme qu'elle aime. Il est la violence extériorisée, elle est la violence intériorisée. Chacun sa croix. Alors, à l'intérieur, sa lutte se prépare ; elle tremble de tous ses membres tandis que ses nerfs lâchent un à un, comme des élastiques trop tendus, que la rage embrase sa raison. Faute de pouvoir s'exprimer et s'abattre sur son meilleur ennemi,

sa colère se retourne contre elle. Pulsion suicidaire. Dans un souffle, sans même qu'elle ait le temps de réaliser, ses yeux réduits à de minces fentes effrayantes voient la fenêtre ouverte et calculent la distance qui la sépare de cette issue fatale. Elle le bouscule pour se frayer un chemin ; elle trébuche en enjambant le sofa ; elle ricane à l'idée de lui faire peur, de lui faire mal, elle jubile, elle se venge et tire un trait sur tout ça en une seule et unique action. Plus de souffrance, plus de querelle : la paix. C'est une sortie triomphale, rentable, efficiente. Elle ne raisonne plus, elle se jette, hilare, dans son délire mortel.

À la nuit tombante, elle fait le saut de l'ange. *Violence passagère et solitaire.*

LUI : Il n'y croit pas, c'est un cauchemar ridicule ; il rêve, c'est sûr, tout ça est trop absurde. Elle a sauté… A-t-elle vraiment sauté ? A-t-elle ricané en passant la jambe par-dessus la rambarde, a-t-il entendu ce rire inhumain, crispant, hystérique ? Non, c'est impossible, il rêve, c'est sûr. Il n'ose pas faire un pas. Ses oreilles bourdonnent, il vomit sur le parquet. Il gémit. Il ne se passe plus rien dans son crâne, tout est confus, insensé. Il entend le monde qui s'agglutine sous sa fenêtre, qui assiste trente mètres plus bas au désastre. Une foule perverse, barbare, un défilé macabre. Ses pieds sont englués dans le sol comme dans un marécage vaseux, il s'y enfonce,

la fenêtre lui paraît à des kilomètres. Il ne sait pas combien de minutes s'écoulent avant qu'il parvienne à s'y traîner, pathétique, spectral. L'espace et le temps n'ont plus de mesure, ils s'étirent comme de vieux chewing-gums usagés, ils gonflent comme une musique qu'on écouterait sous l'eau. Il se penche, il la voit, pantin obscène et désossé étalé sur le pavé. Un son sort de ses entrailles, distendu, crissant, il ne s'y reconnaît pas, on dirait un animal à l'agonie qui appelle sa meute. Quelqu'un lui parle, calme mais ferme – il ne l'a pas entendu entrer –, il le tire par la manche, il l'entraîne. C'est ça, la mort ? C'est ça, leur fin ? Il veut sauter, la rejoindre en bas, laisser leur sang se mélanger, être soudé à elle une dernière fois, comme avant, mais on l'en empêche, on lui passe les menottes, on lui demande de ne pas résister. Il voulait dormir, désormais il voudrait se réveiller. Tout ça est absurde, extravagant, il se perd dans les ténèbres, il glisse dans la folie.

À la nuit tombée, il suit les démons de la démence *(violence meurtrière, violence ordinaire)*…

UNE DISPUTE QUI TOURNE AU DÉSASTRE PRÈS DE CHÂTELET

Caroline B., 23 ans, s'est défenestrée hier dans le Ier arrondissement de Paris suite à une dispute

avec son compagnon, Vincent T., 31 ans. Le voisinage a décrit le couple comme de jeunes gens ordinaires et charmants. La police ne leur a découvert aucun précédent connu en matière de violence conjugale. Une enquête approfondie est en cours.

(Extraits du *Parisien*, rubrique « Faits divers », janvier 2009)

Laëtitia Chrislit : après des études de commerce à l'institut commercial de Nancy, elle travaille dans le secteur de la communication et de l'édition. Curieuse inassouvie, elle aime le voyage, les rencontres, l'aventure, la nature avec ses couleurs, ses bruits et ses parfums, marcher, randonner, courir, nager, danser. Alliant son goût pour l'écriture et son goût des autres, elle correspond avec des détenus dans le cadre de l'association Le Courrier de Bovet. Elle écrit aussi des poèmes et des nouvelles.

Écrivains favoris : Dostoïevski, Khaled Hosseini, Milan Kundera, Gabriel García Márquez, Amin Maalouf, Frédéric Beigbeder, Amélie Nothomb, Jean-Paul Sartre, Victor Hugo, etc.

Une certaine idée du bonheur

Lydiane Tsague Tsayem

Une seule couche et peut-être, enfin, le bonheur.

Elle tient, blotti contre son sein aride, le corps chaud de l'enfant. Elle a recouvert le matelas d'un pagne aux motifs marron. À sa gauche, sur la table de chevet, elle a posé tout le contenu de son bagage : un sac en plastique contenant une paire de babouches de rechange et une brosse à dents usée. Une bouteille d'eau minérale à moitié vide sous le lit de fer rouillé ; seul luxe d'une nuit de douleur et d'humiliation.

À l'autre bout de la salle, le jaune cuivré de l'après-midi s'engouffre par les volets à moitié clos. D'un lit à l'autre, il suffit d'un murmure, d'un crissement de chaussures sur le sol de ciment gris, ou même d'un rire qu'on étouffe, et le petit – elle cherche encore ce nom qui irait si bien avec le bleu nuit de ses yeux – grimace, agite ses bouts de doigts. Les murs couleur brun foncé sont tachetés par endroits de sang séché,

vestige des orgies à l'issue meurtrière des moustiques trop voraces.

Le nourrisson pleure, ses cris déchirent vainement son cœur de mère, mais son téton reste obstinément dur, ridé. Tout ce qu'elle peut lui donner, c'est de l'eau. De l'eau, et cet amour qui palpite là, tout ardent, tout vif, dans ses tripes. Elle serre l'enfant à l'en étouffer.

Elle pense : ce qui me manque, c'est une couche.

Et s'accroche de toutes ses forces à cette certitude. Si jamais il arrive qu'elle coule, au moins, il lui restera ça, le radeau de son amour.

Sa patronne viendra. Elle l'espère. De plus, elle lui doit bien ça, à elle. Neuf ans à récurer les fonds de marmites enduites de suie. Chaque jour d'eau à frotter le linge sale jusqu'au coin de l'ongle dans la peau, jusqu'aux doigts ensanglantés. La loyauté aveugle et servile d'un chien. La patronne a dit au téléphone :

« Alors, c'est ainsi… tu es enceinte… tu as accouché… »

Puis, après un long silence, comme si elle émergeait d'une rivière après avoir longtemps retenu son souffle, elle a inspiré profondément, et a ajouté :

« Prends un lit dans la salle commune, j'arrive tout de suite. »

Oui, tout va s'arranger. Elle viendra, la patronne, c'est sûr. Avec une couche. Ou une serviette. Quelque

chose d'autre en tout cas que cet horrible foulard bleu dont on a enveloppé le petit. Quelque chose de blanc.

Elle n'est pas si mauvaise, la patronne. Elle viendra.

*

Elle s'appelle Monique, elle a dix ans. Sa mère lui dit : « C'est ta nouvelle mère, ta tante de la ville. Tu vas prendre soin d'elle, et de ses enfants. Tu dois être obéissante, car si Dieu le veut, elle te paiera des leçons de couture. Il suffit que tu fasses exactement tout ce qu'elle te demande de faire. »

Monique est tout excitée. Là-bas, en ville, lui dit-on, rien n'est impossible. Il suffit de travailler, et les vêtements neufs, les chaussures cirées, les mèches si longues et luisantes, tout ça lui appartiendra. C'est une petite fille bien trop propre pour son âge, qui aime l'éclat de l'eau de la rivière et l'odeur du savon mouillé. Qui accompagne les matins de lessive de ses chants de fervente catéchiste.

Sa « nouvelle mère » est une petite femme d'une trentaine d'années. Elle a le rire et le cœur aigus, et les gestes acérés d'un chat en colère. Il y a, plaqué sur son visage, cet air d'éternelle insatisfaction que Monique apprend à craindre. Ses phrases prennent

vie dans la douleur et la raillerie, sa voix métallique scie et tranche avec froideur : « Tu me finis la vaisselle, ou tu dormiras le ventre vide cette semaine. – Pourquoi le sol est-il aussi sale ? Tu veux que je le lave à ta place, peut-être ? – C'est sûrement original, ailleurs, de vernir les meubles de poussière ; mais ici, c'est différent, on les nettoie de temps en temps. – Qu'attends-tu pour laver les habits des enfants ? Le déluge ? »

Monique frotte les coins les plus sales sans jamais rechigner. Ses mains, son dos, ses pieds meurtris obéissent, se plient jusqu'à l'extrême limite aux exigences de Madame. Son instinct maternel pâtit de l'absence d'enfants – Madame a à cœur de matérialiser l'univers qui la sépare, elle, de ces trois enfants roses et rondelets pleins de vie –, mais survit dans son obsession de pureté. Pureté des couches d'abord, qu'elle allonge sur la corde à sécher durant de longues heures. Puis, quand les enfants grandissent, draps, robes, chemises viennent étoffer un rêve de douceur dont elle sent, dont elle sait qu'il ne se réalisera jamais.

En même temps, elle remplit son cœur des choses nouvelles dont se nourrit son regard. Elle aime le mixeur, et l'efficace soudaineté de son vrombissement. Elle dévore avec plaisir – et c'est bien là tout ce à quoi elle aura droit – le doré couleur de

miel du poulet sorti du four à gaz. Elle s'émerveille longtemps de la vivacité et de la fraîcheur de cette eau qui, ô surprise !, jaillit du mur des maisons, et du naturel blasé de ceux qui la recueillent dans des récipients. Elle aime le parfum lourd et enveloppant qui monte, le matin, de la machine à café. Elle nettoie les meubles, et lorsqu'elle sent qu'elle est seule, appuie un instant sa joue contre l'écran froid de la télévision.

Après tout, ce n'est encore qu'une enfant.

Huit années ont passé.

La patronne sort dans l'après-midi faire les courses, se rend compte à mi-chemin qu'elle a oublié son porte-monnaie, et revient sur ses pas. Elle trouve la télé allumée. Depuis que son mari a perdu son emploi, il en a fait son activité principale, ça et les bouteilles de whisky qu'il vide avec frénésie. Au moins, pense-t-elle, une fois le bar vide, il se calmera, il n'a forcément pas les moyens de le remplir de nouveau.

Elle se dirige vers sa chambre, pousse la porte… et trouve son mari à moitié nu, en train de chevaucher, avec une vigueur qu'elle ne lui connaissait pas, sa bonne en pleine crise d'hilarité. Elle referme la porte derrière elle, alors que les coupables se rhabillent hâtivement. Pas d'éclat, aucun bruit. Ici, comme partout en ville, les murs peuvent détruire ce qu'il

vous reste de dignité. La patronne attend, elle sait combien certains silences peuvent être plus terribles que la colère.

Monique va sur ses dix-neuf ans, et en paraît seize. Personne ne lui a appris à coudre. Elle sait à peine écrire son nom. Pour les courses au marché, elle répète le nom de chacun des produits à acheter jusqu'à ce que les mots restent gravés dans sa tête. Elle n'est pas jolie, mais le mari de la patronne, lui, ne voit rien. Lorsqu'ils sont seuls, il lui murmure à l'oreille des choses étranges, des choses qu'aucun homme bien ne dirait à la domestique de son épouse. Elle ne l'aime pas, mais ça l'amuse d'être là, aux côtés d'un ivrogne que l'alcool rend amoureux. Cela ne lui plaît pas non plus, lorsqu'il l'entraîne de force dans la chambre, mais elle en rit encore.

Après la scène de ce matin-là, Monique comprend qu'elle ne rira plus de rien. Ou du moins, qu'elle devra rire le moins possible. Aux sarcasmes et aux moqueries qu'elle manie déjà si bien, la patronne ajoute le fouet. Elle se sert d'un vieux tuyau de gaz dont elle enroule l'extrémité autour de sa main. C'est une colère méthodique, catalysée, qui laisse sur les mollets et le dos de Monique d'interminables lignes rouges. En même temps, Monique doit fournir deux fois plus d'efforts pour satisfaire Madame. Les courtes poses qui, par le passé, lui étaient octroyées disparaissent.

Ses journées s'effritent, comme ces morceaux de charbon qui se consument et dont il ne reste plus qu'une traînée de cendres sur les pierres du foyer. Elle, soumise, attend patiemment la nuit.

Pas d'éclat, aucun bruit.

Le souvenir de sa mère, depuis longtemps déjà, l'a quittée. La patronne dès le départ a choisi la bonté de la franchise : « Ta mère t'a abandonnée, tu n'existes plus pour elle. »

Mais, ce soir-là, la main posée sur son ventre rond, elle pense à elle de toutes ses forces. Combien de temps encore pourra-t-elle dissimuler son nouveau corps ? Déjà, elle sent le regard ciselé de Madame sur sa nuque, dans son dos. Elle observe que ses repas, déjà si inconsistants, diminuent encore plus. Les tâches deviennent particulièrement rudes. Elle sent que quelque chose de terrible va lui arriver. Si seulement sa mère était là !

*

Une nuit, elle se réveille en sursaut. Parcourt d'une main tremblante les draps autour de son corps. Glisse lentement vers une peur insensée, violente jusqu'à la souffrance physique, plus lancinante encore que l'orage de son corps meurtri. Se maudit intérieurement

de ne pas en savoir assez sur ce qu'elle devrait, sur ce qu'il faudrait qu'elle fasse, et en même temps, ne doute pas de ce que cela doit se faire en silence. S'extrait pendant une éternité des draps humides, marche pendant une autre sur la pointe des pieds jusqu'à la porte de sa chambre. Son souffle rauque et tiède remplit la petite pièce plongée dans le noir.

Elle essaie d'apprivoiser la douleur ; dresse l'inventaire des choses qu'elle sait – ne pas réveiller Madame, les clés du portail sous la nappe au salon, être aussi forte qu'une femme doit l'être, tenir bon jusqu'au dispensaire d'à côté –, et aussi des choses qu'elle ignore – où trouver l'argent pour accéder aux premiers soins, et pis encore, quel prénom pour le bébé…

Le liquide chaud qui coule entre ses jambes la préserve du froid de la nuit. À cette heure-ci, les rues sont vides. Lentement, résolument, elle se dirige vers ce dispensaire qu'elle a aperçu une fois, au cours d'une escapade.

La seule.

Une fugue résorbée, hachée en menus regrets dans un coin de la mémoire plus obscur encore que cette nuit. De cette spectaculaire tentative de fuite, elle ne se souvient de rien, sinon de la banalité d'un poids lourd au cœur, un sentiment d'injustice sans grande valeur, une sombre et violente affaire de bonbons

volés au contact de laquelle la certitude qu'elle a de son innocence s'effrite jusqu'à l'impuissance. Et aussi, de cette sensation enivrante jusqu'au vertige. Comme si d'avancer seule au milieu de ces maisons endormies faisait d'elle un être à part. Ce fut une chose délicieuse, qu'elle compara aussitôt à ces images en couleurs sur les brochures que les Témoins de Jéhovah glissaient sous la porte de la maison, opposant ainsi à la fermeté de Madame la douceur d'un don.

Une part d'elle ce soir-là avait enfreint avec délectation les limites – celles de sa condition d'abord, celles ensuite que martelait Madame à coup d'injures et de gifles, celles enfin que lui avait toujours imposées son imagination –, une autre fut marquée à jamais d'une longue cicatrice, une longue tache brun clair qui naissait au creux de la gorge, contournait l'épaule gauche et allait mourir en dessous de la nuque.

Et cependant, Monique garde la même certitude calme et pleine. La patronne n'est pas méchante. Elle fait ce qu'elle doit faire. Personne mieux qu'elle d'ailleurs ne sait le faire aussi bien.

Monique aperçoit enfin la silhouette imposante du dispensaire. S'approche avec peine de la barrière close, appuie sur la sonnette, et s'effondre. Regrette,

s'inquiète puis s'affole de ne plus sentir le bébé. Alors qu'elle sombre, entend le grincement d'une porte de fer qu'on ouvre et les voix au-dessus d'elle ; sent les bras et les mains qui la palpent, l'entourent, la portent. S'endort enfin, en se demandant : est-ce que je dois ? Est ce que j'ai le droit ? Suis-je en train de bien faire ? Est-ce que cela me rend coupable ? Me puniront-ils ? Quelle sera ma punition ?

*

Il s'est tissé ces derniers mois entre elle et l'enfant un lien invisible qu'elle refuse de voir se rompre. Dans la grande salle de la maternité qu'elle partage avec une dizaine d'autres femmes, le bruit court qu'elle n'a pas de cœur. On consent de temps en temps à lui prêter, qui une cuillère, qui de l'eau chaude pour essuyer le bébé, mais on murmure aussi fort que possible sa désapprobation.

Une infirmière s'approche pour la énième fois de son lit, et lance :

« Tu veux tuer ton enfant, ou quoi ? Je t'ai dit qu'on devait poser une sonde, à cause des eaux sales. »

Elle répond qu'elle attend sa patronne. L'infirmière lui tourne le dos, tout en maugréant quelque chose à propos de celles qui font « ça » sans se soucier des conséquences.

Monique serre de nouveau l'enfant contre elle. « Oh, mon Dieu, faites que Madame se souvienne d'apporter au moins une couche. Une de ces couches blanches qu'elle garde dans sa valise, au-dessus du placard. Offrez cette fleur à mon petit, afin qu'il vienne doucement dans le monde. Hein, n'est-ce pas, qu'il te faut une jolie couche propre, et bien belle, et douce avec ça, pour te rendre heureux ? Faites, Seigneur, qu'elle n'oublie pas la couche. C'est important, une couche, quand on vient de naître. Tous les bébés en portent. Toutes les mamans en ont. Surtout, surtout, qu'elle n'oublie pas la couche… »

La jeune femme maudit pour la énième fois son ignorance. Des choses simples, d'abord, de celles qu'il faut prendre en compte, ensuite, pour voir grandir son enfant dans ce monde. Elle se souvient, la nuit, la douleur, ses cris, les infirmières en colère au-dessus de son ventre, leurs cris, ceux du bébé à sa naissance, elle se souvient et se dit que si elle avait été prévenue, c'est dans l'ordre des choses, tout se serait passé si différemment !

L'enfant ne gémit plus.

Elle s'étonne de ne plus sentir sa chaleur contre sa poitrine. Une femme qui passe devant elle s'arrête,

la regarde tristement. « C'est fini », dit-elle. Monique pose doucement le bébé sur le pagne, et dit qu'elle va l'annoncer aux infirmières. La femme le lui déconseille, mettant en avant les difficultés administratives qu'il lui faudra traverser. Dans cet hôpital, s'il faut de l'argent pour sauver une vie, il en faut bien plus encore pour faire sortir un mort. Peut-être même que la mort a plus de sens pour ces gens-là que la vie. Toutes ses voisines, mises au courant, acquiescent. Il faut qu'elle sorte en cachette. L'une d'elles lui glisse entre les doigts un billet roulé en boule.

Monique traverse les couloirs de l'hôpital, et passe sans soucis entre les deux vigiles qui gardent l'entrée. Une fois dehors, elle s'assied sur le trottoir, là, à même le sol poussiéreux. Les passants lui jettent des regards étonnés. Son sac en plastique entre les pieds, les coudes sur les genoux, elle regarde sans la voir la rue bruyante.

Et là, elle rit.

Cela commence doucement, comme un hoquet qui agite ses lèvres gercées. Elle n'a plus faim, elle n'a plus soif. Il n'y a que cette boule qui gonfle sa poitrine et éclate dans l'air vicié de l'après-midi. Elle

rit, et son rire monte, enfle comme un poison gluant. Elle rit de son histoire et de l'incongruité de sa douleur : l'enfant mort, et elle, là ! Si, au moins, elle avait eu cette couche !

C'est un rire d'orage. C'est un rire sans vie. Un rire de folle.

Peut-être l'un des nombreux visages du bonheur. Une certaine idée, quelque chose comme ça.

Lydiane Tsague Tsayem : étudiante à l'université de Douala, elle prépare un master en communication des organisations. Elle rêve d'initier une bibliothèque numérique à l'usage des étudiants de son université.

Sa première qualité : « La colère, pour avoir le courage de raconter la misère, puis la haine de ce que les gens nomment le Destin… », tout cela est intimement lié à sa conscience d'être camerounaise. Ce qu'elle aime : la magie des mots pour s'accrocher au moindre fil de la vie – « Mais, dit-elle, je ne suis pas plus pessimiste qu'une autre. » Donc, « ça et se nourrir de livres, encore et encore ».

L.M. Ascot, la comtesse de Ségur et Charles Perrault ont bercé son enfance, dit-elle. Oscar Wilde, Emily Brontë, Mongo Béti et surtout Racine ont accompagné son adolescence.

Maria
Fabienne Loÿe

Maria arriva un jour d'octobre. Les vieux affirmèrent que le Sourd avait fait son entrée le même jour des années auparavant. Ils se souvenaient parfaitement de lui et plus encore de l'histoire qu'il racontait à qui voulait bien l'entendre, et ils étaient nombreux car le Sourd parlait fort.

Elle arriva à pied. De loin, sur la grande route qui coupait le village de part en part, on la regarda s'approcher. D'un point ondulant à l'horizon, elle devint cette fille un peu trop grande, beaucoup trop maigre, que personne n'avait encore jamais croisée dans les environs. Cette drôle de fille, alourdie par sa valise qui la faisait pencher d'un côté.

Ce fut la couleur de ses cheveux qu'on regarda en premier. Elle était rousse, plus rousse que n'importe laquelle de nos rouquines qui à ses côtés semblaient presque blondes. Ses boucles désordonnées étaient encore rehaussées par la lumière du soleil qui venait

les frapper et semblait les rendre vivantes. Par contraste avec cette rougeur flamboyante qui l'auréolait, la peau de son visage était blanche, d'une blancheur laiteuse qui se propageait au reste du corps, à son cou, à ses bras, à ses jambes nues, à la moindre parcelle que dévoilaient l'échancrure de son décolleté et l'ourlet de sa jupe. Et sur chacune d'entre elles, comme parsemés au hasard d'une inspiration capricieuse, des grains de beauté, marron et parfaitement circulaires. Enfin on regardait ses yeux noirs, perçants, profonds.

Parce que les sonorités de son prénom invitaient au voyage, les vieux affirmèrent aussi que Maria débarquait d'Espagne ou d'un pays d'Amérique du Sud, mais cette fois personne ne les crut. Et pour cause. Elle parlait mieux la langue du coin que l'Instituteur ou le Notaire, elle n'avait pas d'accent et puis, bien sûr, il y avait cette beauté singulière qui n'était pas celle des filles de ces régions-là. Alors le doute subsista et, pour toute origine, on lui attribua cette route d'où elle arrivait et qui menait ailleurs, là où l'on ne s'aventurait pas.

Ce jour d'octobre, sans demander son chemin, Maria trouva celui de l'auberge où la Logeuse lui donna la chambre dans laquelle avait couché le Sourd des années plus tôt. C'était la chambre des étrangers, de ceux qui voyageaient, restaient un

temps et puis s'en allaient. Certains pourtant s'étaient trouvés bien dans le village. Ils y avaient travaillé, s'y étaient fait des amis, parfois même un peu plus, une femme, des enfants. Mais tous étaient finalement repartis et la seule raison valable qui semblait l'expliquer se trouvait résumée dans ce que la Logeuse avait l'habitude de répéter aux amis, aux femmes et aux enfants : ils n'étaient pas destinés à rester.

Maria s'installa dans la chambre. Comme les autres avant elle, elle s'attarda quelques minutes à la fenêtre pour s'approprier cette vue nouvelle. Elle regarda avec attention la rue, la place et la fontaine en son milieu, les gens qui allaient et venaient ou bien se contentaient de rester debout, immobiles, à discuter de la pluie et du beau temps et ce jour-là, c'était elle, Maria, la pluie, le soleil, et les nuances infinies entre ces deux extrêmes.

Quand elle en eut assez, elle tira les rideaux. Ils restèrent clos deux jours entiers. Deux jours pendant lesquels les gens qui continuaient d'aller et venir levaient les yeux vers la fenêtre en se demandant qui elle était, ce qu'elle faisait et si, peut-être, il ne fallait pas s'assurer qu'elle se portait bien.

Au soir du deuxième jour, la Logeuse frappa doucement à sa porte mais n'obtint pas de réponse. Elle glissa alors le double de sa clé dans la serrure et jeta un œil dans la pièce. Ainsi on fut rassuré et la

curiosité de tous fut satisfaite : elle dormait tout simplement.

Maria dormit longtemps parce qu'elle venait sans doute de très loin, qu'elle avait beaucoup marché et que, peut-être, elle cherchait à retrouver quelqu'un ou quelque chose dans ses rêves.

Le troisième jour, Maria réapparut. Elle sortit de sa chambre en fin d'après-midi, peu de temps avant que la nuit vienne à tomber. Le brouillard s'était abattu sur les rues comme il est courant par ici. L'air était lourd et opaque. Il se donnait à voir et l'obscurité qui montait en était presque blanche. Le monde et ses gens devenaient brumeux, leurs contours incertains, leurs gestes inachevés. Hommes et femmes, amis et voisins s'étaient mués en silhouettes anonymes, formes muettes qui apparaissaient pour disparaître l'instant d'après. Parmi celles-ci se glissa Maria qu'on reconnut grâce à sa chevelure incandescente qui émergeait çà et là. On la vit prendre la direction des bois où nul ne se serait risqué un soir pareil, pas même le plus expérimenté des chasseurs ni le plus inconscient de tous. On la laissa faire parce qu'elle venait d'ailleurs, et que cette seule caractéristique expliquait toute l'étrangeté de son comportement.

Elle se perdit dans le paysage indistinct et la nuit passa.

Au matin le monde de nouveau transparent accueillit Maria. Elle tenait entre ses bras des bocaux de verre vides qu'elle serrait contre son cœur comme s'il s'était agi d'un tout nouveau-né, avec vigilance et douceur. Les gens sur la place lui demandèrent où elle était passée, ce qu'elle avait bien pu faire toute seule au milieu de la forêt glacée pendant la nuit. Elle brandit ses bocaux en guise de réponse.

« J'ai chassé le brouillard. »

Elle prononça ces mots avec ravissement et tourna les talons pour regagner sa chambre. Un enfant sourit et l'un des hommes qui étaient là frappa trois fois sa tempe avec son index. Les autres rirent, tous ceux qui avaient assisté à la scène, exception faite du Menuisier qui tomba amoureux de la Chasseuse de brouillard. Il le sut simplement au pincement sans fin qui débuta à cet instant précis au plus profond de son abdomen. Plus tard, il se dit que cette sensation ressemblait sans doute à celle des poissons crochetés par l'hameçon et désormais captifs.

Après les nuits de brouillard, les jours étaient clairs et l'air retrouvait sa légèreté. Le soir venu, la lune reprit sa place dans le noir du ciel comme si la brume dévorante de la veille ne l'en avait jamais délogée.

C'est à sa lumière qu'on regarda Maria installer son attirail sur la place. Elle tendit un drap blanc entre deux piquets plantés dans le sol. Elle monta un vieux cadre de bois peint en vert et rouge, et braqua une lumière vive sur sa scène de fortune. Alors le spectacle commença.

Elle était habile de ses mains. Ses doigts souples s'agitaient rapidement et faisaient naître sur le drap blanc animaux et personnages. Tous vinrent écouter ses histoires d'empereur et de rossignol, de loup et de berger, mais celle qu'ils préférèrent entre toutes fut l'amourette entre l'oiseau et le poisson. Sans doute Maria parla-t-elle, travestissant sa voix pour incarner l'un ou l'autre, mais l'enchantement fut tel que nul n'en fut vraiment sûr. Ils se souvinrent seulement des ombres qui virevoltaient sur la toile de fond immaculée, de l'intensité avec laquelle ils partagèrent leurs peines et leurs passions. Ce soir-là, ils rirent avec elles, ils eurent peur au détour des mêmes chemins, ils pleurèrent les mêmes morts. Et aucun d'entre eux ne ferma l'œil une fois les volets clos et les lits des enfants bordés. Ils laissèrent veilleuses et bougies allumées prolonger quelques heures encore la vie de ces êtres animés par les mains de Maria qui soudain leur était devenue moins étrange.

Le Menuisier, quant à lui, retourna dans son atelier et tenta de modeler dans le bois les silhouettes

qui l'avaient ensorcelé. C'était un artisan doué dont la réputation n'était plus à faire. On lui passait commande de villes lointaines où il n'était même jamais allé. Ses armoires, ses coiffeuses et ses chaises voyageaient pour lui, et il s'en contentait. Cette fois-ci, pourtant, il ne parvint pas à tirer du bois ce qu'il avait en tête. Il travailla toute la nuit mais rien n'y fit et au matin on attribua les cernes sous ses yeux à cette même rêverie éveillée qui semblait avoir contaminé toute la ville.

Une nouvelle journée s'écoula durant laquelle Maria resta dans sa chambre comme elle l'avait fait les jours précédents. Ce n'est qu'à la nuit tombée qu'elle ressortit et cette fois les gens qui la virent prendre la direction des bois la mirent en garde contre les dangers de ses balades nocturnes. Mais Maria se savait en sécurité car le Menuisier ne la quittait pas. Il la suivait, marchant dans les traces que ses bottes ancraient dans la boue, ombre massive et rassurante qui se confondait à la sienne.

Une fois franchie l'orée des bois, ils avancèrent côte à côte et silencieux. Ils ne se touchaient pas, ne se regardaient même pas et aucun des deux n'aurait su dire lequel guidait l'autre.

Leur marche les conduisit au bord de la rivière dans l'eau de laquelle la lune et les étoiles frémissaient

avec le vent. Quand il se calmait soudain, elles ne bougeaient plus et il devenait difficile de distinguer les copies des originales. Le Menuisier avait emporté avec lui une grande épuisette qui prenait la poussière, oubliée depuis longtemps contre l'un des murs de l'atelier. Avec précaution, il la plongea dans l'eau claire et attrapa dans son filet le reflet de lune qui dormait là. Il s'y prit mal car il était habitué à la solidité de la matière, à la forte présence du bois, à la dureté de ses nœuds. Alors Maria l'aida, apposant ses longues mains blanches sur le manche de l'épuisette qu'ils manièrent ainsi, à deux, avec précaution. Ils parvinrent à ramener le reflet jusqu'à eux, le sortirent de l'eau et, bien qu'elle l'ait aidé, c'était véritablement un cadeau qu'il lui faisait là. Une chose précieuse, fragile qui pouvait rejoindre brouillard et ombres.

Et puis ils firent l'amour et le Menuisier pleura, chose qui ne lui était pas arrivée depuis l'enfance. Ce fut lent et doux, et tant de tendresse fit couler ses larmes.

Avant de sombrer dans le sommeil, il lui demanda pourquoi elle collectionnait ces choses auxquelles personne ne faisait attention, ces courants d'air, ces frémissements, ces rais de lumière. Il voulait l'entendre de sa bouche parce qu'il croyait savoir mais n'était pas sûr.

« Je cherche, lui dit-elle, je cherche à retenir ce qui se dérobe. »

Et le ton qu'elle mettait dans sa voix était celui de l'évidence.

Alors ils s'endormirent, Maria longtemps avant le Menuisier qui savait déjà qu'à son réveil elle ne serait plus là. Il posa l'une de ses grandes mains calleuses sur sa taille nue et chacun de ses doigts épousa un grain de beauté comme s'ils s'étaient trouvés là exprès, dans l'attente de cet instant précis. Il lutta tant qu'il put mais le sommeil l'emporta sur ses rives et le matin le trouva seul. L'eau était redevenue limpide et les nuages qui flottaient là-haut ne s'y accrochaient pas. Il regarda la rivière courir dans son lit et se dit que c'était là une chose de plus qu'on ne retenait pas. Comme le souffle qui s'échappe de nos bouches par temps froid, l'image que nous renvoie le miroir, le mouvement des aiguilles sur le cadran ou encore celui des êtres qui nous sont chers et qui s'en vont.

Après s'être fait ces réflexions, le Menuisier ne se sentit pas mieux. Il n'en était pas moins triste ni moins seul, mais il fut tout de même forcé d'admettre qu'un changement s'était produit. Le pincement dans l'abdomen était devenu autre chose, une chose toujours douloureuse mais différemment

et qui pourrait, s'il en prenait soin, lui tenir chaud, parfois, les nuits dans l'atelier.

Avant d'y retourner, de retrouver son bois et sa solitude, il passa chez la Logeuse qui lui ouvrit la porte de la chambre de Maria. Comme il avait pu s'y attendre, il ne restait rien d'elle, plus de valise, plus de parfum, pas le moindre cheveu roux sur l'oreiller. Seule gisait dans un coin une ombre qu'elle avait délibérément laissée là, du moins voulut-il le croire. Il en reconnut la forme qui n'était autre que celle de leur souvenir, de ce rêve qu'ils avaient fait la nuit, au bord de la rivière. Il l'emporta discrètement, sans que la Logeuse le remarque, et ce fut là le début de sa collection, sa pièce maîtresse, son commencement. Il ignorait jusqu'où elle devait aller et après tout ce n'était pas le plus important. Restait la certitude de s'en aller à son tour, une fois la nuit venue, chasser un peu de brouillard au fond de la forêt.

Fabienne Loÿe : Après un master de lettres modernes, elle s'oriente vers les métiers du livre. Outre la lecture et l'écriture de nouvelles, elle apprécie la musique soul, jazz, folk, s'essaie parfois à la guitare, et fréquente assidûment les salles de cinéma. Curieuse de tous les styles, elle aime le cosmopolitisme des plumes et porte un intérêt très vif à la littérature anglophone, et notamment nord-américaine.

Ses écrivains de prédilection sont aussi nombreux que variés : Tennessee Williams, Truman Capote, John Fante, Jack Kerouac, Paul Auster, Raymond Carver, Richard Ford, Joseph Boyden, Jonathan Safran Foer… ainsi que Toni Morrison (à laquelle elle a d'ailleurs consacré son mémoire de master 2), James Baldwin, Chester Himes, Wright, Maya Angelou, Romain Gary, Pierre Charras, Nancy Huston…

Un lent vacillement
Aurélien Lepage

Oriana, ma mère, découvrit sa grossesse tardivement. Elle l'eût ignorée jusqu'à son terme si un soubresaut de conscience n'avait ravivé la mémoire de son corps.

Jusqu'alors, rien dans son apparence ne pouvait laisser soupçonner un quelconque changement de son état. Sa chair semblait se tenir serrée dans l'ignorance de ma présence tapie en ses limbes. Pétri de naïveté et d'inconscience, le corps d'Oriana demeurait menu et filiforme, sans rien laisser transpirer des transformations pourtant insistantes qui y frayaient. Son ventre lui-même persistait à ne pas vouloir reconnaître mon existence, lisse et plat comme à l'habitude, creux en apparence dessous les parures de tabliers en coton et en lin épais servant aux travaux des jours, dessous les flots de cordelettes et de nœuds accentuant la gracilité trompeuse de sa silhouette.

Le sursaut survint un matin, tandis qu'elle revenait de la forêt, un panier empli de champignons calé au pli du coude. À demi embuée d'humus et de senteurs mouillées, Oriana put observer sa mère derrière la maison, lavant les linges de ses menstrues dans la grande bassine de cuivre enturbannée de fumée et d'écume de savon. Absorbée par le lancinant mouvement de ces épaules courbées, par ce dos ondulant avec les chaleurs de l'eau et le fouillis des linges mis à bouillir, Oriana s'aperçut soudain qu'elle n'avait plus accompli ce même geste depuis des mois, et que son propre sang n'avait plus fendu son ventre depuis sa première et unique nuit passée avec mon père.

Un jaillissement d'angoisse échauffa alors ses joues. Le panier bascula de son bras et se répandit en corolle de chanterelles, de lactaires, de clavaires et de bolets démembrés. Une brusque révolution de peur ravina de suées son cou et sa poitrine. Son esprit fut envahi d'une clameur continue lui nouant la voix et les jambes.

« Non, mon corps me joue un mauvais tour, il veut seulement me punir... » Oriana demeura immobile, à contempler sa mère penchée au-dessus des vapeurs d'eau, tandis que cette angoisse prenait forme et épaisseur avec les volutes de mousse débordant de la

bassine, s'intensifiait avec le frottement des étoffes entre des mains fébriles, avec les auréoles couleur rouille sur les tissus mis à sécher.

Oriana était encore jeune fille à cette époque, sans fiancé attitré – sa brève relation avec mon père, qu'elle ne revit certainement jamais, devait rapidement se réduire à un souvenir d'amourette bien vite flétrie. Elle passait le plus clair de son temps à constituer son trousseau ou à œuvrer en cuisine, festonnant des draps puis emmaillotant des viandes, dentelant des tartes puis brodant des serviettes, tandis que son sort se nouait par-devers elle en d'interminables tractations entre ses parents et ceux de fiancés potentiels, chacun désirant s'assurer une alliance susceptible d'apporter quelque rayonnement et quelques biens supplémentaires à la famille.

Aussi, la menace de son ventre rond n'en finissait-elle pas de déborder de toutes parts, peuplant son esprit de châtiments troubles et de voix cacophoniques.

*

Oriana connaissait cependant des instants de répit. Son corps ne grossissant toujours pas au fil des semaines. Aucun malaise particulier ni aucune envie

incohérente ne venant babiller à la source de son ventre, n'ayant ressenti aucun des tourments décrits par les femmes du hameau au cours de leurs grossesses, elle renouait fébrilement avec ses espoirs impossibles. Ponctuellement, sa tranquillité d'avant perçait les brumes de l'angoisse et elle se mettait à croire en d'autres événements à l'origine de l'arrêt du sang. Peut-être le sien était-il vicié, retenu par des amertumes liées au désastre de sa relation avec mon père… À moins que son ventre n'eût choisi d'hiberner bien avant l'heure…

Mais, bien vite, la marée des peurs noyait ces brèves accalmies, et tout était à reprendre. Si bien qu'Oriana se décida, en cachette de ses parents et des habitants du hameau, à rendre visite à Méline, une voisine un peu rebouteuse.

Oh, la surprise de ma mère au contact de cette femme modeste et âgée qui ne quittait sa masure que deux ou trois fois l'an aux saisons propices à la récolte des simples ! Oh, sa surprise au contact des senteurs de mauve, de millepertuis, de reine-des-prés, de houblon voletant autour de chacun de ses gestes ! Oh, sa surprise au contact noueux de ses doigts lui saisissant la taille, fouillant sous ses robes à la recherche de son ventre, lui tâtant les chairs, lui cueillant le pubis, lui forant le vagin et observant entre ses doigts

le suc recueilli avant de lui confirmer ses craintes d'enfantement ! « Il semble que tu portes une fille en ton sein, car tu t'appuies davantage sur le pied gauche en marchant… » déclara Méline, avant de se concentrer sur la préparation d'un thériaque et d'une tisane de véronique officinale, de racines de rhubarbe et de sorbier, propice à lui assurer une grossesse sans heurt. « Je ne suis ni accoucheuse ni faiseuse d'anges, ma fille. Je ne puis que te conseiller d'attendre le plein terme et la délivrance de ton ventre ! » ajouta-t-elle en se refusant à toute autre intervention.

Dès lors, le corps d'Oriana prit enfin les formes rondes de la fertilité. Rentrant précipitamment chez elle, elle sentit un poids nouveau alourdir sa démarche. L'ourlet de son chemisier se tendit et lui enserra les bras, ses tabliers lui comprimèrent la taille, lui mordant douloureusement les flancs, et ses dessous se perdirent dans le roulis de ses fesses.

Sitôt le seuil de sa maison franchi, elle s'enferma dans sa chambre, se déshabilla. Sortant un petit miroir de dessous son lit, elle observa ces formes interdites avec avidité et frayeur. Soudainement consciente de ce qui l'habitait, sa chair avait mué, en quelques heures, tout ce qui avait été retenu vers l'intérieur avait reflué au vu et au su de tous. La peau de ses bras et de ses cuisses ondulait dans une opulence nacrée. Ses seins

roulaient avec lourdeur sous ses paumes et un lait sucré perlait aux commissures de ses tétons. Duveteuses, ses joues rosissaient comme une peau d'abricot. Un ventre rond commençait à poindre aux abords de sa culotte, lui révulsant le nombril et lui traçant comme une ornière jusqu'à l'orée du sexe.

Le corps de ma mère avait cessé de m'ignorer.

*

À cet instant, malgré mes efforts pour reconstituer l'histoire d'Oriana, ni l'abîme de folie qui précipita son destin ni la poignée d'indices recueillis au fil des ans, au gré des fantasmes de chacun, ne me suffit. Je ne peux qu'émettre des suppositions et tenter de démêler, dans le bruissement latent des rumeurs, le tressage infini des causes et des conséquences qui nouèrent sa vie.

Je sais pourtant ceci : quelques jours après la soudaine efflorescence de sa chair autour du secret honteux que je représentais, Oriana quitta la maison de ses parents pour rejoindre ses tantes, Juliette, Mina et Rosaline, trois sœurs qui vivaient depuis toujours ensemble, dans le village voisin. Il était certainement convenu qu'elle y demeurerait cachée jusqu'à ma

naissance, avant de regagner la maison familiale une fois délivrée. Seule, bien sûr ! Mais prête à renouer avec sa vie d'avant, d'avant l'empreinte de mon père au creux de son sexe, d'avant sa vie de jeune fille promise à des épousailles fructueuses où je n'avais pas ma place.

Mais ce que j'avance là est une hypothèse parmi d'autres. Car Oriana choisit une voie inattendue : elle ne quitta pas la maison de ses tantes. Elle y vécut jusqu'à sa mort, ne revit jamais ses parents, ne se maria pas.

Oh, la flambée de rumeurs ! Oh, la myriade de suppositions qui accompagna cette étrange décision ! Plusieurs générations de bouches jubilatoires et de mots malveillants enfilés ne suffirent pas à tarir l'histoire d'Oriana, « Li P'tite Blanque Femme » ! Certains habitants affirmèrent qu'elle avait été répudiée par son père qui n'avait pu supporter un tel déshonneur inscrit à même le ventre de sa fille. D'autres affirmèrent au contraire que cet exil momentané devait être suivi d'un mariage, célébré comme si de rien n'était, mais que ma mère, ayant perdu la tête entre-temps, avait refusé cette union qui l'eût pourtant ramenée à sa quiétude originelle. D'autres encore

prétendirent que la raison d'Oriana s'était peu à peu noyée dans la lancinante attente de mon père qu'elle n'avait pu se résoudre à oublier…

Sans doute tous ces bruits sont-ils un peu vrais un peu faux, et je peux donc joindre ma rumeur à la rumeur.

Voici ce que j'imagine : Oriana, se découvrant enceinte, sans fiancé ni époux, sans trousseau achevé, craignant le désaveu de ses parents, décida seule, sans en avertir quiconque, d'aller s'installer chez les trois sœurs.

Sa peur rendant tout échange impossible avec ses parents, il lui fallait briser la continuité des jours, s'en éloigner brutalement, pour mieux y revenir par la suite. Sa chair hantée par ma présence la plaçant à l'index des « féminités respectables », comme l'on disait à l'époque, elle supposa que ses trois tantes, vivant elles-mêmes en marge, sauraient accueillir son enfantement solitaire sans l'étouffer sous les soupirs accusateurs et les malédictions éternelles. Car Rosaline, Juliette et Mina appartenaient à la longue et méprisée lignée des vieilles filles. Ces femmes dont les hommes raillaient la pudeur excessive, disant que leur jeunesse s'était desséchée avec les eaux de leur sexe délaissé, que leur fleur aux humeurs aigres

souffrait de s'être ratatinée très tôt en guenilles, et que leur peau était aussi souple qu'une semelle de vieux godillot… Cette appellation, pourtant injuste et disgracieuse, rendant toute solitude suspecte et digne de moquerie ou de pitié, amusait grandement les trois sœurs. « N'est-ce pas une posture enviable ? se plaisaient-elles à dire. Nos voisins nous prêtent des facultés inédites, des difformités et des secrets inavouables ! Nous aimerions bien savoir ce que ces lèvres indiscrètes se racontent à l'abri de nos regards, et ce que la page blanche de notre célibat leur permet d'inventer ! »

Mina, Rosaline et Juliette réservèrent un accueil chaleureux mais désordonné à leur nièce. Elles se disputèrent sur la raison de son séjour chez elles. Elles parlementèrent sur la lueur d'effroi et de stupeur brillant dans le regard de ma mère. Elles se traitèrent de tous les noms avant de se réconcilier avec force caresses et baisers. Enfin, elles permirent à Oriana de choisir l'une des nombreuses chambres inoccupées de leur vaste maison.

Toutes trois occupaient depuis toujours une seule et unique chambre sous les combles, la même depuis leur enfance, et l'arrivée d'Oriana ne modifia en rien leurs habitudes. La cohabitation s'organisa simplement. Aux premiers étirements du coq, Rosaline,

Mina et Juliette apparaissaient, déjà apprêtées, avec, flottant autour d'elles, cette odeur puissante de chèvrefeuille, de rose et de violette qui semblait accompagner chacun de leurs mouvements. Une sage dentelle s'enroulait autour leur cou, maintenue par un médaillon ovale en argent sous le menton, puis descendait comme une langue blanche tirée sur l'ensemble marine qui les couvrait de la tête aux pieds. Seul leur chignon, crépu, démesuré, indomptable, qui reposait à la base de leur nuque comme un nid de merle abandonné, jurait un peu. Les trois sœurs se vêtaient à l'identique, si bien qu'aucun villageois n'était plus capable de les différencier. Plus personne ne prenait garde aux rides de Juliette, aux yeux verts de Rosaline, au fessier généreux de Mina. Même leurs voix s'étaient peu à peu fondues, car elles parlaient toutes en même temps.

Une brume vocale, un brouillard bavard à senteurs de chèvrefeuille, de rose et de violette... tel est le souvenir le plus marquant qu'il me reste d'elles, lorsqu'elles venaient de loin en loin me rendre visite dans l'institution où je fus placée dès ma naissance.

Ne se préoccupant guère de ma mère, les trois sœurs vaquaient à leurs activités, tandis que, dans l'intimité de sa chambre, Oriana s'affairait à effacer sa présence à mesure que ses formes s'épanouissaient.

Parfois, elle tâtait la pâte lisse de son ventre, et je pouvais sentir le tremblement apeuré de sa main. Parfois aussi, elle se dénudait, s'allongeait sur son lit et, emplie d'un dégoût las mêlé de soulagement, laissait son corps ébruiter son délire de fermentation. Jusqu'au jour de la délivrance.

*

J'ignore laquelle des trois sœurs, qui n'avaient jamais fréquenté de femme enceinte, assista ma mère durant le travail, et qui décida de mon prénom : Hermise.

J'imagine une agitation de poulailler dans la maison ce jour-là. Ma mère, aveuglée par les premières douleurs, et ne s'expliquant pas cette eau qui dévalait de ses cuisses. Juliette, Mina et Rosaline courant autour d'elle, se disputant les draps propres, la bassine d'eau, les herbes apaisantes. J'imagine les trois sœurs hurlant dans une cacophonie d'encouragements et de conseils à ma pauvre mère qui n'y entendait rien. J'imagine les gestes désordonnés pour étreindre ce corps en saillie, et les pâmoisons des tantes à la vue des glaires et du sang, j'imagine leurs chignons dévastés et la dentelle de leur cou embrouillée comme un vieux torchon !… J'imagine, j'imagine.

Personne, au fil des ans, ne jugea bon de revenir sur cet événement clandestin, cette ombre de

naissance vite chassée des mémoires vives. Je me souviens des regards médusés des « Mademoiselles », comme je nommais alors les trois sœurs, lorsque je risquais une question à ce sujet durant leurs visites !

*

Bien vite après l'accouchement, le corps de ma mère retrouva sa beauté d'avant, une justesse de proportions, une onctuosité de peau et une grâce du geste oubliées depuis des mois. Ma présence n'avait laissé aucune marque visible à l'exception de la fugitive béance de son sexe et des menues nervures rosées étoilant la surface de ses joues. Elle eût donc pu quitter ses tantes aisément et repriser de neuf le cours de ses désirs, même à gros points tortueux et maladroits.

Mais son esprit avait déjà entamé ce lent vacillement d'où il n'émergerait bientôt plus.

Juliette, Mina et Rosaline ne perçurent, au début, qu'une vague tristesse, un affaissement incertain de son regard, une fixité anormale de ses pupilles. Oriana pouvait rester immobile des heures durant à observer un point quelconque de l'espace, tout en

murmurant des paroles qui ne franchissaient jamais le seuil de ses lèvres. Une traîne de silence voilait alors ses traits, l'entourant d'un calme aux accents menaçants.

Car, échauffant chaque fibrille de son esprit, l'angoisse qui l'avait envahie avec la prise de conscience de sa grossesse ne l'avait pas quittée.

Ayant uniquement songé à son ventre comme à un poids abstrait et torturant dont il fallait se séparer au plus vite, sans doute n'eut-elle jamais conscience d'avoir enfanté un être réel, et non un simple nœud de frayeurs. Une fois l'enfantement accompli, elle avait cru que cette parenthèse de temps honteux s'évanouirait. Elle avait rêvé à cet instant de délivrance, avait vraiment cru que sa mémoire oublierait en même temps que son corps allait s'évider. Mais le flot des voix accusatrices ne tarissait pas. Sans arrêt, des tristesses bourbeuses lui coulaient au creux du cou et des reins. Des gémissements sourds se lovaient au fond de ses tympans. Des murmures de culpabilité suintaient au creux de sa gorge.

« Honte ! Honte ! Honte et souillure !... » Voici ce que ma mère croyait percevoir dans ces clameurs, ce que ses lèvres silencieuses ne cessaient d'articuler sur le vide.

Les mois passant, Juliette, Mina et Rosaline finirent par s'inquiéter de l'état de confusion de leur nièce, de la permanence de son hébétude, de ses langueurs et de son peu d'intérêt à l'égard de sa propre vie.

« Cette petite se transforme en pierre ! Nous allons bientôt la retrouver minéralisée ! »

Ne sachant plus que faire du désarroi d'Oriana, ses trois tantes l'incitèrent à chercher la réponse auprès de Notre-Dame du Mouchoir, une divinité locale située dans une alcôve à l'intérieur de l'église, simple petite Madone de plâtre moulé, connue pour sa capacité à accomplir des miracles. Toute l'année, les fidèles venaient implorer sa miséricorde. Tout en formulant leur demande, ils prenaient soin de nouer une bande de tissu clair autour de la statue, lui enveloppant les jambes, la taille, les bras, la tête, et même l'auréole, puis descendant jusqu'au pied de l'autel, nouant par-dessus les nœuds et partout où il était possible de nouer. Totalement effacée sous les entrelacs de nœuds et les épaisseurs de tissus, emmitouflée sous des strates de prières et de ferveur, la silhouette de la statue présentait d'étranges excroissances. Selon l'importance de la demande, la qualité et la taille du tissu variaient. Pour une maladie anodine ou l'espérance d'un amour partagé : une simple bande de coton. Pour préserver la santé d'un enfant et, selon la longueur de la bande,

lui assurer une vie longue et bienheureuse : un lin plus épais. Parfois, les offrandes textiles se révélaient aussi bigarrées que leurs demandes. Afin de se voir épousées dans l'année, des jeunes filles venaient y nouer une dentelle réalisée avec leurs propres cheveux. Pour que leurs troupeaux soient bénis, des éleveurs y enroulaient une petite tresse de poils et de laine. Afin de raviver leur membre rabougri ou de trouver une jeunesse à engrosser, les hommes âgés y enlaçaient un pan de leur culotte. Quant aux veuves, elles y plaçaient un tissu ayant appartenu à leur mari, afin qu'en songe il vînt les visiter…

Juliette, Mina et Rosaline ne croyaient aucunement en ces superstitions : « Fadaises d'idolâtres ! » s'insurgeaient-elles à l'unisson. Elles espéraient seulement pousser ainsi Oriana à renouer avec le monde. C'était là le seul miracle qu'elles attendaient.

Or ce miracle advint. Mais ce fut un miracle aberrant, excessif, qui balaya toutes les espérances des trois sœurs.

*

Que se passa-t-il au seuil de l'autel, lorsque ma mère s'y rendit quelques semaines plus tard ?

Y vécut-elle réellement le miracle tant énoncé, et non un simple mirage ?

Sur ce point également, la rumeur des « Ce jour-là, ceci… Ce jour-là, cela… » enfla, foisonna, réarrangée de bouche en bouche, transformée avec les ans, recomposée à l'envi selon l'humeur, le temps, l'interlocuteur. Miracle de ma mère transfigurée par le mirage des langues ! Mirage de sa vision rivé au miracle des bavardages !

Il me faut donc là aussi manipuler, et réorganiser, l'inlassable flot des paroles pour tenter d'y déceler le possible au revers des fantaisies. Quitte à y mêler mes propres rêveries… Car il faut bien avouer qu'un rien de distance sépare le miracle du mirage, et donc l'histoire vraie de la fable. Tous deux savent ordonner ou confondre illusions et visions, émerveillements et hallucinations, confusion et clarté. Tous deux savent transmuter les êtres et les choses par la grâce de leurs révélations, fausses ou avérées.

Ma mère, elle, ne se préoccupa guère de la distinction. Louvoyant, dès ce fameux jour, entre les deux, elle s'avança, tantôt miracle tantôt mirage, dans une danse où légende et réalité devinrent rapidement indiscernables.

*

« La Petite Madame des Mouchoirs lui aura délivré un secret important, certainement ! »

Sur le moment, personne ne reconnut Oriana en cette étrange jeune femme que l'on vit sortir de l'église en courant, peu avant midi. Une très jeune femme à vrai dire, le visage bouleversé, un sourire tremblant sur les lèvres, et comme une folle révélation aveuglant son regard. Sa mantille de soie noire lui pendait dans le dos, se mêlant aux longues mèches de sa tresse défaite. De nombreux chalands suspendirent leur activité pour observer cette silhouette extatique qui, s'éloignant à grandes enjambées, soulevait ses robes dans un bruissement de feuillage sec.

Quelques femmes se signèrent au passage de cette silhouette aux robes remontées, donnant à contempler sans ciller l'intimité de ses jupons, le galbe de ses mollets, la rondeur de ses genoux et, par intermittence, l'orée sensuelle de ses cuisses.

Pourtant, malgré la singularité d'une telle scène, personne ne s'étonna longuement. Plus d'une fois, des candidats au miracle avaient jailli de l'église comme

des possédés, bavant, grelottant, se pâmant, hurlant, riant, pleurant. Et puis chaque miracle annonçait sa venue par une profusion de signes qu'il s'agissait de savoir reconnaître, écouter, interpréter. Ainsi, quelques jours auparavant, une femme avait vu fleurir une ancolie, alors que la saison en était passée. Un enfant avait rapporté de ses jeux une racine en forme de madone. Une lavandière avait vu se dessiner le croissant de lune marial à fleur de mousse. Dès lors, tous avaient su que cela arriverait, mais aucun n'avait imaginé que le miracle prendrait la forme d'une course échevelée à travers le village, d'une fuite à larges enjambées déployées dans un frottement de jupons !

Oriana n'avait aucunement conscience de l'indécence de sa silhouette. Toute au mystère qui l'habitait, elle se précipitait chez ses tantes sans rien percevoir des douleurs cinglant son flanc sous l'effort, ni rien deviner des regards posés sur elle. La dernière fois qu'une telle course avait animé son corps, elle revenait de chez Méline. Ce jour-là, elle avait couru tout à la fois pour fuir et devancer sa honte face à une telle annonciation. Ce jour-ci, elle courait pour attiser la joie qui lui explosait les sens, le cœur, les jambes, l'amarrant à la possibilité du rachat de sa faute passée.

Et, comme en réponse à sa course d'autrefois, revenue chez ses tantes, elle s'enferma dans sa chambre et sortit le miroir qu'elle avait emporté avec elle. Elle se déshabilla et se contempla de nouveau. Elle observa sa nudité qui ne s'arrondissait plus. Elle osa se regarder pleinement, entièrement, et se toucher, jusqu'aux parties du corps jugées sales et impies. Elle se caressa les seins et sentit la moiteur laissée par la sueur de sa course. Elle glissa sa main sous ses aisselles, tortilla ses poils fins entre ses doigts, en huma l'odeur salée, et, au creux de sa paume, estima l'épaisseur charnue de son pubis. Puis, tandis que la liqueur des paroles miraculeuses résonnait à ses oreilles, elle se passa un doigt sur l'ombrelle de chair qui lui fermait le sexe : « ... *Resflorada*, avait dit la petite Madone de plâtre, *resflorada*... »

*

Le lendemain, ma mère expliqua à ses tantes ce qu'elle avait vu au sein de l'église.

Tout d'abord, elle n'avait rien remarqué sous la lumière blanche dans laquelle baignait l'allée centrale. À vrai dire, elle ignorait ce qu'elle était venue chercher là. Du fond de ses langueurs, les paroles des trois sœurs l'avaient poussée vers ce lieu saint,

mais le sens lui en échappait désormais. Errant donc entre les bancs, sans rien chercher de précis, elle avait remarqué une silhouette blanche, difforme et boursouflée au coin de la nef, rappelant vaguement la forme d'une statuette.

Une Madone !

Intriguée par l'étonnant fantôme tout entortillé de ficelles, de nœuds et de chiffons, elle s'était approchée de l'alcôve miraculeuse, jusqu'à frôler de ses cils les franges des pans de tissus. Elle avait alors entrevu sous les bandelettes le visage de la Madone, le rayonnement infini de ses traits. Puis elle avait aperçu le miracle : un ruisselet de larmes s'écoulant le long des joues de la statuette ! Un flot continu d'eau transparente, d'une limpidité si lumineuse qu'elle prétendait en garder la trace imprimée au fond des rétines, une petite brûlure en forme de goutte rappelant sans cesse à sa vision ce moment de grâce accordé à elle seule.

« Ainsi la Madone me l'a promis ! *Resflorada,* m'a-t-elle dit, tandis que sa larme coulait au fond de mes yeux, *resflorada* ! Mon corps d'avant me sera bientôt rendu ! »

Mina pouffa jaune. Rosaline tourna des yeux ulcérés au ciel. Perplexe, Juliette soupira. Elles restèrent à contempler ma mère. Dubitatives, elles éprouvèrent

une confuse culpabilité face à cette folie désormais manifeste. « Notre conseil a réveillé les humeurs dormantes de l'esprit d'Oriana, se dirent-elles. Peut-être aurait-il été préférable que notre nièce se minéralise, après tout… »

*

L'incrédulité de ses tantes ne suffit pas à décourager Oriana. Durant un temps, une frénésie d'extases se substitua à sa frénésie d'angoisses. Plongée auparavant dans l'obscurité, ma mère s'avançait dorénavant dans un univers saturé de lumière. Et une vivacité nouvelle et obsessionnelle l'habitait. Chaque matin, elle se rendait auprès de Notre-Dame du Mouchoir, et la veillait, mains jointes, jusqu'à midi. Elle se précipitait vers l'autel, y déposait des centaines de cierges allumés, y répandait des jonchées de bandelettes invocatoires et y balançait de larges éclaboussures d'eau bénite. Durant des heures, elle récitait les mêmes prières tout autour de la statue, dans l'espoir de voir couler les larmes nourricières et réparatrices. Mue par l'ombre immense et vorace de la déraison, son attente semblait ne plus avoir de fin… au grand dam du curé qui redouta plus d'une fois de devoir

prononcer ses homélies en un tel lieu de sorcellerie, et des fidèles qui finirent par déserter les messes, excédés par cette débauche de dévotion, et par cette forêt de cierges donnant à leur petite Madone des airs de buisson ardent !

Mais les semaines puis les mois passaient, et les larmes de plâtre restaient figées. Plus Oriana demeurait immobile, psalmodiant ses litanies, plus il lui semblait que la distance entre la Madone et elle augmentait. Et la brûlure au fond de ses yeux ternissait avec l'espoir de recouvrer son corps de pureté.

Une nouvelle envolée de clameurs glapit bientôt dans ses oreilles et lécha les parois de son ventre. Cela montait par vagues en un entrelacs de voix, de chuchotis. « Honte, honte… » Son ancienne lenteur la reprit, alimentée cette fois par des interrogations nouvelles concernant l'improbable miracle. La Madone l'avait-elle délaissée ? Fallait-il s'oublier toujours davantage pour voir renaître l'instant des larmes apaisantes ?

*

Ce fut sans doute durant cette période qu'Oriana acheva de s'éloigner du monde. Oubliant les jours,

les heures, elle reconnut à peine ses tantes et son propre reflet la laissa indifférente. Elle ourdit ses gestes et ses pensées dans une répétition aveugle. Les notions de présent et de durée s'effacèrent, les saisons et leur rythme disparurent, tel le temps de son chapelet s'enroulant et se déroulant indéfiniment entre ses doigts.

Ce fut à cette époque également que l'apparence de ma mère prit les accents chiffonnés des textiles recouvrant la Madone. Cette mue ultime s'installa à petits pas, sinua imperceptiblement au gré de ses lents habillements avant de se déployer dans une extravagance de robes, de rubans, de gilets et de dentelles entrelacés.

Son corps, à la suite de son esprit, sombra bientôt dans une folie de tissus blancs.

J'ignore comment ce désir d'amasser voilures et robes blanches comme autant de pelures d'oignon naquit. Mais, se façonnant à l'image de la Madone miraculeuse, sans doute pensait-elle réduire la distance qui la séparait d'elle. Sans doute espérait-elle lui ressembler au point de pouvoir évoluer dans les mêmes paradis subtils. Sans doute croyait-elle pouvoir ainsi approcher au plus près le roulis des larmes divines.

Cela commença discrètement, dessous ses robes, par une infinie superposition de jupons, de toutes matières et de toutes tailles. Des mousselines, des taffetas de soie, des tulles moirés, des damas piquetés, des crêpes torsadés, des satins à broderies, des cachemires veloutés. Tous blancs.

Puis cette accumulation de blancheur déborda en une prodigieuse crue de vêtements, dont tout le village put observer, ébahi, l'infini jaillissement. Oriana se mit à recouvrir ses robes de jupons supplémentaires, en coton, en lin, en toile grossière, en velours côtelé, en gaze cousue à petits points croisés. Elle accumula corsets, chemises et chemisiers, boutonnières et cols en dentelle. Elle couvrit ses épaules d'un châle en laine, puis d'une mantille ciselée d'arabesques, puis d'un autre châle tricoté, puis d'une lavallière froufroutante, puis d'un foulard transparent, puis d'un autre châle à franges, puis d'une cape à festons...

De semaine en semaine, sa parure se densifia, s'ouvrit sur des complexités de profusions, des merveilles d'entrelacs, des subtilités de chevauchements. Toutes les nuances du blanc finirent par se côtoyer en cet improbable feuilletage. Blanc-blanc, blanc-écru, blanc-sur, blanc-lune, blanc-marais, blanc-aube, blanc-moisi, blanc-nuit, blanc-brume, blanc-mémoire

– comme une accumulation infinie de toutes les lueurs mutiques et inaudibles du monde.

Lorsque, les années passant, les réserves de tissus s'amenuisèrent, ma mère se mit à dérober les draps, les rideaux, les nappes, les mouchoirs et les napperons de ses tantes. Il lui arriva aussi de glaner un voile ou un tablier mis à sécher dans les jardins ou au lavoir. Elle les découpa, les déchira, les détissa. Elle ravauda grossièrement des bandes de rideaux autour de sa taille, coutura des fragments de napperons par-dessus ses chemises, recouvrit sa cape de draps et de voiles noués à son cou.

Sa silhouette devint peu à peu démesurée, outrée. Floue et labyrinthique. Toute gonflée de blancheur et de bruissements. Son corps s'effaça sous l'épaisseur des tissus, dilaté en fantôme tout à la fois ample et évanescent. Si bien que les villageois la croisant dans la rue y regardaient à deux fois, clignant des paupières devant cette vision incertaine, flamboyante et spectrale. Une touffe hirsute de textiles enchâssés, presque translucide à force de blancheur et d'oubli de soi, fluctuant en marge des bruits et des relents du quotidien, avançant lentement, de son pas monotone mais impérieux, passant, glissant,

tanguant dans la fragilité de ses mélopées vers l'autel de la petite Madone.

Alors, ils savaient avoir entraperçu Oriana « Li P'tite Blanque Femme », Oriana « La Petite Dame Blanche », ombre immaculée en dérive, hantant le ras des brumes dans une vapeur de tissus blancs, dans un froissement persistant de voiles, de prières et d'attente…

Lorsque l'on tentait, non sans quelque crainte, de l'approcher, de l'interroger, Oriana elle-même reconnaissait ne plus savoir quel était le volume de ses membres sous le lacis des vêtures. D'une voix en fumerolle au bord du délitement, elle disait ne plus savoir distinguer la douceur de sa chair sous l'écorce des robes, la moiteur de sa peau enchevêtrée à la glèbe des tissus. Mais de cette intimité-là, elle ne se souciait plus, voilà bien longtemps qu'elle en avait oublié la réalité, la consistance, la couleur, le grain, la saveur. Toute perception de son corps s'était déplacée, retirée aux limites de sa parure en expansion. Il lui semblait percevoir davantage son sang rôder parmi les plis des trames et des tissages qu'au cœur même de ses veines. Il lui semblait sentir sa respiration emplir chaque repli des voilures plutôt que ses poumons. Il lui semblait percevoir les rides de sa peau dans le froissé des vêtements. Sa chair ne se résumait

plus qu'à cette magistrale construction de tissus, de nœuds et de coutures, ce formidable labyrinthe de blancheur où se perdre et se répandre, où enfouir et enclore son corps remué de culpabilité. Où endormir ce corps ancien comme dans un cocon, dans l'attente de la renaissance tant espérée, tant annoncée par la Madone.

Dans l'attente, dans l'attente. Au cœur d'une dormition sans fin.

Dans l'attente, dans l'attente. Au-delà de toute patience, à rebours de toute attention.

*

« La Notre-Dame est vivante ! La Notre-Dame est vivante ! Elle s'en va bénir les bourdons et les poules, les chardons et les mouches, les araignées et les puces, les nouveau-nés et les grenouilles !… Et surtout les fesses des petits diables ! » criaient les enfants sur son passage, tout en baissant leur pantalon.

Aurélien Lepage : titulaire d'une maîtrise en arts plastiques sur le thème de la lenteur, et d'un master de recherche consacré au bruissement en peinture. Artiste peintre, il a illustré plusieurs recueils de poèmes. Il expose depuis 2002. Passionné par l'Art brut, la mycologie, la philosophie, l'histoire des

superstitions et des croyances populaires, il partage son temps entre la peinture et l'écriture.

Ses écrivains favoris : Sylvie Germain, José Lezama Lima, Patrick Chamoiseau, Elsa Morante, Claude Louis-Combet, Marie Ndiaye, Gabriel García Márquez, Emily Dickinson.

Ses peintres favoris : Jean-Pierre Pincemin, Paul Rebeyrolle, Eugène Leroy, Monique Tello, Manolo Valdès, Jean-Michel Meurice, Louis Cane, Anselm Kiefer, Gérard Titus-Carmel, Pierre Alechinsky, Marinette et Henri Cueco.

L’étrange cas des deux amours de Jean-Baptiste Robert

Clémentine Beauvais

À quarante-sept ans, avoir une vie sentimentale et sexuelle satisfaisante n'est pas une mince affaire. Jean-Baptiste Robert menait les deux de front, en parallèle, avec la dextérité d'un jardinier plantant ses tuteurs. C'était d'ailleurs en ces termes qu'il aimait y penser.

Il avait d'un côté son petit jardinet à la française, semé de tomates cerises, de pommes sucrées, d'abricots dorés et de petits oignons doux : sa femme, Alice, ronde comme une brioche, au ventre trois fois recousu, qui embrassait ses enfants avec la générosité d'un pape, se vaporisait du Tartine et Chocolat derrière les oreilles et l'écoutait parler, longuement, éternellement, lui caressant doucement la main, alors que la nuit se refermait autour du grand lit conjugal. De l'autre côté, il cultivait sa serre tropicale, avec ses plantes carnivores aux couleurs irréelles, ses fleurs aux parfums pimentés, ses ronces

écarlates et mortifères : sa maîtresse, Célia, piquante comme une dague indienne, jeune et ferme, aux dents blanches, à la peau acide, qui l'accueillait dans son studio d'étudiante dans l'ébouriffante explosion de ses cheveux cramoisis. Jean-Baptiste aimait cette analogie. Comme le jardinier de son imagination, il partageait son affection entre les deux, sans préférer l'une à l'autre ; la première lui prodiguait des journées de douceur, la seconde quelques minutes de passion.

Jean-Baptiste, on s'en est aperçu, était un poète ou aurait pu le devenir ; il était du moins agrégé, et enseignait en lettres supérieures. Sa figure de style favorite était, c'est inévitable, la métaphore, filée de préférence, mais il aimait aussi le zeugma, l'anacoluthe et le *non sequitur* pour leur saveur exotique. Son plat préféré avait toujours été le poireau vinaigrette ; il adorait traîner au BHV, rayon bricolage, et penser à rénover son appartement ; il aimait Roland Barthes, sauf son analyse de *Phèdre*. Ses trois enfants, Noé, Léa et Théo, étaient des petits anges saupoudrés de taches de rousseur, qui grandissaient trop vite ; où étaient donc ces heures bénies passées à leur lire les aventures de Bernard et Bianca, ou l'épopée terrifiante du capitaine Nemo ? Quant à ses parents, ils étaient morts de leur belle mort, dans leur lit d'hôpital, Dieu merci ; il n'aurait pas aimé

les voir souffrir. Ses collègues étaient tous des gens charmants, il s'entendait bien avec le directeur de l'université. Parler devant un amphithéâtre le galvanisait particulièrement, et il avait l'impression, face à ses rangées d'élèves, d'être un acteur grec aux mille masques, qu'il pouvait échanger à loisir, fougueux dans le *Bateau ivre*, maternel avec Mme de Grignan, sensuel chez Laclos, étranger comme Camus. Il riait de l'apathie de ses élèves, qu'il prenait pour le fruit d'une hypnose et de leurs erreurs de jeunesse qui les amenaient confondre l'assonance et l'allitération : bref, c'était un homme d'un bon naturel.

Il avait rencontré Alice dans la salle des professeurs, à l'université où elle enseignait à l'époque la psychiatrie et la chimie, alliance étrange s'il en fut mais, selon elle, pas plus étrange que celle des molécules différenciant un morceau de carbone d'un bébé rose. Elle était spécialiste en schizophrénie et les cas qu'elle avait étudiés lui avaient enseigné la patience d'ange dont elle faisait preuve en toutes circonstances. Jean-Baptiste aimait l'appeler « mon petit chimiste » car Alice n'était jamais plus heureuse que devant une foule de fioles et de liquides bouillonnants, ce qui par ailleurs faisait d'elle une excellente cuisinière. La regarder œuvrer avait quelque chose de fascinant : une pointe de couteau de poudre rose tintait contre une éprouvette, le bec Bunsen

s'embrasait dans un clic, un précipité blanc, frêle comme une dentelle, surgissait au cœur d'un liquide doré. Entre ses petits doigts potelés, la vapeur se changeait en glace, la limaille de fer en fibres de coton, le diamant se dissolvait en une pluie infinitésimale de cristaux pailletés. Alice avait vite compris que sa place n'était pas sur l'estrade ; le monde avait besoin d'elle, c'était une inventrice, une future prix Nobel. Elle avait donc quitté l'université quelques années plus tard, avec un mari, un bébé dans le ventre et une grande idée révolutionnaire à tenir secrète, concurrence oblige.

Par une coïncidence que certains qualifieront d'extraordinaire, et d'autres de simplement amusante, Jean-Baptiste avait aussi rencontré Célia à l'université, au rayon étudiants cette fois. Célia étudiait la géologie, et écrivait une thèse sur le magma en fusion. Cela collait parfaitement au personnage. Elle était grande et volcanique, fuselée, voire osseuse ; ses omoplates remuaient de manière incroyablement palpable sous sa peau brûlante, comme deux plaques tectoniques. Quand elle serrait Jean-Baptiste dans ses bras, il lui arrivait d'entendre ses coudes craquer ; ses phalanges cliquetaient quand elle prenait des notes ; ses talons aiguilles picoraient le plancher de son studio. Jean-Baptiste raffolait de cette maigreur. Il

lui attrapait la cheville dans un cercle du pouce et de l'index, et pouvait remonter jusqu'à mi-mollet.

Il ne la voyait pas tous les jours, loin de là ; une fois par semaine tout au plus, parfois une fois toutes les deux semaines, car il attendait que sa femme chérie fût absente pour un meeting ou une conférence, ce qui arrivait souvent étant donné l'étendue de sa renommée. Lorsqu'Alice sortait de l'appartement avec sa boîte de fioles à la main, après avoir englouti Jean-Baptiste dans la guimauve réconfortante de ses gros petits bras, il comptait vingt, trente minutes pour être sûr qu'elle avait attrapé son métro, puis il composait le numéro de téléphone de Célia. Célia décrochait aussitôt, en bon petit soldat ; elle lui donnait rendez-vous trois heures plus tard ; et Jean-Baptiste, après avoir vaqué à ses devoirs de père et veillé au sommeil des enfants, s'échappait à son tour de l'appartement.

Le studio de Célia était perché au huitième étage de l'une des tours jumelles d'un pâté du XVe arrondissement. Il était exigu et anguleux comme sa propriétaire, avec de la moquette orange au sol, des murs blancs, quelques livres de géologie, un grand lit qui était toujours le point de chute de ces rendez-vous nocturnes. Célia n'était pas très bavarde ; Jean-Baptiste savait juste qu'elle n'avait pas de petit ami, pas de famille, qu'elle avait éclos plus ou moins par

hasard vingt-six ans plus tôt, et que la vie avait passé au karcher le poivre de son tempérament. Mais finalement, il ne voulait pas en savoir plus ; lui suffisaient la sublime âcreté de son ventre plat comme une feuille, le sillon de ses ongles dans sa calvitie naissante, l'interminable bronzage de ses jambes d'épingle. Il s'était demandé ce qu'une jeune femme aussi belle trouvait à un homme comme lui, heureux en amour, érudit vieillissant, qui commençait déjà à se couvrir de rides ; mais Célia, avec le rire aigu de triangle qui la caractérisait, lui avait répondu que leur relation s'était imposée à elle comme une évidence lorsqu'ils s'étaient croisés dans le couloir du département de chimie. Et de fait, c'était elle qui l'avait séduit, infiltrant ses longs doigts entre les deux premiers boutons de son col, lui servant des thés citronnés à l'acidité grimaçante en lui souriant de tout l'éclat de ses grandes canines blanches. Jean-Baptiste n'était qu'un homme. Et Célia lui donnait bonne conscience en rappelant sans cesse le souvenir de sa femme, lui posant mille questions sur son mariage, lui demandant de lui relater son voyage de noces. Au fond, c'était une sentimentale.

Vers deux heures du matin, Jean-Baptiste s'éclipsait et retournait au domicile familial, dans la chambre douce et tiède, au cœur du gros lit généreux comme une éponge. Il s'enfouissait dans les

coussins, sous le duvet de plume, et le lendemain matin, vers sept heures, Alice rentrée par le premier train lui apportait un chocolat chaud et un croissant fumant, dans sa robe de chambre en laine polaire qui la rendait douce comme un poussin. Tous deux discutaient pendant une bonne heure, échangeant des regards chauds et souriants, se caressant distraitement la main. Jean-Baptiste s'apercevait alors qu'il était en retard, bondissait du lit, embrassait sa femme dans le tendre gras de son cou et filait à l'université. Il ne croisait jamais Célia, qui n'allait qu'au département des sciences et passait le plus clair de son temps chez elle à écrire, et c'était tant mieux ; ses deux vies étaient parfaitement séparées, il les maîtrisait comme un chef d'orchestre dirige sans fausse note la contrebasse charnelle et la flûte effilée. Oui, les métaphores étaient légion pour décrire une telle réussite. Jean-Baptiste était fier de lui.

Tout continua ainsi. Il n'y avait aucune raison pour que cela s'arrêtât. Alice avait une confiance aveugle en son époux ; Célia ne cherchait pas à briser une famille unie. Les deux femmes ne devaient jamais se rencontrer.

Un vendredi matin, Alice, sa boîte de chimie sous un bras et un gros dossier sous l'autre, alla réveiller Jean-Baptiste sans le plateau traditionnel.

« J'ai un meeting ce soir. Je dois partir.

– Reviens vite, ma chérie, dit affectueusement Jean-Baptiste en lui déposant un bisou dans un pli du cou.

– Oh, sûrement demain matin vers huit heures, comme d'habitude. »

Elle avait l'air préoccupée, mais Jean-Baptiste ne s'en inquiéta pas. Alice était soumise à beaucoup de pression dans son travail, et il était normal qu'une femme aussi exceptionnelle fût de temps en temps moins chaleureuse qu'à l'ordinaire. Jean-Baptiste s'étira. Les enfants étaient en vacances, il n'avait qu'une heure de cours ; il attendit vingt ou trente minutes, étira le bras, attrapa le téléphone et composa le numéro de Célia.

Elle n'était pas chez elle.

Jean-Baptiste ne comprit pas tout d'abord pourquoi cette découverte le perturbait tant. Célia était jeune, elle avait sans doute d'autres choses à faire ; elle était peut-être à la bibliothèque, ou chez une amie. De plus, il ne l'appelait presque jamais à une heure si matinale, et elle ne devait donc pas s'attendre à recevoir un coup de téléphone. Mais l'égrènement si inhabituel de ces *tût tût* fit réfléchir Jean-Baptiste. En, quoi ? Quatre, cinq ans, jamais Célia n'avait manqué à l'appel.

« Bizarre », dit-il au vase ventru plein de lotus sur l'appui de la fenêtre.

Pour une raison ou une autre, il décida de ne pas rappeler Célia pendant la journée. Il alla donner son cours, finit l'après-midi à écrire un article sur *L'Étranger* de Baudelaire, et retourna se coucher dans le lit vide.

Le lendemain, le cliquètement d'une cuillère dans un *mug* de chocolat chaud éveilla tendrement Jean-Baptiste et le mit de bonne humeur.

« Ça s'est bien passé, ton meeting ? demanda-t-il en caressant la joue ronde de sa femme.

– Très bien, dit Alice, mais je dois y retourner cet après-midi. Une question de mole de carbone.

– Ils te martyrisent », dit Jean-Baptiste.

Ce nouveau départ l'agaça. Il aurait eu besoin de sa femme pour compenser l'inexplicable absence de sa maîtresse. Mais Alice repassa le cadre de la porte, balançant ses hanches voluptueuses.

Hop, Jean-Baptiste saisit le combiné et appela Célia. Il n'y avait toujours personne.

« Elle est partie en week-end », dit-il à l'oreiller bouffi.

Si seulement elle lui avait donné un numéro de portable ! Mais Célia était une jeune femme atypique. Il ne savait même pas si elle avait un portable. Son corps mince semblait parfois enfermer un océan

de sagesse d'un autre âge. Ses yeux semblaient témoigner, malgré sa jeunesse, d'une réelle expérience.

Jean-Baptiste prépara à manger pour ses enfants, les laissa partir chez des amis vaquer à diverses activités, puis rappela Célia sans conviction. Elle n'était toujours pas chez elle.

Alice revint le lendemain matin. Jean-Baptiste enterra son visage dans son décolleté renflé.

« Tu m'as manqué », geignit-il.

Elle posa une main apaisante sur son crâne :

« Je ne devrais pas repartir avant jeudi prochain. »

La semaine suivante connut de grands débordements de tendresse dans le vieux couple, à l'initiative de Jean-Baptiste qui ces derniers jours s'était senti assez seul. Il lui sembla que, le jeudi suivant vers quatre heures, lorsque sa femme s'arracha à son étreinte et passa le pas de la porte, se séparer d'elle avait été tout d'un coup bien plus difficile que les fois précédentes.

Jean-Baptiste respecta son rituel ; une demi-heure après le départ de son épouse, il appela Célia. À son grand soulagement, elle était chez elle.

« Tu étais où ce week-end ? s'indigna-t-il.

– Chez une amie, répondit-elle évasivement. Eh bien, quoi ? Je ne peux pas faire ce que je veux ?

– Tu es là ce soir ? »

Célia eut une hésitation.

« Neuf heures ?

– Neuf heures ! »

Jean-Baptiste tourna en rond pendant quelques heures, puis décrocha son manteau et prit le métro. Célia l'attendait, docile, dans une avalanche de cheveux épicés.

« Ce que je suis content de te voir. Je me suis senti abandonné ce week-end », plaisanta-t-il en lui tortillant une mèche.

Célia se dégagea. Jean-Baptiste fut stupéfait de voir des larmes huiler ses yeux derrière ses cils acérés.

« Il faut que j'arrête de te voir. »

Jean-Baptiste laissa retomber sa main, pétrifié.

« Quoi ?

– Ce n'est plus possible. Il faut qu'on arrête de se rencontrer.

– Il... Il y a quelqu'un d'autre ? balbutia-t-il.

– Ne me pose pas de questions, s'il te plaît.

– Non, mais attends, c'est un peu brutal, là, un peu rapide, qu'est-ce que tu racontes ?

– Je n'ai rien à ajouter. J'ai bien réfléchi. »

Jean-Baptiste n'en revenait pas. Depuis quand ses cerises s'enfuyaient-elles deux fois par semaine, et depuis quand ses passiflores décidaient-elles de reprendre leur indépendance ? Sans même s'en rendre compte, il se retrouva à implorer, négocier, menacer, pleurnicher. Il rouvrit la porte que Célia tentait de

refermer sur lui, sonna, resonna, bloqua l'interstice avec son pied. Plus que vraiment triste, il était furieux ; l'incompréhension et le désarroi le rendaient agressif.

Mais, au bout du compte, se rasséréna-t-il en rentrant d'un pas vigoureux chez lui, il y avait toujours Alice, l'amour de sa vie, qui ne l'avait jamais trahi ; Alice, pleine comme un œuf et entière comme un bébé, qui le consolerait, l'embrasserait, et même si cela faisait longtemps que leur lit conjugal n'abritait plus que des démonstrations de tendresse plus fraternelles qu'érotiques, il avait, à bien y réfléchir, beaucoup plus besoin d'elle que de cette aguicheuse, cette traîtresse de Célia.

Il était onze heures et demie du soir ; Alice était toujours à son meeting, et ne reviendrait que le lendemain. Jean-Baptiste dormit d'un sommeil frustré, anxieux, impatient.

Mais ce fut le réveil qui le sortit de son sommeil le lendemain ; nulle trace d'Alice, de croissant, de chocolat chaud. Jean-Baptiste jaillit du lit, sortit de sa chambre, trébucha sur Noé qui courait dans le couloir et qui s'effondra en pleurant ; mais son père n'y fit pas attention et se précipita dans la cuisine où Léa et Théo prenaient leur petit déjeuner.

« Où est votre mère ?

– Sais pas.

– Elle n'est pas revenue ce matin ?

– On l'a pas vue. »

La porte d'entrée s'ouvrit alors, et Alice entra, rose comme un berlingot et aussi ronde et blonde que lorsqu'il l'avait rencontrée, quand elle n'avait que vingt-sept ans. Jean-Baptiste fut partagé entre soulagement et agacement.

« Tu étais où ?

– Je n'ai que deux heures de retard, chéri. Je n'ai pas pu prendre le premier métro. »

Jean-Baptiste l'enlaça fiévreusement.

« Ça ne va pas ? dit-elle d'un ton dégagé.

– Bof, gémit-il.

– Qu'est-ce qui t'arrive ?

– J'aimerais bien que tu sois plus présente…

– Oh, Jean-Baptiste, je suis désolée. Ce projet me prend beaucoup de temps, je sais. Mais il sera bientôt fini, bientôt bouclé.

– Les résultats sont bons, donc ?

– Très bons. »

Elle posa sur la table de la cuisine une boîte qui tintinnabula gaiement, comme emplie de flacons de verre.

« Mon petit chimiste ! » murmura Jean-Baptiste avec émotion.

Sa vie venait de changer subitement, et il avait du mal à s'y adapter. Il essaya de rappeler Célia au

moins quatre fois, mais elle ne répondit pas, et il ne lui sembla pas qu'elle avait vendu l'appartement puisque personne d'autre ne décrochait. Alice avait toujours un meeting une fois par semaine, et se montrait le reste du temps aussi douce et affectueuse qu'elle l'avait toujours été. Jean-Baptiste chercha vaguement de nouvelles conquêtes parmi les rangs de ses étudiantes, mais la seule à qui il proposa un café, une petite brunette au sourire explosif, lui jeta un regard apitoyé et lui dit qu'elle avait rendez-vous avec son petit ami. Jean-Baptiste fut frappé, en se regardant dans un miroir, de s'apercevoir à quel point ses yeux étaient cernés, sa calvitie avancée, ses épaules engraissées ; pendant quatre ans, il n'avait pas remis en question l'attirance de Célia pour lui, et soudain il se voyait vulnérable, vieilli, inutile.

Était-il possible, songea-t-il soudain avec une sueur froide, que Célia ait rompu parce qu'il ne la satisfaisait plus, ou parce qu'il avait pris de l'âge, ou parce qu'elle ne lui trouvait plus d'intérêt ? Cette pensée le perturba jusqu'au soir.

« Alice, murmura-t-il dans le noir, tu m'aimes ?

– Bien sûr.

– Mais pourquoi il ne se passe plus rien entre nous ?

– C'est seulement maintenant que tu t'en aperçois ? »

Il y avait quelque chose d'étonnamment acerbe dans sa question et Jean-Baptiste s'aperçut soudain qu'en quatre ans, tout à sa satisfaction d'avoir Célia, il n'avait jamais pris conscience qu'il délaissait Alice. Pendant tout ce temps, elle avait continué à l'aimer avec constance, et à lui prodiguer des trésors d'affection, alors qu'il lui confisquait un tel aspect de leur vie conjugale. Désemparé, il enlaça Alice, l'embrassa dans le cou, lui caressa le ventre, mais elle lui murmura gentiment qu'elle souhaitait dormir, et s'endormit.

Jean-Baptiste, lui, n'y parvint pas. Il lui fallait une explication à la décision de Célia ; il irait la voir, enfoncerait la porte, et lui ordonnerait de lui énumérer, dans l'ordre et sans craindre de le vexer, tout ce qui avait conduit à un tel verdict.

Il bouillonna toute la semaine, attendant presque avec impatience le départ d'Alice pour son meeting hebdomadaire. Il compta ses trente minutes rituelles, prit ses clés, s'enfuit. Jamais le métro n'avait semblé si lent, la distance si longue, l'ascenseur si poussif.

« Qui est-ce ? interrogea Célia de l'autre côté de la porte.

– C'est moi, c'est Jean-Baptiste. »

Il y eut un long silence.

« Je ne veux pas te voir. Je te l'ai déjà dit.

– Je veux des explications. J'ai besoin de savoir pourquoi tu as décidé ça. Explique-moi, nom de Dieu ! Ça ne se fait pas, de virer quelqu'un comme ça !

– Écoute, je ne suis pas seule. »

Bien sûr. L'explication était simple. Le vaudeville de sa vie énerva Jean-Baptiste.

« C'est qui ?

– Tu ne le connais pas. Arrête de m'embêter.

– Il est jeune ?

– Oui.

– Quel âge ?

– Vingt-huit.

– Je vois. Désolé. Je m'en vais. Adieu. »

Ce n'était que justice, pensa-t-il en appelant l'ascenseur. Une telle beauté ne pouvait rester sans attiser les passions d'autres hommes, plus jeunes, et désormais Jean-Baptiste avait pris conscience du grotesque de son acharnement. Mais la curiosité le tenaillait dès lors : quelle tête avait-il, ce bellâtre dont sa maîtresse attitrée s'était entichée ? Au lieu de monter dans l'ascenseur, il s'assit juste derrière, sur l'escalier, et attendit dans l'ombre.

Il attendit une heure. La lourde porte bleue restait immobile. Jean-Baptiste rongeait son frein.

Enfin la porte s'ouvrit, révélant la sculpturale silhouette de Célia, aussi belle et pointue qu'elle l'avait toujours été, ses grandes dents tranchantes

largement dévoilées dans un sourire mutin. Elle accompagnait son nouvel apollon, un jeune homme d'une beauté que Jean-Baptiste lui-même ne pouvait nier, et qui possédait tous les atouts du jeune premier : une mâchoire carrée, des épaules taillées à la serpe, une nonchalance hollywoodienne. Le petit couple passa une minute ou deux à s'embrasser sur le pas de la porte, puis le jeunot gagna l'ascenseur en deux enjambées et s'enfonça dans les étages tandis que le studio ravalait Célia.

Jean-Baptiste plongea son visage dans ses mains plissées, tâta le recul de sa ligne de cheveux, versa même une petite larme. Il décida finalement de se lever, d'insister, de se ridiculiser encore un peu devant Célia, et fit quelques pas en direction de sa porte.

Il allait sonner lorsqu'il entendit la jeune femme, à l'intérieur, pousser un cri étouffé. Il retint son souffle ; le cri s'estompa, grave et guttural, puis s'apaisa. Paniqué, il se demanda s'il devait appeler les pompiers ; plus un son n'émanait du studio. Mais il entendit bientôt un cliquètement de clés, un bruit de pas, le son mat d'un manteau que l'on décrochait, le frou-frou des manches glissant sur des bras, et enfin la poignée de la porte s'abaissa ; Célia allait sortir. Jean-Baptiste, paniqué, se jeta dans l'escalier qui menait à l'étage supérieur.

Le visage pressé contre deux barreaux de l'escalier, il regarda l'occupante du studio quitter les lieux et fermer la porte à clé.

Une occupante dont l'allure à la fois familière et inconnue donna des frissons à Jean-Baptiste – une occupante dont le corps secoué d'ondulations sismiques se remodelait par à-coups, engloutissant la maigreur de Célia dans de moelleuses couches de graisse, lissant ses cheveux frisés en une sage coupe au col, rétractant ses ongles épineux de jeune fille dans de gros petits doigts maternels.

Alice, ronde comme une pomme, blonde comme un abricot, sa sacoche de chimiste tintant joyeusement contre ses hanches, porta une fiole de potion presque vide à sa bouche, en avala les dernières gouttes avec un frisson, jeta le flacon dans la poubelle de l'étage, et appela l'ascenseur, un sourire triomphant aux lèvres.

Clémentine Beauvais : après une licence d'éducation à l'université de Cambridge, elle suit cette année un master de littérature pour enfants, toujours à Cambridge. Elle écrit régulièrement des nouvelles (elle a été finaliste du PJE il y a deux ans), plusieurs romans, pour enfants et pour adultes, et en ce moment même, un opéra avec un ami compositeur. Dessinatrice, elle illustre des livres d'images et des cartoons pour le journal de l'université.

Ses auteurs favoris : Salman Rushdie, tout particulièrement *Les Enfants de minuit* et *Les Versets sataniques* ; Vladimir Nabokov, Kazuo Ishiguro, Arundhati Roy, Léo, Hergé et Marjane Satrapi. Et en littérature pour enfants : J.K. Rowling, Philip Pullman, Anthony Browne, Claude Ponti... Elle lit également beaucoup de bandes dessinées. « Tout médium qui allie image et texte m'intéresse beaucoup. » Elle espère travailler plus tard dans l'édition pour enfants, tout en poursuivant ses travaux d'écriture et d'illustration.

Le fleuve d'Or
Thomas Jonas

De l'or. Un scintillement d'or, mêlé de pourpre. Puis un éclair noir. Puis… ça. Cette grisaille-là. Je ne sais pas depuis combien de temps je suis allongé ici, à ressasser cette dernière image. Je lui trouve une beauté fugace, précieuse, malgré le contexte. Peut-être parce qu'elle est justement le dernier souvenir que j'emporte du monde. Je n'ai pas revu ma vie en accéléré, pas une miette. J'aurais bien aimé, mais ce n'est pas comme si l'on me l'avait promis. Je serais bien resté encore un peu. En fait, c'était plutôt sympa. Au-dessus de moi, la fadeur ouatée du ciel semble empreinte d'une langueur infinie. Autour, quelques herbes bruissent dans un souffle que je ne perçois pas. On dirait que personne ne va venir me chercher. Avant de me lever, je profite encore un peu de cette solitude. Je me sens bien. Comme quand on ne sait plus si l'on est éveillé ou si l'on rêve encore. Ah ! si c'était un rêve… Mais non, il ne faut

pas y compter. Je finis par me mettre debout, j'examine de près mes jambes, mon torse, mes bras. Pas la moindre blessure ou contusion, pas même le plus petit accroc à mes vêtements. C'est quand même bien fait, la mort. J'ai eu peur d'arriver dans l'état où je suis parti. Je jette un coup d'œil autour de moi : le paysage, fait de rocs et de broussailles, ressemble à une lande désolée. Il semble s'étirer à l'infini. Pas de doute, je suis mort. Ou alors en Écosse, ce qui serait très étonnant. Au loin, une forme longiligne s'élève de plusieurs mètres au-dessus du sol, seul repère brisant la monotonie des lieux. Je lance un dernier regard aux alentours, puis marche dans cette direction. Je ne m'attendais pas forcément à un comité d'accueil, mais il faut bien avouer que l'endroit est plutôt sinistre. La lumière fatiguée du ciel semble tomber d'un soleil osseux, enfoui sous un linceul de nuages. Aucun vallonnement, aucun mouvement, aucun murmure ne trouble le sommeil des pierres, hormis quelques brins d'herbes secs qui vacillent, comme au rythme d'une respiration moribonde. À bien y réfléchir, l'atmosphère m'évoque la pesanteur d'une salle d'attente, où les gens n'osent pas même chuchoter, où les regards se perdent dans le vague, de peur de se croiser. À ceci près qu'ici je suis bel et bien seul ; en dehors de moi, il n'y a pas âme qui vive, enfin si j'ose dire.

Il m'a fallu marcher longtemps avant d'atteindre l'arête noire, dressée comme un totem au milieu de la plaine. Il s'agit d'un panneau indicateur ; en m'approchant, j'ai aperçu sa flèche de bois vermoulue, beaucoup trop haute pour s'adresser à un être humain qui ne serait pas juché dans l'habitacle d'un semi-remorque. De toute façon, il n'y a rien à lire dessus. J'ai eu beau en faire le tour, le bois est énigmatiquement vierge des deux côtés, soit que l'éternité ait usé son message, soit qu'il n'ait jamais eu d'autre vocation que de donner un sens à l'errance des âmes. Je me remets donc à marcher à travers la steppe, en bougonnant. Ils auraient pu prévoir un autobus.

La pauvreté du paysage, parce qu'elle n'offre aucune prise à l'imagination, invite la pensée à se recroqueviller peu à peu, à se lover au creux de sa mémoire à la façon d'un serpent repu. Étant au fond peu pressé d'arriver, j'adopte le rythme de la promenade et me laisse submerger par une résurgence du passé. À mon esprit s'offrent les images de ma femme, de mes enfants, de mon mariage, d'une sortie en famille, d'un dîner chez des amis, de mes collègues de bureau, de mon travail, de l'accident… Elles se succèdent sans s'attarder, glissent en sarabande en s'interpellant les unes les autres. Mon cœur se serre un peu de nostalgie. Je n'ai pas vraiment de regrets mais c'était court. Je songe à ma famille, qui va

maintenant devoir porter le deuil, et un sentiment étrange m'envahit, une tristesse nuancée d'orgueil et de soulagement. Étant parti le premier, je ne connaîtrai pas le désarroi brutal de la mort des autres, je n'entendrai pas les questions hésitantes des enfants, répercutées par le silence de l'enterrement. J'ai la chance de savoir, moi, que je les reverrai un jour. Car après tout, ne suis-je pas encore là ? Au terme d'une vie bien remplie, ils me rejoindront ici et me raconteront tout ce que j'ai manqué. J'imagine déjà l'enthousiasme versatile de mes fils devenus plus âgés que moi, l'étonnement heureux de ma femme. Ici... Mais où, en fait ? Je lève les yeux et m'aperçois que le paysage a changé : devant moi, une lisière de hauts buissons me barre la route. À gauche comme à droite, elle s'étend à perte de vue. Comme je ne veux pas m'écarter de la direction donnée par la flèche, je décide de couper à travers, en priant pour que mon costume ne s'accroche pas aux branches. Après quelques secondes de contorsions entre les tiges enchevêtrées, je remarque que le feuillage est d'une couleur étonnante : fines et cassantes, délicatement ciselées, les feuilles de cette végétation s'ornent de toutes les nuances de l'or. À chaque souffle, l'ambre profond frôle la douceur du platine, des dentelures de bronze mordent le ventre blond des jeunes pousses en bruissant. Çà et

là des gouttes de couleur, que l'on dirait tombées du ciel, font contraste et accrochent mon regard : ici une ramée est piquetée de rouille, comme à la suite d'une éclaboussure ; là-bas, une coulure d'argent longe le contour d'une feuille jusqu'à la pointe ; une palme, aux nervures saillantes et cuivrées, semble gorgée de sang. Épanouie sur un bourgeon doré, une larme de nacre, ronde et brillante comme une perle, attire mon attention. Je m'approche et la caresse du doigt, surpris qu'elle fasse bien partie de la parure du végétal.

Tandis que je progresse à travers le bosquet, un léger clapotis semble répondre à la rumeur du vent. J'ondule entre les dernières branches pour arriver enfin de l'autre côté. Une lumière éclatante m'éblouit et m'oblige à porter la main à mon visage. Devant moi, flamboie une mer couleur soleil. De fines paillettes d'or frémissent à la crête des flots. Au loin, une étoffe de brume raccommode leur opulence au ciel blafard. À quelques pas de l'endroit où je me tiens, les remous lèchent avec paresse les piliers d'un appontement, semblables à un millier de petites langues étincelantes. Troublé, je m'avance un peu, puis m'arrête. L'onde rayonne comme si un incendie ravageait les abysses, à tel point que je ne discerne plus très bien si son étendue est faite d'eau ou de feu. Je m'approche du bord et tombe à genoux,

fasciné par le miroitement de mon reflet sur la surface. Je tends malgré moi une main désireuse de pénétrer cet alter ego couronné d'étoiles, quand un bruit tout proche me ramène soudain à la réalité de la berge ; je parviens à détourner mon regard pour apercevoir, à quelques mètres sur ma droite, assis sur un banc de pierre, un homme en train de lire un journal. À son visage impassible, on le devine absorbé par sa lecture. Derrière ses lunettes, ses yeux s'affolent, comme à la recherche d'une information essentielle. Il ne paraît pas m'avoir vu. Je fais quelques pas dans sa direction puis toussote, autant pour lui indiquer ma présence que pour m'en assurer moi-même. Il lève les yeux vers moi, l'air vaguement étonné. Je murmure un « bonjour », auquel il répond par un signe de tête, avant de replonger dans son quotidien. Surpris de susciter si peu d'intérêt, je reste un instant à côté de lui, les bras ballants, avant de me décider à m'asseoir à l'autre bout du banc. Entre nous est posée une boule de tissu beige, sans doute la veste de l'individu, j'en déduis qu'il est peu désireux d'avoir quelqu'un à ses côtés. Nous restons ainsi un moment, lui lisant, moi scrutant l'horizon incertain. En jetant un œil de côté, je peux voir qu'il s'agit du journal d'aujourd'hui. Je n'ai pas eu le temps de le lire. Moins par curiosité que pour tromper l'ennui qui commence à me gagner, je tente

d'établir un dialogue. « Alors… Comme ça, vous êtes mort, vous aussi ? » L'homme ne paraît pas avoir entendu, mais un sourire s'étire sur son profil. Sans quitter sa page des yeux, il répond : « Non, je suis ici en vacances. » Ne percevant aucune réaction de ma part, il finit par se tourner vers moi.

« Je plaisante. Oui, je me suis pendu ce matin. Et vous ?

– Ah… Euh… oui, moi aussi… Moi aussi je suis mort. »

Cette fois, l'autre se met à rire franchement.

« Ça, je me doute bien que vous ne vous êtes pas perdu en cherchant les toilettes ! Mort de quoi, si ce n'est pas trop indiscret ?

– Accident de voiture », je réponds, avec une pointe de dépit dans la voix. Voyant hésiter une moue suspicieuse sur son visage, je précise aussitôt : « Je ne suis pas responsable. C'est un type, sûrement un ivrogne, qui a percuté un camion-citerne, qui m'a percuté à son tour. Il roulait à contresens sur l'autoroute. » L'homme hoche la tête :

« Je vois, un automobiliste fantôme.

– Pardon ?

– C'est comme ça qu'on appelle un conducteur à contresens sur l'autoroute, en Belgique.

– Le seul automobiliste fantôme dans cette histoire, c'est moi ! je réplique en grommelant. Cet abruti a

de la chance de ne pas avoir atterri ici, sinon… » Un nouveau sourire s'esquisse sur les lèvres de mon interlocuteur, soudain très attentif à mes paroles. Je hausse les épaules. « Sinon je lui aurais fait passer un sale quart d'heure. »

Un ange passe. L'homme a replié son journal et regarde droit devant lui, les mains croisées sur ses genoux. Tandis que je l'observe, un doute éclôt dans mon esprit. « Dites… Vous ne sauriez pas ce qui nous attend, par hasard ? » L'autre me regarde avec une expression mi-ironique mi-incrédule sur le visage. Embrassant l'immensité océanique d'un geste de la main, il s'exclame :

« À votre avis ?

– Je ne sais pas moi, c'est la première fois que je viens !

– Allons, un fleuve, un embarcadère… Pas besoin d'être grand clerc pour comprendre ce que ça signifie !

– C'est un fleuve, ça ? On dirait plutôt un océan !

– Le brouillard nous cache l'autre rive.

– L'autre rive ? Vous voulez dire… ? » Son air narquois se mue en une assurance bienveillante. Cette fois, c'est à moi d'éclater de rire.

« Alors ça, ce serait le Styx ? Et là, vous attendez tranquillement l'esquif de Charon, en lisant la page des sports ?

– Je ne voulais pas partir pour l'Érèbe sans connaître le résultat du dernier match.

– Vous vous moquez de moi ! C'est de la mythologie !

– Vous voulez parier ?

– Pardon ?

– Je vous parie deux euros que le passeur sera là d'un instant à l'autre.

– Ah ! Ah ! Vous en ferez quoi de vos deux euros, si vous gagnez ? Vous espérez trouver un distributeur de soda de l'autre côté ? » L'homme hausse les épaules en souriant. Ses lèvres pâles dévoilent des dents jaunes et abîmées. « Pourquoi pas ? Alors, vous acceptez ? Ou vous vous défilez ?

– Je n'ai pas grand-chose à perdre ! Pari tenu !

– Bien. Vous avez de l'argent sur vous ? » Je sors mon portefeuille de ma poche et le brandis sous son nez.

« Si vous voulez, je vous parie tout ce que j'ai sur moi, vêtements compris !

– Sans façon, réplique-t-il en s'esclaffant, vous allez effrayer le petit !

– Le petit ?

– Oui, le petit », répète-t-il en posant son index sur sa veste. Au contact de son doigt, le tissu se met à trembloter. Alors que je me penche au-dessus de ce curieux phénomène, deux yeux noirs s'ouvrent

au milieu de l'habit et se posent sur moi. Une manche ratatinée s'agite, comme pour se déployer et saluer.

« Qu'est-ce que c'est que ce truc ?

– C'était là quand je suis arrivé. » Tandis que l'homme me répond, une sorte de gros fruit rose, à la pelure humide et froissée, émerge d'entre les pans du vêtement.

« C'est un bébé ! Qu'est-ce qu'il fiche ici ?

– La même chose que nous, je suppose. Vu les dimensions, je dirais que c'est un mort-né.

– Je ne l'avais pas remarqué !

– Il est assez discret. Je lui ai prêté ma veste pour que le froid ne le fasse pas pleurer. Il a dû s'endormir. » Je tends la main vers la petite créature aux gestes imprécis et lui caresse la tête ; ma présence retient toute son attention, je crois même qu'elle me sourit. Le nourrisson attrape mon doigt et je commence à jouer avec lui, ravi d'avoir un nouveau compagnon. L'homme nous regarde quelques instants, puis reprend :

« Et selon vous, que va-t-il nous arriver ? » Je suspends mes mimiques au-dessus du chérubin.

« Que voulez-vous dire ?

– Vous ne croyez pas être sur les berges du Styx, alors que faisons-nous ici d'après vous ? » À mon tour je lève les bras pour désigner la réalité qui nous entoure. « Nous sommes morts, voilà tout. Il y a un

océan, une lande, un banc, rien de plus. Nous y ferons ce que nous y ferons.

– Pour vous, cet endroit est l'au-delà tant attendu ? Pourquoi y sommes-nous seuls dans ce cas ?

– Si cet espace s'étend à l'infini, il est normal de ne pas y croiser quelqu'un tous les jours.

– Et le ponton, devant nous ?

– Pour la pêche ou le tourisme, que sais-je !

– Vous, vous étiez athée dans une autre vie !

– Plutôt agnostique, mais en tout cas rien ne me permet de croire que nous sommes aux portes du royaume d'Hadès.

– Oh, mais je ne prétends pas savoir ce qui nous attend sur l'autre rive. Je dis simplement que c'est là notre destination finale.

– Soit ! Mais je vous préviens, je ne resterai pas ici indéfiniment, à attendre que votre théorie se vérifie.

– Si vous vous ennuyez, allez donc faire un tour au centre commercial, je vous appellerai ! » Ignorant cette dernière pique, j'installe le nourrisson sur mes genoux et reprends mes jeux avec lui. Mes grimaces semblent beaucoup l'amuser, mais je ne parviens pas à le faire rire. Ses lèvres restent curieusement scellées, à tel point qu'un malaise diffus m'envahit. Chez un nouveau-né, un tel silence n'est pas naturel. Peut-être une malformation ?

Je finis par me lasser de l'enfant que je repose sur son couffin improvisé. Je jette un œil à ma montre et m'apprête à critiquer mon compagnon, quand celui-ci pose une main sur mon épaule. « Tenez, le voilà ! Je vous l'avais bien dit ! » Un canot s'approche en effet de notre embarcadère à vive allure.

« Ce n'est qu'une barque, rien ne prouve que ce soit lui.

– Vous avez raison, c'est sans doute un pêcheur à la ligne qui rentre chez lui ! » ironise l'autre. Je plisse les yeux pour mieux distinguer l'embarcation. Au milieu de l'immensité étincelante, elle paraît ridicule et misérable. Lorsqu'elle accoste, le nocher, une silhouette encapuchonnée au visage de craie, saute à terre et nous adresse un signe de la main.

« Mon ami, vous me devez deux euros ! lance l'autre d'un ton réjoui.

– Bon, bon, vous aviez raison, je grommelle, en lui lançant une pièce tirée de mon portefeuille, mais ne vous avisez pas de me le rappeler toute l'éternité. » Je prends le bébé dans mes bras et nous partons au-devant du passeur.

« Fichtre… C'est ma femme qui va être déçue, je murmure.

– Pourquoi ?

– Elle est catholique. »

Le ponton de bois craque sous nos pas. Lorsque le nocher s'approche de nous, je ne peux réprimer un tressaillement. Même l'enfant écarquille les yeux devant son visage blême. Non pas qu'il soit laid à proprement parler ; mais ses traits sont comme émoussés, pétris dans la chaux. Dépourvue de rides ou de plis, sa face a la neutralité du galet poli, l'impersonnalité écœurante de la statue de cire. Ses yeux surtout m'obligent à détourner les miens ; sans iris ni pupille, mais fixés sur nous, ce sont deux orbes livides que ne singularise aucune veinule, deux gouffres blancs où s'abîment nos reflets. Charon avance d'un pas et tend vers moi une main d'albâtre. Un court instant, je redoute de devoir lui serrer la main, mais je comprends qu'il exige quelque chose. Immobile, la main tendue, il semble demander l'aumône. Déconcerté, je me tourne vers mon compagnon.

« Flûte, vous avez un ticket, vous ?

– Je ne crois pas que ce soit de ça dont il s'agit ! »

L'homme s'approche du passeur et lui tend la pièce de deux euros que je lui ai donnée. Ce dernier la retourne entre ses doigts puis la glisse sous sa bure. Dans un recoin de mon esprit émerge alors le vague souvenir d'une histoire d'obole. « Alors, c'était pour ça ! » je m'exclame en repensant à ce pari tout à coup suspect. L'homme m'adresse un clin d'œil.

« Eh oui, je n'ai pas pensé à prendre de l'argent sur moi quand je me suis suicidé. Une chance que vous soyez passé par là ! » Charon se tourne de nouveau vers moi. Je sors mon portefeuille, résigné à payer la traversée pour tout le monde, et lui tends deux autres pièces, une pour moi et une pour l'enfant. Mais le passeur les repousse et désigne du doigt une autre pièce, luisant au milieu de ma petite monnaie.

« Cinquante centimes ? Si vous voulez… On dirait que j'ai droit à un tarif réduit, dis-je en glissant une œillade condescendante à mon voisin.

– Peut-être en tant qu'accompagnateur d'un mineur ! » Alors que je m'apprête à répondre, Charon me prend l'enfant des bras. « Eh ! Qu'est-ce que vous faites ? » Le nocher ne me prête aucune attention et enfonce ses doigts dans la bouche du nourrisson. Avant que je puisse réagir, il en sort une grosse pièce d'or, couverte de salive. L'homme et moi échangeons un regard. Tandis que nous suivons Charon sur son esquif, il commente le premier :

« Je me demande qui peut encore respecter ces anciennes traditions.

– Des gens plus prévoyants que nous, c'est certain ! »

À bord, l'homme et moi sommes installés côte à côte, tournant le dos à notre destination. Face à

nous, Charon, tenant toujours le petit dans ses bras, nous désigne les rames.

« Parce que c'est à nous de ramer en plus !

– Ne vous plaignez pas, la souffrance est le témoignage de notre existence, me console mon compagnon, philosophe.

– C'est que je n'étais pas très sportif de mon vivant.

– Alors vous existerez d'autant plus ! »

Nos premiers coups de rame s'enfoncent dans les eaux lumineuses et font chanceler l'embarcation, tandis que nous commençons à nous éloigner de l'appontement. Derrière Charon, je vois la rive reculer peu à peu, avec son banc de pierre sur lequel nous avons oublié la veste beige, avec sa lisière de buissons aux mille reflets d'or, dont les racines s'enfoncent sans doute jusqu'aux eaux du Styx. Malgré la douleur musculaire naissante, malgré le visage sévère du passeur, une émotion depuis longtemps oubliée se répand dans mes veines et fait battre mon cœur. Cet afflux me ramène à mon enfance, où un émoi semblable me prenait lorsque je rentrais du collège, le soir, par un chemin inconnu, lorsque aux sentiers de promenade, je préférais le silence des sous-bois et la rocaille des escarpements. Je me souviens même avoir couru après cette excitation, l'avoir pourchassée à travers les champs et les

prés autour de mon village natal, traquée dans la pénombre des ruelles de Paris. Quand cela s'est-il arrêté ?

Lorsque la berge n'est plus qu'un horizon touffu, je me retourne pour essayer d'apercevoir l'autre rive. Seul le mur vaporeux et impénétrable du brouillard s'offre à ma vue. Face à moi, le nocher s'est changé en une statue de marbre, immobile sous sa capuche de toile. Avec le mort-né endormi dans ses bras, il me fait penser à une lugubre Vierge à l'Enfant. Ses yeux blancs ne suggérant pourtant ni l'assoupissement ni la méditation, je décide de surmonter mon appréhension et de l'interroger. « Excusez-moi, monsieur... Pourriez-vous nous dire où nous allons exactement ? » Pas de réponse. Le visage du passeur reste aussi imperturbable que si je lui avais annoncé mon désir de changer de chaussettes. « Monsieur ? Juste par curiosité, il y a quoi de l'autre côté ? » Je fixe un instant la surface lactée de ses yeux puis me tourne vers mon voisin.

« Vous croyez qu'il nous voit ?

– Je ne sais pas s'il nous voit, mais il nous entend sûrement ! chuchote-t-il en pouffant. Parlez bas, vous risquez de le fâcher !

– Je me le demande, s'il nous entend ! Si c'est le cas, il pourrait avoir la politesse de répondre.

– Peut-être ne veut-il pas nous gâcher la surprise ?

– Je vais lui demander autre chose, pour voir. Dites, l'ami, la traversée dure combien de temps à peu près ? » Cette fois encore, aucune réaction ne trouble la face de gypse. Je me tourne de nouveau vers mon compagnon.

« Vous savez quoi ? Je crois qu'il n'en sait rien.

– Allons, il fait le trajet tous les jours, il sait forcément combien de temps ça prend.

– Peut-être qu'il ne dépose jamais les âmes au même endroit ? D'ailleurs il ne nous a donné aucune indication depuis que nous sommes partis, vous ne trouvez pas ça bizarre ?

– Bah, il doit savoir ce qu'il fait. Faites-lui un peu confiance, ce n'est pas son voyage d'essai.

– Si ça se trouve, il ne sait même pas tenir une rame ! Je me suis fait avoir une fois, mais pour le retour ce sera sans moi. » Mon nouvel ami et moi éclatons de rire, si fort que le nourrisson se réveille et nous regarde d'un air ravi. Il me semble même apercevoir un tressaillement au coin des lèvres de Charon.

« Au fait, je m'appelle Étienne, reprend mon compagnon.

– Enchanté, Étienne. Moi, c'est Théodore, mais appelez-moi Théo.

– Très heureux, Théo. »

La rive d'où nous sommes partis n'est maintenant plus qu'un souvenir, grignoté par les limbes du brouillard. Est-ce la nappe brumeuse qui donne aux eaux du fleuve cette teinte plus terne, presque maladive ? Une angoisse diffuse commence à monter en moi, de nous voir là, comme perdus au milieu du néant aqueux. Mes muscles durcis par l'effort se font plus douloureux, chaque coup de rame est plus pénible. « Ça, alors ! » L'exclamation de mon ami me fait sursauter et la barque tangue un instant, nos mouvements ayant perdu leur coordination. Je lance un regard vers Étienne ; son cou est tendu à tribord, comme s'il essayait d'apercevoir quelque chose au cœur du brouillard. Il se retourne vers moi, l'œil hagard.

« Vous avez vu ça ?

– Non, quoi donc ? je lui demande, en scrutant à mon tour les environs.

– Là-bas, dans la brume… J'aurais juré… J'aurais juré avoir vu une autre embarcation ! » Je hausse un sourcil et jette un nouveau coup d'œil par-dessus son épaule.

« Je suis désolé, mais je ne vois rien du tout.

– Ce n'était qu'une silhouette, mais… Il m'a bien semblé distinguer un autre esquif qui nous croisait !

– Nous pouvons lui demander s'il a des collègues, dis-je en désignant Charon du menton, mais je doute

qu'il nous réponde. » Le nocher ne prête en effet pas plus d'attention à nous qu'au gamin en train de jouer avec les cordons de son capuchon.

« Peut-être un mirage ?

– C'est possible… admet Étienne. Ce sera une hallucination due à la fatigue ! Excusez-moi de vous avoir effrayé, mais ça m'a vraiment surpris.

– Pas de problème, je commence moi aussi à être épuisé. » Tandis que nous reprenons nos coups de rame réguliers, je décide de profiter du dialogue renoué pour poser à Étienne une question qui me brûle les lèvres.

« Au fait… Il y a quelque chose que j'aimerais vous demander, mais j'ai peur que ce soit trop indiscret.

– Allons, qu'est-ce qui peut être trop indiscret en de pareilles circonstances ? Nous sommes embarqués sur la même galère – passez-moi l'expression –, alors je vous en prie, demandez ce que vous voulez ! » Le visage d'Étienne affiche un sourire encourageant, mais ses yeux me fuient. Pour la première fois, je remarque que le gris de leurs iris est marqué par une lassitude qui ne doit rien à nos efforts physiques. Je devine qu'il sait ce que je m'apprête à lui demander, et qu'il s'y est préparé depuis longtemps. « Pourquoi vous êtes-vous suicidé ? »

Un clapotement accompagne le sillage de nos rames, jusqu'à ce qu'elles émergent dans une gerbe

d'eau avant de plonger de nouveau ; durant quelques minutes, il me semble que ce bruit de clepsydre emplit tout l'univers. Étienne frotte d'une main ses lunettes contre sa chemise puis les replace sur son nez, avant de tourner vers moi un visage reconnaissant. « C'est une excellente question. Je suis content que vous me la posiez. Je n'ai pas pris la peine de justifier mon geste auprès des miens, et j'avoue que je le regrette. À ce moment-là, il m'a semblé que les mots ne seraient pas capables d'exprimer ce qui se passait en moi. Qu'ils se videraient inévitablement de leur substance, une fois jetés sur le papier. Mais a posteriori, à l'oral et à vous, cela me sera peut-être plus facile de m'expliquer. La raison ? Elle est simple en vérité, triviale même : je m'ennuyais. J'ai eu cinquante-quatre ans la semaine dernière et il m'est apparu que ma vie n'avait jamais eu le moindre intérêt. Je suis même étonné de m'être attardé si longtemps. Quand j'étais jeune, la possibilité du suicide s'offrait toujours à moi comme une ultime liberté, la seule de mes décisions qui ne pouvait pas échouer. Et puis, vous savez ce que c'est, on remet toujours au lendemain, on attend des jours meilleurs, et finalement je suis resté. Je me suis incrusté plutôt. C'est cela qui est absurde : attendre beaucoup de la vie, se sentir de plus en plus déshérité, et s'en faire une philosophie. Vous voulez que

je vous dise ? J'ai vécu trop longtemps. Quand j'ai compris que ça ne valait pas le coup – très tôt, comme tout le monde –, je n'aurais pas dû me contenter de prendre ce qu'il y avait de bon et d'attendre de voir comment ça finirait, comme on regarde un mauvais film. » Étienne se tait un instant, puis reprend dans un murmure, comme se parlant à lui-même : « La mort… Je n'attendais pas grand-chose d'elle non plus. Sinon le dévoilement d'un sens à tout ça, ou au moins une délivrance. Vous allez me trouver bête, mais je suis content d'être ici, à ramer comme un forçat au milieu de nulle part. Pour la première fois depuis très longtemps, je peux de nouveau espérer quelque chose. Car nous allons bien quelque part. Je suis mort mais je suis encore là, avec d'autres morts, et quelqu'un est venu nous chercher. Alors quelle que soit notre destination, je suis infiniment reconnaissant qu'il y en ait une, qu'il y en ait toujours eu une au bout du chemin. »

Un silence à peine troublé par le frissonnement de l'onde berce notre esquif. Nous continuons d'avancer, traçant sur notre passage un sillon de labour qui ride la surface.

« Moi, j'aimais bien ma vie, dis-je après un moment. Oh, elle n'avait rien d'extraordinaire, mais j'ai fini par y prendre goût, par apprécier sa douce banalité. Mon travail était parfaitement ennuyeux,

mais je m'y suis fait de bons amis, et il me permettait de faire vivre ma famille. J'ai fait une croix sur pas mal de choses avec le temps, mais j'ai appris à cueillir le bonheur là où il se trouve. Je m'en suis fait une philosophie, comme vous dites. Et puis, un jour, en rentrant du boulot, crac, je meurs. Sans avoir eu le temps de saluer ni de faire une révérence. Je suis un peu jaloux de vous, je dois dire, moi je n'ai choisi ni le lieu ni l'heure. La fin s'est jouée comme le commencement : sans qu'on me demande mon avis. Mais je ne me plains pas, je suis content de tout ce à quoi j'ai eu droit. Vous savez, je ne m'étais jamais vraiment posé la question du sens et tout ça, je me disais qu'il n'y avait que ce que je voyais, et rien de plus. Et voilà ! Finalement l'aventure continue. Moi aussi je trouve ça très bien. Une chose se termine et une autre commence. Et qui sait, peut-être que nous ne sommes pas là par hasard.

– Peut-être. »

Essoufflés par ces brusques confidences, Étienne et moi restons longtemps sans échanger d'autres paroles. Je ne pensais pas me confier si spontanément à un homme que je connais à peine, mais j'avoue que cela m'a fait du bien. Désormais je pose sur les vagues aux brisures de topaze un regard apaisé et confiant. Autour de notre embarcation, le murmure des remous m'apparaît comme une

petite musique escortant notre voyage. Même le regard impénétrable de Charon s'éclaire d'une lueur candide.

Les aiguilles de ma montre indiquent minuit. Ou midi, je ne sais pas très bien. Et d'ailleurs midi de quel jour ? Cela fait longtemps que nous avons quitté la lande endormie qui accueille les âmes des disparus, longtemps que nous avons répondu à l'appel du passeur et que nous sommes montés dans sa barque pour la traversée ; une éternité, me semble-t-il. Peut-être est-il minuit car Joshua – c'est le nom que j'ai donné à l'enfant mort-né que nous avons trouvé – dort profondément. Je l'envie. Son rythme biologique semble avoir conservé quelque chose du monde des vivants ; depuis que nous avons quitté leur rive, ni Étienne ni moi n'avons su garder la mesure de l'écoulement du temps. L'atmosphère qui nous environne, éther soufré d'ocre et marbré d'ombres sinueuses, ne me permet pas de savoir si le soleil est levé ou couché, ni même si la luminosité diffuse émane bien d'un soleil. Un crépuscule perpétuel nous baigne, frais comme une lune de janvier. Sous mes pieds, le bois craque de temps à autre. Les lattes sont si pourries que quelques champignons poussent sur un tapis de lichen.

« Quelle heure ? me demande Étienne.

– Douze heures. Je ne sais pas pour vous, mais moi je commence à trouver le temps long.

– Moi aussi. Vous voulez que nous reprenions notre jeu ?

– Attendons que Joshua se réveille, ça l'amuse toujours de nous regarder.

– Comme vous voulez. À votre avis, c'est quoi ces traînées noires ? C'est la première fois que je les remarque.

– Aucune idée. Il faudra que nous nous renseignions sur tout ça…

– Oui. » Tout à coup, sans que rien ait annoncé ce mouvement, Charon se redresse et tend une main pour nous signifier d'interrompre nos coups de rame. Surpris par cet arrêt brutal, nous jetons des regards de tous côtés.

« Qu'est-ce qu'il y a ? On est arrivés ?

– Il n'y a rien du tout ici ! s'emporte Étienne, soudain furieux. De l'eau, de l'eau et encore de l'eau ! Si vous ne voulez pas vous prendre un coup de rame en pleine tête, vous avez intérêt à nous expliquer ce qui se passe ! » menace-t-il à l'adresse du passeur. Sans prêter attention à mon ami, celui-ci tourne son regard vide vers les flots blessés ; des plaies noirâtres déchirent leur éclat et attristent l'œil, comme le spectacle d'un riche vêtement jeté aux chiens. Il étend les bras et balance le bébé par-dessus bord. « Mais vous êtes

fou ! Qu'est-ce que vous avez fait ? » Avant que je puisse comprendre quoi que ce soit, je me retrouve à mon tour plongé dans les eaux du Styx, propulsé par un bras de fer. Suffocant à demi, je tente de nager vers la surface, quand une douleur insoutenable commence à ronger mon corps. Mes chairs et mes os se délitent à chacun de mes mouvements, l'acide s'engouffre dans mes hoquets de surprise et liquéfie mes entrailles ; ma vision se trouble ; dans un dernier effort, je tends la main vers l'ombre oblongue qui s'éloigne au-dessus de moi, bordée par un scintillement d'or. Un scintillement d'or, mêlé de pourpre. Les pneus crissent sur l'asphalte. Une myriade d'éclats de verre, tâchés de sang, vole autour de moi et accroche les rayons du soleil de l'après-midi. Quelle beauté…

Précipité à la suite de Théodore, Étienne ne cherche pas à fuir l'anéantissement. Se laissant dévorer par le fleuve, il goûte le sentiment d'une pensée qui s'estompe, se tait enfin. Son existence s'apaise dans la déliquescence. Les limites de son âme s'abolissent et il se réjouit de ne faire plus qu'un avec le courant aurique qui l'emporte. Il n'espérait rien de plus : une délivrance, une simple délivrance.

Charon se rassoit et observe trois filaments opalins, que l'afflux du Styx ramène vers la berge.

Lorsque ces derniers résidus ont totalement disparu de sa vue, il tire de sa poche un paquet de cigarettes et en allume une. Le voyage a été éprouvant pour lui aussi, comme à chaque fois. Il inhale la fumée avec délice, la sent rouler dans son œsophage, réchauffer ses poumons millénaires. Il aime savourer chaque instant de ses pauses, trop brèves selon lui. Tout en exhalant un nuage dont la blancheur se mêle aux lambeaux du brouillard, il saisit ses oboles et les fait rouler au creux de sa main. Satisfait, il s'amuse un instant de leurs reflets flavescents. Puis il approche sa barque de l'une des béances noires et les jette une à une, sans qu'aucun vœu traverse son esprit. La pièce de deux euros, pour commencer ; à peine entre-t-elle en contact avec le liquide que son limbe argenté se met à fondre et à se délayer. Charon regrette un peu la présence de cette couche de métal, mais s'extasie devant la grosse goutte ambrée qui se répand ensuite sur les ténèbres. Une fois qu'elle est absorbée par les flots, c'est au tour de la pièce de cinquante centimes ; sa couleur monochrome enthousiasme le nocher et il s'autorise un ricochet, qui poinçonne la surface d'ébène de gros pois jaunes. Vient enfin l'écu d'or ; aucun alliage n'altère sa pureté et Charon se délecte de son touché lisse et froid. Cela faisait longtemps qu'il n'avait plus reçu d'obole de cette qualité. Avec respect, presque avec

dévotion, il ouvre la main et lâche la pièce ; elle tournoie et reflète un dernier rayon, bref comme un clin d'œil, avant de s'abîmer dans la noirceur du monde. Elle laisse derrière elle une écume aux reflets irisés et s'élance vers le fond, s'amenuisant dans un sillage doré qui illumine les abysses, offrant ses particules à la délicate parure du fleuve d'Or.

Seul sur son esquif, Charon termine sa cigarette. À travers une brèche du brouillard, il aperçoit la nuit immense du Styx, qu'il lui faudra encore une éternité pour embellir. Mais il a tout son temps. Ballotté au cœur d'un infini nébuleux, mi-ténèbres mi-lumière, il rêve au mystère de ce fleuve, qui a la particularité de dissoudre les métaux et les âmes. Et les mégots de cigarette, assez curieusement.

Thomas Jonas : titulaire d'une licence de lettres modernes, il est actuellement en master recherche de lettres modernes et travaille sur le thème du livre qui rend fou.

Outre la lecture et l'écriture, il goûte fort le théâtre, comme spectateur, mais aussi comme acteur, l'opéra, la musique classique, l'animation japonaise.

Il a déjà écrit plusieurs nouvelles, dont certaines dans le cadre des ateliers d'écriture du prix du Jeune Écrivain ; primé en 2002 au concours de la villa Mont-Noir.

Ses écrivains préférés : Marlowe, Corneille, Stendhal, Balzac, Théophile Gautier, Lautréamont, Aloysius Bertrand, Edgar Poe, Baudelaire, Swinburne, Verlaine, Rimbaud, Villiers de l'Isle-Adam, Oscar Wilde, Xavier Forneret, Maupassant, Jean Lorrain, Robert Chambers, Lovecraft, Borges, entre autres.

La Morora
Nina Kogni Edibi

Chapitre premier
La Morora

J'ai encore fait ce rêve. Ou plutôt ce cauchemar. Brumeuse et lourde sensation qui nous renvoie à nos peurs les plus enfouies : des serpents, des démons, des faces grimaçantes qui déversent en nous l'effroi le plus irrationnel. En général, les créatures ou les situations cauchemardesques s'impriment si fort en nous que nous nous en souvenons des jours entiers. Dans mon cauchemar à moi, nulle créature fantastique ou malfaisante, nul endroit inconnu et angoissant. Rien du tout. Juste un mot. Un seul. Absurde, dépourvu du sens le plus élémentaire. Morora !

Il est partout, silhouette fantasque au milieu du magma saumâtre qu'est ma vie. Enfin… si l'on peut appeler ça une vie. Faire des ménages à s'en casser le dos, transpirer du matin au soir et du soir au

matin ; poursuivre le rêve irréalisable d'économiser assez d'argent pour me payer des études décidément hors de portée. Me tuer au travail. Me tuer à la tâche. Me tuer à la vie tout court. Et tout ça pourquoi ? Pour essayer de faire comme les autres : exister.

Et au milieu de ce tumulte plat qu'est ma vie se profile cette chose. Dérangeante, terrifiante parce que née de rien. Elle me ramène vers ce dont je suis le plus ignorante : moi-même. Car, pour une raison que j'ignore, j'ai la certitude que ce mot vient de moi. De cette partie de ma vie qui ne m'appartient pas. Celle que j'ai oubliée. Mes sept premières années.

MORORA.

Pourquoi, dans mon esprit, ce mot est-il féminin ? Je n'en sais rien. Peut-être parce qu'au fond le féminin est à la naissance de tout. Je vois les sourcils du père José, le curé de ma petite église, qui se froncent, mais je dis les choses comme je les sens. Ce mot ne me quitte pas. Il me revient encore et encore chaque nuit, inlassablement. Il attaque la grève de mon esprit de ses vagues répétées, se creusant un sillon du domaine de mes nuits à l'agitation de mes journées. Il m'enlace, me serre, m'étouffe. Disons-le clairement, je suis obsédée. Une obsession morbide pour une absurdité, quelque chose qui n'a pas de sens… du moins pour l'instant.

Aujourd'hui, je suis allée à confesse. J'ai tout raconté au père José. Je lui ai parlé de mes angoisses, ou dois-je dire folies. Pourquoi lui ? Je ne sais pas vraiment. Peut-être parce qu'il n'y a personne d'autre que lui. Et puis, il me le doit bien. Je suis la plus assidue à la messe et je l'écoute bien, moi, pendant qu'il s'époumone sur le péché, l'enfer et l'amour du prochain des heures durant, n'est-ce pas ? Au moins parce que c'est son devoir, d'écouter, mais écouter vraiment les gens. Même ceux qui se tassent dans le petit coin de l'église tout au fond, que personne ne regarde jamais dans les yeux. Ceux qui n'existent pas. Je lui ai tout dit. Aurais-je changé d'avis ce jour-là si j'avais su ? Je ne sais pas et cette question n'aura jamais de réponse, car c'est dans la pénombre du confessionnal que ma vie à mon insu avait cessé de m'appartenir.

Chapitre 2
Ma folie

Morora Morora Morora Morora Morora Morora Morora Moroooooooraaaaaaaa.

Ô Seigneur, Vous qui aimez tout le monde si fort, faites, je Vous en prie, que ce mot auquel je ne comprends rien sorte de ma tête. Je le sens à chaque

instant taper contre les murs de mon esprit, frapper des coups de boutoir de plus en plus forts contre ma raison. Chaque jour est devenu une épreuve contre la folie, contre cette chose trépignante et gluante en moi qui cherche à s'échapper et que je retiens de toutes mes forces sans vraiment savoir pourquoi.

Ça fait des heures, des jours, que je suis prostrée au bord de ma fenêtre. Combien ? Je ne sais pas. Tout ce que je sais, c'est que j'ai tellement vu le soleil et la lune se poursuivre que je ne sais plus exactement lequel est le premier-né du ciel. Y a-t-il des gens qui ont remarqué cette maigre silhouette prostrée à ma fenêtre ? J'en doute. Je pourrais tout aussi bien me mettre au milieu de la rue et hurler mon désespoir, personne ne me verrait. Une voiture me passerait dessus aussi sec et personne ne s'en souviendrait. Je suis seule. Je l'ai toujours été. J'ai lu quelque part que la terre est un vaste désert peuplé. Je suis sûre que celui ou celle qui a écrit ça devait me ressembler.

Morora, Morora, Morora... Les coups recommencent, plus forts, encore plus forts. C'est bizarre, ils ne m'ont jamais semblé si tangibles. Et puis, quelqu'un m'appelle. Ma folie aurait-elle une voix maintenant ? La voix m'appelle de nouveau et les coups redoublent. Ça, alors ! Quelqu'un frappe à ma porte. C'est tellement insolite de voir ma porte

vibrer ainsi que je n'ai pas le réflexe immédiat de l'ouvrir et, intriguée, je ne la quitte pas des yeux. Personne ne vient jamais me voir. Cela doit être une erreur. Ça cessera bientôt.

Mais les coups ne s'arrêtent pas, et la voix derrière la porte non plus. Enfin quelque chose pour me distraire de moi-même. Je tente de me lever, mais mon corps ne m'obéit plus. La faim, l'épuisement de ces jours de prostration me rongent. Qu'est-ce que c'est bizarre ! Être fatiguée de n'avoir rien fait. Je me lève et me dirige maladroitement vers la porte, mais le monde tourne autour de moi. J'entrouvre la porte. Qu'y a-t-il derrière ? Pas de réponse. Le soleil a mis un manteau.

Il fait chaud. Je n'ai jamais eu aussi chaud. Jamais. Même lorsque je m'échinais pendant des heures à nettoyer le jardin de Mlle Nathalie, la femme du catéchiste, sous un soleil brûlant. Cette chaleur est différente. Elle est douce, si douce. Peut-être vient-elle des mains soyeuses qui me palpent si gentiment, des voix sereines qui m'enveloppent. Personne ne me touche jamais, ne me parle jamais. « Reviens, reviens, reviens », me disent les voix. Comment ne pas obéir à de si douces injonctions. Serrant très fort la main qui me tient, j'ouvre les yeux.

Au début, je ne vois rien. Puis je vois un homme, non, deux. Et la personne qui me tient la main est une femme. Ronde comme une barrique, son visage noir surmonté d'une coiffe blanche et d'un sourire que je ne saurais interpréter, puisque personne ne me sourit jamais. Une infirmière. Ah oui, je me rappelle maintenant. Le docteur, le père José, l'hôpital. Mon Dieu ! Je suis chez les fous.

Chapitre 3
Le dossier Mélina M.

« Mélina ! Je vais compter jusqu'à trois. Ensuite tu ouvriras les yeux. Tu comprends ? Un, deux, trois. Est-ce que ça va ? »

Est-ce que je vais bien ? Je n'en sais rien. J'observe, curieuse, l'homme en face de moi. Quand, à mon réveil, il m'a pris la main et parlé de sa voix caverneuse, je n'en croyais pas mes yeux. Il m'expliquait que le père José l'avait envoyé à moi, qu'il préférait me garder quelques jours avec lui. Mais je ne l'écoutais pas vraiment, je me délectais de lui, de sa présence. Quel âge avait-il ? Il avait la tête toute blanche et des rides en veux-tu, en voilà ! Mais il se dégageait de lui un air austère et plein de vitalité qui m'effrayait un peu. Il m'intimidait. C'était sûrement

pour cette raison que j'avais dit oui à la thérapie sans avoir la moindre idée de quoi il parlait. Qui sait, peut-être avait-il la solution miracle au mal mystérieux qui me rongeait ? Et puis, il s'appelait bien Gabriel. Ce devait être un signe du Ciel ? Peut-être…

Maintenant, je suis assise pour la troisième fois sur cet énorme canapé vert dans le grand bureau presque vide. Je ne suis plus sûre de rien. Ai-je eu raison de le laisser me pénétrer ainsi ? J'ai honte de la misère qu'il va découvrir. Je l'écoute me parler de sa belle voix de baryton. Il me dit que la prochaine fois nous rentrerons vraiment dans ma vie, nous irons à l'origine de moi-même. Qu'attend-il de moi ? Je lui ai déjà raconté ma vie. Bien sûr, elle n'a rien de palpitant. Des gens abandonnés qui grandissent dans un orphelinat, seuls au milieu d'autres sevrés de la vie de famille, il a dû en rencontrer beaucoup. En réalité, ce qui semble le plus l'intéresser, c'est mon moi oublié, mon enfance. Et pendant qu'il se frappe pensivement la joue avec le coin du dossier qui porte mon nom, je sens quelque chose se rompre en moi : il ne me voit pas vraiment. Ce qu'il voit, c'est un cas, un mystère à résoudre. Je ne suis pour lui qu'un dossier au milieu des autres, un cas parmi les autres, une folle

au milieu d'autres fous. Mororaaaaaaaaaa. Elle est de retour. Je vous en prie, ne la laissez pas me noyer...

Chapitre 4
Le carreau borgne

« Mélina ?

– Oui.

– N'ayez pas peur. Je suis près de vous. Quel âge avez-vous maintenant ?

– Je ne sais pas. Je suis petite.

– Où êtes-vous ? Pouvez-vous me le dire ?

– À l'orphelinat. Il y a plein d'enfants qui dorment les uns près des autres sur des nattes à même le sol. Il fait chaud, très chaud. La salle est grande avec des carreaux aux fenêtres et les murs sont nus et peints en bleu.

– Que faites-vous ?

– Rien. Je n'arrive pas à dormir, alors je regarde la lune qui me sourit à travers la fenêtre.

– Pourquoi ne dormez-vous pas ?

– À cause des bêtes qui me guettent dans le noir. *(Silence.)*

– Parlez-moi des bêtes, à quoi ressemblent-elles ?

– La lune me sourit à travers la fenêtre. J'aime cette fenêtre. Avec son carreau cassé, elle a l'air de me faire un clin d'œil. Elle aussi est blessée. Elle a l'air borgne. Oui, elle est borgne comme le père José.

– Et les bêtes, sont-elles toujours là ? Parlez-moi d'elles.

– Non !!!

– Je vous tiens la main, vous la sentez ? Je suis là, n'ayez pas peur.

– Un carreau cassé, un carreau tout borgne, un carreau cassé, borgne comme le père José…

– Mélina.

– Un carreau cassé, un carreau tout borgne…

– Accrochez-vous à ma voix, je vais vous ramener. »

Chapitre 5
La petite fille

Trente et un jours. Il paraît que c'est le temps que j'ai passé ici. J'ai l'impression que cela fait une éternité. Trente et un jours de calme plat, entrecoupé de séances dans le gros canapé vert. Trente et un jours pendant lesquels ma folie se tient à l'ombre. Mais elle ne rentre ses griffes que pour me lacérer avec plus de violence. Dans ces moments-là, elle m'agresse, me ronge, me frappe encore et encore.

Parfois, elle m'enveloppe tout simplement, impalpable mais toujours présente. Elle bondit et danse la gigue sur ma raison et me tire la langue. Si, si, je vous assure. Ma folie a le visage d'une enfant affreuse et grimaçante. Une petite fille de sept ans.

Chapitre 6
Gabriel

La rue est noire de monde et je me tiens au milieu. Les gens passent, se pressent, se bousculent auprès de moi mais ne me voient pas. La rue grouille de monde et pourtant il règne un silence de cimetière. Je suis pieds nus et je porte un pantalon de coton jaune et une chemise grise trop grande pour moi qui flotte autour de mon petit corps maigre. Et puis, au milieu de cette agitation silencieuse, quelqu'un s'arrête auprès de moi. Je le connais mais ne le reconnais pas. Il me tend la main en souriant. Sa main est douce et chaude. Alors, dans un grand frémissement, il ouvre ses ailes. Gabriel. Me tenant à bout de bras, il me hisse au-dessus de la foule dans un battement d'ailes d'où s'échappent quelques plumes qui se posent sur les passants avec nonchalance. Puis Gabriel laisse échapper un cri. Des centaines de visages tournent alors leurs yeux vers nous, ils sont tordus de méchanceté. Ils crient, et c'est comme si leurs cris libéraient des milliers de pieux

qui me frappent encore et encore. Ils crient à l'unisson et c'est là que je l'entends, puissante et venimeuse : MORORAAAAAAAAAAAAAAA.

J'ouvre les yeux dans la nuit noire et bruissante. Ce n'était qu'un cauchemar.

Chapitre 7
Le mur

Sept ans. Gabriel me dit que je refuse de franchir le mur de mes premières années. Le mur, je l'imagine gigantesque, avec de la pierre brune, protégeant la cité imprenable de ma mémoire. Que veut-il à mes jeunes années ? Cela fait longtemps que je vis sans m'en préoccuper. Il dit que, pour me comprendre, on doit revenir sur les « lieux du crime ». Comme dans une série policière. Il le dit avec la mine réjouie d'un enfant. Je semble l'intéresser de plus en plus. C'est bizarre. Je me suis épuisée à essayer d'être comme tout le monde et personne ne m'a jamais vraiment regardée. Mais aujourd'hui, où l'on m'a rangée dans la case folie, quelqu'un me parle, m'écoute, me regarde vraiment. C'est comme si, dans les limbes de ma déraison, je n'avais jamais été plus vivante.

Je ne suis pas sûre de vouloir que le mur soit détruit. Il n'est peut-être pas si mauvais de perdre la raison…

Chapitre 8
Le voyage

Revenir. Ce mot m'est étranger. Revenir où ? À quoi ? À qui ? Je n'appartiens à nulle part, personne ne me réclame. Pendant longtemps, à l'orphelinat, durant mes nuits solitaires, je m'imaginais que quelqu'un viendrait frapper à la porte par une nuit de pleine lune, entrerait, et après avoir parcouru les petits visages noyés dans la pénombre, s'écrierait en me voyant : « Cette enfant est à moi. » Mais bien sûr, cela ne s'est jamais produit. Tous les enfants esseulés doivent probablement nourrir le même rêve, puis peu à peu le noyer dans la boue lourde de la solitude.

Aujourd'hui, Gabriel me ramène vers la maison de mon enfance. Comment l'a-t-il trouvée ? Je n'en sais rien. Je voudrais lui poser la question, mais plus de vingt ans noyés dans la cuve transparente de la timidité m'en empêchent. Malgré les heures passées tous les deux dans son bureau austère, je suis incapable de le regarder dans les yeux ou de me sentir

à l'aise. Il reste l'autre. Curiosité. Peur. Méfiance. Incertitude.

Après trois heures de routes moroses, nous arrivons enfin dans une bourgade silencieuse. Les petites maisons aux couleurs oubliées qui se serrent les unes contre les autres ne réveillent aucun écho en moi. Et tous les efforts que je fais pour me souvenir me donnent des maux de tête atroces. Gabriel me dit de me calmer, de me détendre. Nous ne faisons que visiter. Pour la première fois de ma vie, je coule un regard ironique sur quelqu'un. Visiter ? Il aurait pu choisir un musée ou au moins un endroit plus joli !

Nous nous arrêtons devant une maison pareille aux dizaines d'autres que nous avons trouvées sur la route. Elle semble nous regarder d'un air triste. Une petite femme à la démarche claudicante en sort. Elle a l'air aussi triste que la maison. Pas de sourire, aucun geste de bienvenue. Son regard passe sur moi comme si je n'existais pas. Cette femme me hait. Étrange, mais j'en suis sûre. Pourquoi ?

Gabriel me prend par la main. C'est le geste le plus chaleureux qu'il ait eu envers moi, et paradoxalement, cela me rend encore plus nerveuse. Laissant la femme derrière nous, il m'entraîne vers la maison dont il ouvre la porte avec des mimiques de prestidigitateur. Il n'y a vraiment pas de quoi faire toute une

histoire. L'intérieur est encore plus triste. Même la lumière hésite à entrer, comme si les ombres lui faisaient peur. C'est ma maison. C'est ici que j'ai passé les premières années de ma vie. Étais-je heureuse ? Cette question m'effleure puis s'enfuit à toute vitesse pour ne pas me faire mal. C'est alors que la femme rentre à son tour dans la maison. Gabriel me reprend la main puis me désigne la chose triste en face de moi, qui se prétend humaine. Ma tante.

Ma tante ?!

Alors une autre question revient, insidieuse : « Pourquoi ne m'a-t-elle pas réclamée ? » Mon esprit s'empresse de l'effacer. Mais ma raison est hantée par cette voix qui s'écrie de plus en plus fort en moi : « Pourquoi ne m'as-tu pas réclamée ? » et puis ma vieille amie se mêle à ce cri. Morora, Morora, Morora, Mororaaaaaaaaaa. Elle se cogne inlassablement contre les parois de ma tête… puis plus rien. Silence et obscurité.

Chapitre 9
Les petites bêtes

Il fait nuit. J'entends la maison respirer, un sifflement presque imperceptible mais bien réel, elle est épuisée d'avoir vu tant d'années passer, tant de gens

naître et mourir. Si seulement elle pouvait parler. Cligner une fenêtre et me parler avec la porte en guise de bouche, comme dans les dessins animés, qu'on nous laissait parfois regarder sur la vieille télé de l'orphelinat. Mais elle ne dit rien, elle se contente de respirer son épuisement, indifférente. Rien ici ne me raconte. Rien ne frappe à la porte de mon esprit, rien ne m'effleure pour dire : « Ne me reconnais-tu donc pas ? Te souviens-tu du jour où… ? »

Pourquoi donc ce docteur fou a-t-il tenu à nous faire passer la nuit ici ? Il dit que le choc cataleptique dans lequel je suis entrée cet après-midi était révélateur. Il paraît que je me suis affaissée sans bruit sur le sol froid de la vielle maison. J'aurais voulu protester mais, comme d'habitude, je me suis sentie acquiescer. Dieu sait pourtant que je ne voulais pas rester dans cette maison qui ne me reconnaît pas, chez cette tante qui ne veut pas de moi et ne me regarde même pas dans les yeux. À cette dernière pensée, je sens ma raison glisser doucement vers des méandres que je ne veux pas explorer. Je ferme les yeux et tente de reprendre le contrôle de moi-même. J'essaie de penser à autre chose : la respiration de la maison, les aboiements d'un chien au loin, les couinements d'un vieux sommier quelque part dans la maison, les petits grattements au pied du lit… des grattements au pied du lit ?! J'ouvre les yeux et

je me penche. Il y a des petites bêtes dans le noir et leurs yeux brillent de méchanceté. Des petites bêtes dans le noir… *Des petites bêtes dans le noir… Des petites bêtes dans le noir.* Je n'entends pas le hurlement d'épouvante. Il ne vient pas de moi. Il vient d'une autre. Une enfant qui a vécu ici. Une enfant partie quand elle avait sept ans.

Chapitre 10
Une histoire

Il était une fois une petite fille qui avait peur du noir. À cause des petites bêtes qui grattaient au pied du lit. Avec leurs dents pointues, elles venaient parfois lui griffer les pieds. Dans la petite chambre presque vide et sombre, leurs grattements résonnaient alors de façon sinistre et rebondissaient des murs aux oreilles terrifiées de l'enfant. Alors elle se couvrait bien chaque nuit, pour que les bêtes ne lui rongent pas les pieds. La petite fille avait aussi appris à se méfier d'une autre bête plus grande, plus monstrueuse. Mais, de celle-là, il ne fallait pas parler. Une fois, elle en avait parlé à sa tante, et celle-ci l'avait giflée si fort qu'elle en avait eu le tournis. Alors la nuit, quand elle voyait cette bête, elle fermait les yeux, et son esprit s'en allait loin, danser

sous la lune avec sa mère. C'était toujours là qu'elles se retrouvaient toutes les deux. Sous un rayon de lune. Même si son père disait qu'elle avait tué sa mère, elle savait que ce n'était pas vrai. Sa mère lui avait donné sa vie. Elles en parlaient souvent sous le rayon de lune.

Son père, lui, n'était pas comme les autres. Parfois il souriait, et il lui avait même fabriqué une balançoire un jour. Il l'avait pendue à la branche la plus solide du manguier derrière la maison. Mais, souvent, il était saoul. Il lui disait alors des choses qu'un père ne doit jamais dire. Il la battait aussi. Il disait que c'était parce qu'elle avait tué sa femme en naissant. Un jour, il l'avait battue si fort qu'elle était restée inconsciente des heures sur le sol de la cuisine. Et la nuit, la bête était reparue. Elle lui avait fait mal. Mais l'esprit de la petite fille s'était envolé. Elle dansait sous un rayon de lune avec sa maman. Elles souriaient et se tenaient par la main.

Chapitre 11
Morora !

Hypergraphie. Ce mot n'a aucun écho en moi. Pourtant, d'une certaine façon, il m'est lié. Plusieurs fois par jour depuis… depuis quand déjà ? Je ne sais

pas. Gabriel entre dans ma chambre et reste de longues minutes, les mains dans les poches de sa blouse, à m'observer. Parfois, il n'est pas seul et ce mot revient dans le bourdonnement des conversations. Hypergraphie. Et puis, je n'en ai rien à faire. Je suis énervée-épuisée, mais je ne peux pas m'arrêter. Ça va tout seul. Sous le regard attentif du docteur, je recouvre allègrement les murs de ce qui me hante. Les premiers jours, j'ai gratté les murs jusqu'au sang. Ensuite des feutres sont apparus devant moi. J'en ai pris un au hasard et j'ai continué de couvrir les murs encore et encore sans pouvoir m'arrêter. Tandis que je trace des caractères de plus en plus gros, je me sens perdre pied. Morora Morora Morora Morora Morora. Qu'est-ce que j'éprouve en ce moment ?

Une immense panique.

Chapitre 12
Les petites bêtes… et la grosse

« Mélina, parle-moi des bêtes dans le noir. »

Non ! Je ne veux pas l'écouter. Je garde les yeux résolument fixés sur les bandages immaculés qui me couvrent la main droite. Ils ont l'air incongrus.

Comme des acteurs qui seraient entrés dans la pièce au mauvais moment. Mais la voix de Gabriel revient me tirer de ma torpeur.

« Je sais de quoi tu as peur…

– Non ! Vous ne savez rien.

– Tu sais bien que si. Je l'ai compris lors de notre visite chez toi.

– Ce n'est plus chez moi ! *(Silence.)*

– Mélina, je connais ta peur. Il faut que tu la formules toi-même.

– Ne m'obligez pas…

– Si tu ne le fais pas, tu auras toujours peur et ça ne finira jamais.

– …

– Parle-moi des bêtes dans le noir. Qu'est-ce que c'est ?

– Des… (Je ne peux pas. Pourquoi ne me laisse-t-il pas tranquille ?)

– Mélina ?

– … Rats ! Des rats !

– C'est bien, Mélina. Un peu de courage. Parle-moi de la grosse bête maintenant…

– Je vous en prie, ne m'obligez pas… Je vous en prie.

– Il faut te débarrasser d'elle aussi.

– Mais je l'ai déjà fait. Et elle est revenue.

Elle revient me hanter chaque jour plus fort. Elle veut m'emmener avec elle. Je ne veux pas parler d'elle. »

Chapitre 13
Une histoire

Asseyez-vous là, docteur. Je suis en avance aujourd'hui, c'est vrai. J'ai l'air différente, vous croyez ? Oh, je ne sais pas trop. Vous trouvez que j'ai l'air abattue aussi ? Je dirais plutôt résignée... Tenez, comme je suis arrivée avant, je vous ai même préparé une tasse de café. Je vous en prie. Je voulais vous raconter une histoire. Buvez votre café, sinon il sera froid. Alors, voilà :

Il était une fois une petite fille triste, qui vivait dans une petite maison triste avec son père triste. (J'en fais peut-être un peu trop, vous ne croyez pas ?) La maison était remplie de gros rats qui couraient en tous sens la nuit venue. Elle détestait les rats. Souvent, ils n'étaient pas seuls. La grosse bête venait après eux. Et pendant que les petites bêtes grattaient inlassablement les pieds du lit... *crack*... *crack*... *crack*... la grosse bête lui faisait des choses... des choses dont elle n'avait pas le droit de parler. *(Silence.)*

Chez sa tante, il n'y avait pas de rat. Elle avait un moyen « ra-di-cal » de s'en débarrasser. La petite fille l'avait entendue un jour qui le disait à la voisine, en lui montrant une grosse boîte orange. Elle disait : « Tu prends un peu de cette poudre et tu la mets sur du poisson séché. Les rats adorent le poisson séché. Dès qu'ils l'absorbent, ils meurent dans les minutes qui suivent. » Alors la petite fille s'était dit que si la poudre dans la grosse boîte orange faisait partir les rats, elle pourrait aussi chasser la grosse bête. Un jour, sans que sa tante la voie, elle avait pris la grosse boîte et l'avait rapportée à la maison. Elle en avait mis dans sa chambre au pied du lit sur du poisson séché, pris aussi dans la cuisine de sa tante. Et puis elle avait attendu la grosse bête. Celle-ci était revenue ce soir-là, les yeux rouges et méchants. La bête l'avait frappée comme souvent, puis s'était endormie sur le canapé. Elle ronflait très fort, un grand verre de bière à la main. La petite fille avait mis un peu de poudre dans son verre. Elle en avait mis beaucoup. Elle tremblait tellement qu'elle en avait versé sur le sol. Et puis elle s'était assise devant lui, à même le sol, pour entendre. Et elle s'était endormie.

Cette nuit-là, les petits pas cessèrent de trépigner dans le noir. *(Long silence.)* Et la grosse bête ? Elle ne revint jamais.

Je suis sûre que vous vous demandez ce qui est advenu de la petite fille. Eh bien, au matin, sa tante a retrouvé son père mort, et Dieu seul sait comment elle a su que l'enfant l'avait tué. Elle l'a tirée du sommeil le plus paisible qu'elle ait jamais eu en hurlant : « Morora Morora Morora Morora Morora » encore et encore, et la petite fille ne comprenait pas ce mot. La tante n'arrivait pas à croire qu'une petite fille de sept ans ait tué son père avec de la mort-aux-rats. Elle l'a battue tant et si bien que celle-ci a perdu connaissance. Quand elle a ouvert les yeux, elle était dans les bras d'un grand homme maigre, le père José. Elle ne se rappelait plus rien. La suite, vous la connaissez.

Oui, j'ai tué mon père.

Et vous, vous m'avez obligée à m'en souvenir. Ne me regardez pas de cet air ahuri, cela ne vous va pas du tout. Pour vous aussi, j'étais obligée. Je ne veux plus me souvenir de rien, et personne ne doit me le rappeler. Même pas vous. Savez-vous que les boîtes orange de mon enfance sont bleues de nos jours ? Vous vous demandez où je me la suis procurée ? Vous allez rire (même si je doute que vous en soyez capable maintenant). Chez ma tante, lors de notre visite. Suis-je guérie maintenant ? Ah, suis-je bête, vous ne pouvez pas répondre à cette question.

Nina Kogni Edibi : étudiante à l'université catholique d'Afrique centrale, elle prépare un master en arbitrage et contentieux des affaires. Elle espère poursuivre ses études de droit en France.

Elle aime le cinéma, la danse, la musique et le dessin, et voyager pour découvrir son propre pays.

Enfant, elle écrivait de la poésie, mais ce qu'elle préfère aujourd'hui, c'est « raconter des histoires ». Elle a déjà écrit de nombreuses nouvelles dont l'une sur le destin brisé du peintre anglais Turner et *La Veuve sans larmes* qui lui a valu d'être finaliste du PJE en 2008.

Éclectique dans ses goûts, elle avoue : « Je lis tout ce qui passe, de la bande dessinée au roman à l'eau de rose, en passant par les best-sellers, policiers ou non. »

Ses auteurs préférés : Victor Hugo et Stephen King, Alice Walker et le Camerounais Séverin Cécile Abéga.

Au hasard
Sophie Lenoir

Elle contemple le fond de sa tasse d'un œil éteint. Les feuilles de thé ont laissé quelques poussières qui flottent mollement dans l'eau, *qui doit être tiède depuis un moment.* Pour autant, elle ne parvient pas à détacher ses mains du mug, comme si elle cherchait à se réchauffer. Elle *a le sentiment* que si elle essayait de les poser à plat sur la petite table, bêtement, tout bêtement, elles ne pourraient pas s'empêcher de s'agiter dans tous les sens. De tapoter de leurs faux ongles le faux marbre qui ne fait pas illusion sous l'éclairage *cru* des néons. De se porter à son visage pour écarter une mèche imaginaire, de gratter une quelconque irritation sur ses avant-bras, puis, épuisées, de se réfugier sous ses cuisses après ce ballet aussi désordonné que disgracieux. Il est aussi simple de les laisser où elles sont, ces mains dont elle ne sait jamais quoi faire. Elle ne les aime pas, ces mains, elles sont trop grandes, trop maladroites, trop

encombrantes. Elle a même été jusqu'à les parer de faux ongles pour masquer les vrais, qu'elle ne peut pas s'empêcher de ronger. Elle étouffe un petit rire. Elle a quarante-quatre ans, et des doigts rongés jusqu'au sang. La seule chose plus ridicule que sa propre personne, c'est sans doute la situation dans laquelle *elle s'est fourrée.*

C'était une idée de Juliette. À ton âge, maman, c'est ridicule de rester seule. Tu es encore jeune, plutôt bien conservée, tu ferais mieux d'en profiter. Ce n'est pas à soixante ans que tu iras draguer. Et puis, entre nous, je me sentirais moins coupable de sortir avec les copines si je ne savais pas que je te *laissais,* seule à la maison *à* te morfondre dans ton coin. Voilà ce qu'elle lui a dit, sa fille. *À* seize ans, elle est mature, pragmatique. Tellement différente de sa mère, se dit-elle en portant sa tasse de thé à ses lèvres. Elle, elle n'a jamais aimé les sorties du samedi soir, les *rencontres* dans les bars. Mais les temps changent, la jeunesse de sa fille n'est pas la même que *la sienne.* Sa sœur sortait, pourtant, à cet âge-là. Bon, peut-être un peu plus tard, mais à peine. À peine. Elles avaient deux ans d'écart, elle avait vingt ans, passait déjà ses soirées devant la télé. Et sa sœur sortait. En fin de compte, c'est peut-être elle qui était différente des autres, alors. Peut-être qu'elle n'a jamais su être jeune.

Quelle importance ? Qu'elle se soit ou non conformée aux standards de la jeunesse, à l'époque, qu'est-ce que ça *peut* bien faire maintenant ? Elle a quarante-quatre ans, elle n'a pas besoin de faire semblant. Elle n'a jamais aimé s'amuser, ça ne l'a jamais intéressée. Ce n'est pas maintenant qu'elle va commencer à accepter des rendez-vous dans des bars louches avec des inconnus. D'accord, le bar n'a rien de louche, en réalité. C'est un bar, point. Un bar comme tant d'autres, avec ses faux marbres, ses faux zincs, son carrelage patiné et ses cafés à trois euros. En une demi-heure, elle avait eu plus de temps que nécessaire pour observer l'endroit.

Parce qu'il avait évidemment fallu qu'elle tombe sur un goujat qui soit en retard. Elle se demande vraiment ce qui lui a pris. Elle n'aurait jamais dû accepter, d'abord. N'aurait jamais dû venir, ensuite. Et ne devrait certainement pas attendre, pour finir. Mais elle avait dit oui, sottement, était venue parce qu'elle avait pour principe de ne jamais manquer à sa parole et, maintenant, elle attend. Pour donner au rustre une leçon de ponctualité avant de le planter là. Comme une reine. Une reine qui se casserait *sûrement* la figure en sortant parce qu'elle poussait toujours les portes au lieu de les tirer. Et inversement. Elle soupire.

Il fut un temps où ses relations avec les hommes étaient plus simples. À la fac, puis au travail, elle avait rencontré quelques spécimens mâles avec lesquels elle avait passé plus ou moins de temps. Il y en avait même eu un pour lui faire un enfant. Il ne s'était guère attardé, une fois son forfait accompli, mais ils n'avaient pas rompu tout contact pour autant. Il était réapparu ponctuellement, au fil des Noëls, des anniversaires, de week-ends improvisés, pour jouer le rôle du père qu'il avait envie d'être. Par périodes, juste ce qu'il fallait pour que sa fille ne l'oublie pas, ne le haïsse pas. Ça n'avait pas eu l'air de trop perturber la petite, et elle-même ne s'en était jamais plainte. Au contraire, elle avait sa fille pour elle toute seule, et c'était le plus beau cadeau de départ qu'un homme, aussi lâche soit-il, aurait jamais pu lui faire. Ça n'avait pas été facile tous les jours, certes. Juliette avait toujours eu un fichu caractère. Mais elle avait évolué dans le bon sens, et jamais son cœur de mère n'avait été aussi bouffi de fierté que ces derniers temps, à la voir si sage, si belle, si forte, à l'aube de sa toute nouvelle féminité.

Jamais non plus *il* ne s'était autant serré devant cette femme que devenait son bébé. Elle avait saisi les mots que Juliette n'avait pas osé prononcer, *le* soir où elle l'avait poussée à faire des rencontres.

Un jour, maman, je partirai. Et ce jour-là, je ne voudrais pas avoir l'impression de t'abandonner. Elle devait bien admettre que sa petite fille si avisée – et qui n'était plus si petite que ça malheureusement – avait raison. Elle n'avait plus vécu seule depuis plus de vingt ans. Elle avait quitté le giron familial pour emménager avec sa sœur, puis planté ladite sœur pour un homme dont elle ignorait encore qu'il était lâche et qu'il allait lui faire un enfant. Enfin, elle s'était retrouvée seule, oui, mais avec sa petite chérie, sa merveille des merveilles dans les bras, et *depuis lors* elle avait vécu chaque jour sans songer au matin pluvieux, aux bras masculins qui la lui arracheraient un jour. Jusqu'à la semaine dernière, quand Juliette avait doucement évoqué le sujet. Parlé des sites gratuits sur lesquels on peut s'inscrire, rencontrer des hommes, pas l'homme de ta vie, non, ça, ça vient quand ça veut, mais juste un homme, avec qui tu t'entendes, *partages* des idées, qui te tienne compagnie le jour, et chaud la nuit. Chaud la nuit. Elle avait rougi, bêtement, quand sa fille avait prononcé ces mots. Mon Dieu, elle n'avait que dix-sept ans, ce n'était qu'un bébé… mais elle était pragmatique, et elle l'avait immédiatement rassurée à ce sujet, quand elle lui avait posé la question. Oui, elle est encore vierge. Pour l'instant. Elle ne pense pas que ça durera très longtemps. Non, elle n'a rien planifié.

Non, elle n'a pas de copain en ce moment. Mais elle garde toujours un… tu sais, un machin… au cas où. Et parce que sa petite Juliette qui grandissait trop vite était incroyablement réaliste, parce qu'elle posait sur les choses un regard vif et analytique, elle ne lui avait plus posé de questions. Puisqu'elle ne pouvait pas lui interdire de grandir, elle préférait la savoir préparée à toute éventualité. Et parce qu'elle était mesurée et prévoyante, l'amour ne manquerait pas de lui tomber dessus très vite, pour tout chambouler, tout barbouiller. Tout colorier. Elle partirait, oui, elle partira vite. Et alors, je serai seule, moi *qui ne connais plus le sens de ce mot*. Je serai seule comme je ne l'ai jamais été. Parce que, depuis dix-sept ans, je suis deux. C'est pourquoi elle avait fini par donner raison à sa fille. Elle n'avait pas envie d'un homme, à vrai dire. Mais tout vaudrait mieux que cette implacable solitude qui l'attendait au tournant. Alors, elle avait accepté. Et tandis que le retard de l'homme avec qui elle a rendez-vous s'aventure toujours plus profond dans le gouffre de l'impolitesse, elle sirote son thé, amer, glacé. Elle se dit que, si ce plan-là ne donne rien, elle pourra toujours prendre un chien. Elle sourit.

D'un geste sûr, il enfonce le torchon au fond du verre, qu'il tient de l'autre main. Il exerce une

rotation du poignet afin d'essuyer les dernières gouttes, celles qui se tapissent toujours au fond et laissent des marques en séchant. Il y a toujours des clients pour râler, arguer que le verre est sale, dans l'espoir d'avoir un coup gratuit. Il ne se laisse pas impressionner. Il n'y peut rien, après tout, si l'eau est calcaire. Avec la patente et les charges qu'il paie, ils n'espèrent quand même pas qu'il a les moyens d'installer un filtre. Tout juste s'il arrive à se maintenir à flot. Il jette un œil sur la table cinq. Soupire. Elle est toujours là. Elle est là depuis bientôt trois quarts d'heure, n'a commandé qu'un thé. Qu'elle n'a même pas bu en entier. À ce train-là, elle va faire la fermeture. Si tous les clients étaient comme ça, il serait raide à la fin du mois. Non pas qu'elle le dérange, la petite dame. Elle a l'air gentille. Elle paraît surtout complètement perdue. Encore une à qui on aura posé un lapin. Elle est pourtant jolie, la dame, encore fraîche. À peine fanée, pas flétrie. Elle doit avoir dans les quarante ans. Peut-être un peu plus. C'est difficile de juger, avec cet air de lassitude qu'elle a sur le visage, comme un maquillage de fin de soirée. La fatigue, le spleen, ça vous vieillit une femme. Elle sourit, brusquement, il ne sait pas à quoi elle pense, mais ça confirme son estimation. Une petite quarantaine d'années. Elle est beaucoup plus jolie quand ses yeux sont allumés.

Comme ces petites rues qui s'illuminent, quand la nuit tombe. À l'heure des réverbères. C'est son activité préférée, les jours de relâche : se promener dans les petites rues escarpées qui se cachent dans Paris, au crépuscule. Il adore les regarder s'éclairer, d'un coup, comme si une nouvelle vie commençait la nuit. Il observe les passants, les gens à leur fenêtre, tente de deviner les pensées des uns, *l'âge* des autres. Surtout les femmes. Il a l'œil, pour les femmes, ce qui a le don d'exaspérer la sienne. Il y a bien longtemps qu'il a cessé de se défendre face à ses accusations. Bien au contraire, plus les années passent, et plus il aime piquer sa jalousie, dont ils savent aussi bien l'un que l'autre qu'elle est injustifiée. Il aime regarder les femmes, oui. Il aime essayer de deviner ce qui les anime, ce qui les hante, comme la dame de la cinq. Mais il n'a pas *commis* un seul écart de conduite en vingt-cinq ans de vie commune, n'a même jamais été tenté d'aller voir ailleurs, comme on dit. Parce qu'après tout ce temps sa Mathilde est toujours jalouse, parce qu'elle n'a jamais cessé de le séduire, de le chercher, de l'apprivoiser. Il sait qu'il a de la chance. Peu de relations résistent au temps, à l'usure, à l'ennui. Surtout aujourd'hui. Son fils a déjà divorcé, en moins de temps qu'il ne leur en avait fallu, à lui et son épouse, pour le concevoir. Mais eux sont toujours là, unis, main dans la main,

bouche contre bouche, après toutes ces années. Oui, il a de la chance. Et le pincement qu'il ressent parfois, quand elle n'est pas là, derrière le comptoir avec lui, quand il ne sait pas ce qu'elle fait de ses journées, c'est aussi de la chance.

Ses yeux se posent une nouvelle fois sur la petite dame de la table cinq. Est-elle mariée ? On ne dirait pas. Pas d'alliance à son doigt. Divorcée peut-être. Seule, en tout cas. Qui attend-elle ? Son ex-mari ? Son amant ? Il la détaille, la devine. Non, elle n'attend rien de tout ça. Elle n'a pas cet air, entre angoisse et colère, *des* femmes dont les compagnons tardent à arriver. Il l'imagine encore moins dans la peau *de celles* qu'on fait volontairement souffrir, vengeance mesquine d'une histoire qui s'est trop mal terminée. Essaierait-on de l'atteindre, cette femme-là, qu'on n'y parviendrait pas. Elle est trop lointaine, trop isolée. Il faudrait déjà une détermination féroce pour trouver le courage de nager à sa rencontre, de la sauver de la dérive, alors qui pourrait bien se donner autant de mal pour le simple plaisir de lui enfoncer la tête sous l'eau ? Oui, il la perçoit bien, à présent, cette solitude de la petite dame de la cinq. S'il n'était pas marié, peut-être qu'il aurait envie de lui parler, de l'éloigner du large. Voilà, se dit-il, ce qui doit constituer son entourage : des gens qui, avec plus ou moins de succès, essaient de la guider

vers un port. Des femmes comme ça, ou on essaie de *leur* faire jeter l'ancre, ou on les laisse dériver, on ne s'en occupe pas. On se dit qu'elles finiront bien par se noyer toutes seules. Ça ne servirait à rien d'essayer de la saborder : elle est déjà percée au fond.

Et pourtant, elle attend bien quelqu'un. Voilà ce qui le chiffonne. Quand elle est arrivée, elle a jeté un œil distrait à sa montre, comme pour vérifier qu'elle n'était pas en retard. Il ne la connaît pas, elle n'est pas du quartier. Ici, à part aux heures des repas, il n'y a que des habitués. La dame est arrivée à seize heures précises, a regardé sa montre avant de s'asseoir. À la table cinq, celle qui est à égale distance de la porte et des toilettes. C'est souvent cette table-là que choisissent les gens qui ne connaissent pas. Les habitués – enfin, ceux parmi les habitués qui n'optent pas directement pour le comptoir – ne s'y asseyent jamais. À cause de la fenêtre qui fuit, juste derrière. Il oublie toujours de changer le joint, il n'y repense que quand un inconnu s'installe à la cinq. Il a eu un petit pincement, tout à l'heure, en la voyant remettre son manteau. Mais elle n'a pas changé de table. Alors qu'elle était là depuis une dizaine de minutes et *n'avait pas l'air* de vouloir commander, il était allé la voir. Lui avait demandé ce qu'elle prendrait. Un café. Il avait fait demi-tour pour le lui préparer. Elle l'avait arrêté. Non, finalement, je vais

prendre un thé. Oui, un thé, ce sera mieux. Il avait attendu, prêt à ce qu'elle change de nouveau d'avis, comme *c'était visiblement* son genre, mais elle n'avait plus rien dit. Un thé, donc. C'était toujours cinquante centimes de plus. Un thé, c'est cinquante centimes de plus qu'un café, et c'était toujours ça de pris. Et puis, en la servant, il avait pensé que ce ne serait pas plus mal, après tout, un thé. Elle paraissait bien nerveuse, la petite dame. Et elle l'était. Elle attendait quelqu'un, ça la rendait nerveuse, ça se voyait comme le nez au milieu de la figure. Et pourtant, à mesure que le temps passait, elle lui avait semblé de plus en plus calme, presque résignée. Comme si elle avait toujours su qu'il ne viendrait pas. Il sourit. Chaque fois qu'il voit une femme attendre, il ne peut pas s'empêcher de penser que c'est après un homme. Si ça se trouve, elle a simplement rendez-vous avec une copine. Ça l'étonnerait, franchement, mais après tout, ça ne le regarde pas. Même si elle n'a pas l'air du genre à avoir des copines. Trop secrète, trop solitaire. Enfin. Qui qu'elle attende, elle paraît de plus en plus persuadée que cette personne ne viendra pas. Et ça n'a pas l'air de la fâcher, au contraire, on dirait presque que ça la soulage. Et pourtant, elle attend. Il secoue la tête doucement. Un geste attire son attention, à l'autre bout du comptoir. Le vieux Georges, son habitué le

plus fidèle, a un verre vide dans une main, un ticket de PMU dans l'autre. Il lui fait un signe de la tête et remplit une autre pression, qu'il va lui apporter. Avant de servir Georges, il jette encore un regard à la dame de la cinq. Elle n'a pas bougé, toujours pas fini son thé. Elle est là depuis une heure, à présent, il est clair qu'elle n'a aucune envie de rencontrer la personne avec qui elle a rendez-vous, mais elle ne part pas. Elle reste là. Elle attend. Voilà qui dépasse l'entendement.

Il n'ose pas lever les yeux. N'ose surtout pas la regarder. Il se sent ridicule. Il se sent rabougri. Depuis une heure et demie qu'il est là – il est volontairement arrivé en avance –, mille pensées ont traversé son crâne trop plein. Plein d'émotions, plein d'envie, plein de doutes. Depuis une heure qu'elle est installée – parfaitement ponctuelle –, dix mille angoisses ont achevé de le vider. Vide de confiance, vide d'esprit, vide d'audace. Il se demande ce qu'il fait encore là. Il n'ose même pas se lever. Peur qu'elle pose les yeux sur lui en percevant son mouvement. Parce qu'elle le sentirait, *à n'en pas douter* : moins de trois mètres les séparent. Il avait choisi justement cette table, parce qu'il se doutait qu'elle s'installerait à la cinq, comme tous ceux qui ne savent pas que la fenêtre fuit. Il s'était dit que ce serait plus simple s'il

était à côté, sans être non plus trop près : il pourrait se lever, se diriger vers elle sans l'effrayer. C'était la distance optimale pour qu'elle ait le temps de le voir arriver, sans pour autant pouvoir trop le jauger. Même s'il n'osait pas lever les yeux, des yeux incapables de se fixer plus haut que les chevilles de la femme, il pouvait reconnaître à quel point son calcul était juste. Elle était là, à sa portée. Mais il ne parvenait pas à décoller ses fesses de la chaise en métal. Elles refusaient de se désolidariser.

Et pourtant, il savait – aurait dû savoir – à quoi s'attendre : même si aucune photo n'enrichissait son profil, le commentaire qui l'accompagnait était des plus éloquents. On y disait comme elle était grande, pour son mètre cinquante-cinq, brillante comme un soleil d'hiver, pâle mais présent. Comme ses sourires se comptaient par myriades, infatigables, et ses bras présents, inlassables, encore là quand on ne les attendait plus. Combien le Grand Canyon était petit, comparé au trou de son cœur. Et qu'Apollinaire aurait vite abandonné l'alcool s'il avait eu le bonheur de la rencontrer. Ce commentaire élogieux, à peine mieux formulé que ce qu'il se le rappelait, était signé « Juliette, fan n° 1 depuis dix-sept ans ». Il avait d'abord cru à une blague. Mais la femme avait souhaité le rencontrer. Sur son profil à lui, il avait simplement écrit : « J'aime le roquefort et Jonathan

Coe. » En répondant à son message, lui proposant de la retrouver ici, en terrain connu – pour lui –, il s'était demandé, qui, du fromage ou de l'auteur, avait attiré son attention. Il s'était juré de lui poser la question. Mais il était là depuis près de deux heures et n'avait même pas signalé sa présence. Les informations que donnait Juliette – si Juliette existait – pouvaient tout laisser présumer, du meilleur comme du pire. Parce qu'il ne voyait pas pourquoi, sinon, on se serait intéressé à lui, il avait supposé qu'elle serait moche et bête. Même s'il n'avait pas eu le courage de lui adresser la parole, même s'il n'avait même pas eu celui de la regarder dans les yeux, il avait compris qu'elle n'était ni l'un ni l'autre. Alors il s'était contenté de ses chevilles. Qu'elles étaient belles, ses chevilles, qu'elles étaient fines, qu'elles paraissaient douces… Oui, il s'en contentait largement, même s'il convenait volontiers que c'était sans doute du gâchis. Il n'avait cessé d'admirer ses chevilles, et il avait laissé son livre dans son sac.

En confirmant le rendez-vous, elle avait soulevé la question de l'identification. Réaction qui aurait dû lui prouver qu'elle n'était pas si bête, qui aurait dû le préparer. Mais il ne s'était pas méfié. Il avait répondu que lui, la reconnaîtrait. Et que, si tel n'était pas le cas, il aurait sur lui un accessoire qui le rendrait identifiable. Un roman de Jonathan Coe,

évidemment. Il avait choisi *La Femme de hasard.* Ce n'était pas le meilleur de Coe, loin de là, mais symboliquement, il était parfaitement approprié. Premier roman, premier rendez-vous. Femme de hasard. Il avait été fier de sa trouvaille. Et il l'avait laissée dans son sac.

Il ne s'était pas attendu à ça. Même si elle ne devait pas être laide, il avait imaginé qu'elle serait terne, fade, banale. Il ne pouvait pas non plus la comparer à Greta Garbo – après tout, il avait à peine osé la regarder –, mais il ne s'était pas attendu à ça. À ce qu'elle soit aussi... aussi quoi ? Aussi légère, aussi charmante, aussi intéressante ? Les trois à la fois, très certainement. Aussi grande pour son mètre cinquante-cinq, oui. C'était exactement ça, Juliette avait vu juste. Qu'elle existât ou non.

Il l'avait observée, une fois ou deux, à la dérobée, en prenant bien soin de vérifier que son regard s'était porté ailleurs. Rien de plus simple, quand on est fixé sur les chevilles. On remonte la courbe des mollets, tout doucement, jusqu'à la table, on longe les coudes. À mi-chemin des avant-bras, on connaît l'orientation des épaules, et de là, la direction de la tête. Chaque fois qu'il risquait de croiser ses yeux, il s'était empressé de baisser de nouveau les siens. Il n'avait pas pu la regarder en pied plus de trois fois, et jamais plus de deux minutes d'affilée, mais cela

lui avait suffi pour se faire une idée. Il n'avait pas aimé ce qu'il avait vu. Cela lui avait plu, c'était indéniable, mais il n'aimait pas ça. Elle était trop seule, trop à l'aise dans sa solitude, trop fière de sa fragilité. Trop décidée à ne pas s'en séparer. Elle le dépassait, de trois têtes au moins, dans sa volonté. Elle est beaucoup trop grande pour lui. Il mesure près de deux mètres – mais il a de grandes jambes : ça se remarque moins quand il est assis – et, pourtant, il se sent tout petit, tout juste à la bonne hauteur pour contempler les chevilles de cette femme. Et il les admire, il les décrit, les mesure, il s'en repaît tout son saoul, mais est incapable d'aller au-delà.

Il se dit qu'il pourrait peut-être lever les yeux sur ses mollets, sur son visage, pourquoi pas, s'il le sentait plus tangible, plus près. S'il avait un espoir que le monde extérieur pût l'ébranler. Et puis il se met en colère. Pourquoi ai-je l'impression d'avoir quatorze ans ? Pourquoi est-ce que je n'ose pas l'aborder ? Et pourquoi est-ce que le patron ne la fiche pas dehors, d'abord ? D'ordinaire, il ne laisse jamais personne s'attarder une heure autour d'une tasse de thé. Si au moins elle partait, je pourrais m'en aller…

Il soupire. Il va bientôt devoir dresser les tables pour le service du soir. Avec le théâtre à côté, il a du

monde dès dix-huit heures. Bon pour les affaires, ce petit théâtre. Le jour où ils vont le fermer, il mettra la clé sous la porte dans les trois mois qui suivront. C'est grâce au théâtre qu'il arrive à tenir. Avec la clientèle que ça lui apporte… On y joue trois pièces d'affilée chaque soir, à dix-huit, vingt et vingt-deux heures. Il y a ceux qui mangent, ceux qui boivent un coup. Ceux qui font les deux. Qui boivent avant et mangent après, ou l'inverse. Ça *remplit si bien la salle* qu'il fait systématiquement une ristourne de dix pour cent au personnel du théâtre et aux comédiens. Pour les inciter à lui faire de la pub. La pub, c'est bon pour les affaires.

En attendant, elles ne sont pas vraiment arrangées, ses affaires. La petite dame de la cinq est toujours là, et ça l'ennuie de se dire qu'il va bientôt devoir la jeter dehors. Le drôle de bonhomme est toujours à la huit, lui aussi. Il l'oublie tout le temps, celui-là. Il faut dire qu'il est tellement discret… Il vient presque tous les jours. Il arrive toujours vers quinze heures, quinze heures trente, avec un bouquin. Il s'installe, et il lit. Il boit son chocolat – c'est toujours un chocolat, été comme hiver – et il lit. Il ne fait pas de bruit. En général, il ne se rappelle à sa mémoire que pour commander. Il avale deux, trois chocolats, trente, cinquante pages, et puis il s'en va. En laissant derrière lui un petit sourire et un grand

pourboire. Il n'a pas de table attitrée : il prend la huit ou la deux, le plus souvent. Aujourd'hui, il est à la huit. Il ne prend jamais la cinq. C'est un habitué.

Normalement, le grand monsieur aux chocolats devrait déjà être parti. En général, il lève le camp entre seize heures trente et dix-sept heures. Rarement deux fois de suite à la même heure, mais toujours dans ces eaux-là. Aujourd'hui, il doit avoir plus de temps : il va être dix-sept heures trente, et il est toujours là. Comme d'habitude, il n'y a prêté aucune attention. Il s'est aperçu que l'homme avait joué les prolongations quand il lui a commandé un quatrième chocolat. Un quatrième. Il l'a déjà vu en boire trois, il l'a déjà vu n'en prendre qu'un. Jamais quatre. Comme s'il n'arrivait pas à se résoudre à partir. Il l'a vu qui regardait la dame de la cinq, en douce. Peut-être qu'il a envie de lui parler ? Peut-être qu'il n'ose pas ? Ce serait bien son genre, ça. Il suffit de voir comme il lit, tout recroquevillé sur son roman, pour comprendre que c'est un grand timide. Un qui ne supporte pas qu'on pose les yeux sur lui. Quand il lui demande un chocolat, c'est toujours en regardant ailleurs. Ses mains, ou son bouquin, le plus souvent. Ses pieds, parfois, ses grands pieds maladroits. Des pieds à se prendre constamment dans les tapis. Évidemment, il n'en sait rien, il ne l'a jamais vu. Il suppose, *c'est tout*. À sa façon de repousser la

table *avec précaution* avant de se lever, de regarder ses pieds quand il marche, et ailleurs quand il s'adresse à quelqu'un, de tout ça on peut plus ou moins précisément déduire ce que doit être sa vie. Une vie où tout est à sa place, et tant qu'à faire à l'étroit. Ce type-là, si grand qu'il soit – il doit friser les deux mètres – n'aime pas l'espace : quelle que soit la table qu'il choisit, la deux ou la huit, il prend toujours la chaise collée au mur. Et il se roule en boule pour plonger dans son bouquin. Lui aussi, il est seul. C'est une des premières choses qu'on remarque chez lui. Mais s'il se replie sur son livre, sur lui-même, c'est sûrement moins pour s'isoler du monde que parce qu'il ne sait pas comment l'affronter.

Il se souvient qu'une fois Mathilde était allée parler au grand bonhomme. *Depuis* six mois déjà, il venait deux, trois fois par semaine, parfois plus. On n'avait pas grand monde ce jour-là, elle avait essayé d'engager la conversation. Lui, il regardait, moins par méfiance que par curiosité. Mathilde est très forte pour faire parler les gens. Elle dit souvent en rigolant que c'est une question de psychologie féminine, un truc qu'un vieux bistrot bourru comme lui ne peut pas comprendre. Et elle n'a pas tout à fait tort : lui, il devine les gens, c'est vrai. Question d'entraînement, et d'un bon sens de l'observation.

Elle, elle les sent, et ça, c'est une chose innée. Un truc de femme. Quoi qu'il en soit, elle l'avait rejoint à sa table, c'était il y a peut-être un an, elle avait souri au bonhomme et elle s'était assise. Simplement. Avec ses yeux qui voulaient dire : je suis là, maintenant, racontez-moi votre vie. Et il se souvient que le type lui avait souri, aussi, timide, surpris. Comme si c'était la première fois de sa vie que quelqu'un lui adressait la parole. Elle avait parlé de la pluie et du beau temps, lui avait demandé pourquoi il venait si souvent ici, s'il travaillait à côté, s'il était marié. Et il l'avait admirée, sa femme, d'avoir réussi à poser autant de questions sans avoir l'air de mener un interrogatoire. Elle a ce talent-là. Elle s'intéresse vraiment aux gens. Et le grand maigre n'avait pas eu l'air de vivre ça comme une intrusion. Il avait souri, de son sourire bancal, flou, et il avait répondu de la même façon. Ils avaient appris ainsi qu'il n'était pas marié, travaillait effectivement dans le quartier, et qu'il venait ici parce qu'il aimait le nom du café. Et que le chocolat était délicieux. C'était toujours ça de pris, même si les informations étaient maigres. Mathilde n'avait pas réussi à savoir son métier, mais avait décrété qu'il était professeur. Et n'était plus retournée s'asseoir à sa table. Elle avait senti que les limites étaient atteintes, c'était ce qu'elle lui avait dit. Elle ne l'avait pas vraiment

dérangé, mais elle avait perturbé sa routine, ses habitudes. Ses repères. Et c'est un homme qui ne vit que pour ça, ça se voit. Pour ses repères. Il était plutôt d'accord avec elle. Et depuis ce jour, ils avaient laissé le professeur à sa table. Il dit professeur pour faire plaisir à sa femme. Pour lui, il restera toujours ce drôle de grand bonhomme tout maigre, professeur ou pas. Le grand échalas, avec ses bouquins et son chocolat.

Mais quand il lui a servi son chocolat, justement, son quatrième chocolat, il s'est enfin aperçu que le type ne lisait pas. Est-ce qu'il n'avait pas du tout ouvert son livre, ou est-ce qu'il l'avait simplement rangé, il ne saurait pas le dire. En revanche, il avait bien vu ce qui retenait son attention, à l'échalas. Ce n'étaient pas ses propres chevilles qu'il contemplait, quand il a déposé la tasse sur la table, mais bien celles de la dame de la cinq. Oui, c'était elle, assurément, la raison du quatrième chocolat. C'était à cause de ses chevilles – plutôt jolies, il faut bien l'admettre – que l'homme ne lisait pas. Étrangement, ce constat l'avait désemparé. À n'importe quel autre homme, et s'agissant de n'importe quelle autre femme, il aurait dit : allez-y mon vieux, ça fait plus d'une heure qu'elle attend le crétin qui lui a posé un lapin, tentez donc votre chance. Mais le grand maigre devait se dire la même chose depuis un bon moment sans

parvenir à se décider, et la petite dame de la cinq n'est visiblement pas de celles qu'un lapin désempare. Au contraire, elle paraît se satisfaire de cette attente qui n'en finit pas. Le grand timide *a dû s'en apercevoir*, et ça ne doit pas *l'encourager*.

Il regrette que sa femme ne soit pas là. Elle aurait trouvé une solution, elle, aurait discuté avec la femme, attiré son attention sur ce grand timide, pas si laid quand on y regarde, et si gentil, au fond... Mais Mathilde fait du baby-sitting pour leur divorcé de fils, trop heureuse de passer la journée à bichonner la petite lorsque l'école fait grève. Pour le coup, elle préférerait qu'ils fassent grève plus souvent, les profs. C'est qu'elle grandit vite, la gamine, et qu'on ne la voit pas si souvent. Il aurait bien aimé qu'elle l'amène ici, d'ailleurs, il aurait pu en profiter aussi. Mais Mathilde avait dit non, un bistrot, c'est pas un endroit convenable pour une enfant de son âge, et il n'avait pas insisté. Même si leur fils avait eu cet âge un jour, et qu'elle n'avait jamais été choquée qu'il fasse ses devoirs au comptoir. Quand Mathilde avait décidé quelque chose, mieux valait ne pas la contrarier. N'empêche, là, maintenant, il aurait aimé qu'elle soit là, avec ou sans la petite. Elle aurait trouvé un moyen d'emmêler ces deux-là ensemble et, *pourquoi pas*, de les faire décamper dans la foulée. C'est qu'ils commencent à le fatiguer, chacun dans son coin,

muré dans sa solitude. C'est tellement bête, tellement agaçant. Et puis, il faudrait vraiment qu'il dresse les tables pour le soir, avant que le monde arrive.

Lorsqu'elle regarde sa montre pour la seconde fois depuis son arrivée, elle s'aperçoit qu'il est près de dix-huit heures. Elle aura attendu deux heures. Elle boit les dernières gouttes de son thé. Sourit. Elle sent dans son dos le regard du patron, derrière son comptoir. Même s'il ne lui dit rien, elle devine que ça l'énerve, une seule tasse de thé en deux heures. Mais il est patient : il a sûrement pitié d'elle. Il doit penser qu'elle *a fait traîner son thé exprès*, juste pour se donner une contenance. Pour ne pas avoir *trop l'air d'attendre*. Elle sourit parce qu'elle aimerait qu'il ait raison. La vérité, c'est qu'elle est lente. Lente à boire, à manger, à comprendre. Lente à vivre. Dans ce monde qui va à cent à l'heure, elle aime rouler au pas. Et même si elle n'aimait pas ça, elle ne sait pas comment passer la seconde. Elle vit au ralenti, et si ça ne la dérange pas plus que ça, dans le fond, elle sait que ce n'est pas normal. De n'avoir pas envie de courir au-devant de la vie. De se contenter de la regarder défiler devant soi, à toute vitesse, sans jamais essayer de la rattraper. Et, c'est vrai, ça ne la dérange pas. Pour l'instant. Mais qu'en sera-t-il dans deux, trois ou cinq ans ? Quand Juliette

partira ? Quand il n'y aura plus personne à la maison pour la pousser à rester dans la course, même de loin, même au pas ? Sa fille est un torrent de vie, elle court dans tous les sens, sème la pagaille avec ses grands gestes, ses opinions, ses envies, ses ambitions. Elle emplit leur petit appartement de sa jeunesse avide et bruyante. Elle donne une raison d'être à sa placidité, à son silence. Que se passera-t-il quand elle ne sera plus là ? Comment saura-t-elle occuper tout cet espace vide, trente-cinq mètres carrés pour elle toute seule, elle qui peine déjà à habiter convenablement son propre corps ? Et surtout : que se passera-t-il quand Juliette reviendra, pour une lessive, un déjeuner dominical, ou simplement pour rendre visite ? Quand elle reviendra pleine d'un autre rythme, d'une autre vie ? S'apercevra-t-elle que sa mère n'existe pas ? Qu'elle n'est qu'une ombre plate, sans substance, désintéressée même de sa propre vie ? Et si, en la voyant pour la première fois avec des yeux neufs, un regard extérieur, plus celui de sa fille, mais celui d'une femme, elle ne la reconnaissait pas ? Si, ce jour-là, elle ne l'aimait plus ?

Si elle avait accepté ce rendez-vous, c'était en partie pour fuir toutes ces inquiétudes. Trouver une échappatoire, même pour quelque temps. Se prouver qu'il pouvait y avoir une autre issue que celle-là. Et

voilà qu'elle réalise que, pendant deux heures, elle n'a pensé qu'à ça. À sa fille qui va entrer dans le monde des grands. Au couperet qui s'abaisse, lentement. Et à sa nuque offerte qui n'attend que ça. Comme si elle lui disait : c'est bien fait pour toi. Pendant dix-sept ans, tu t'es réfugiée derrière ta fille, incapable de vivre ta propre vie. Incapable même d'en avoir envie. L'heure est venue de payer pour cette existence que tu t'es refusée. Ta vie n'était pas ta priorité ? Eh bien, sois heureuse, tu as ce que tu voulais ! Sauf que ce n'est pas son échine qui va être brisée, non, c'est bien pis que ça : c'est sur le cordon ombilical que s'abaisse la lame, et elle ne pourra pas l'empêcher de le trancher. Elle va bien être forcée d'exister, qu'elle le veuille ou non. Elle sait qu'elle est ridicule, ingrate, et affreusement mélodramatique, mais d'une certaine façon, elle aurait préféré mourir que de devoir vivre ça. Elle va plonger dans l'inconnu, et elle n'aime pas ça. Parce que sa seule certitude, c'est que ce sera dur ; en toute honnêteté, elle *n'est pas sûre* qu'elle s'en remettra. *Qu'elle pourra* s'habituer. Elle sait que c'est stupide, mais avec la mort, on n'a pas autant de questions à se poser.

Et puis, elle peut bien se le dire, à présent, même si ça ne change pas grand-chose. Elle sait qu'elle sera seule. Oh, elle savait qu'elle le serait, bien sûr, personne ne remplacera jamais sa fille, son bébé,

son joyau. Aucun homme ne saura combler ce vide-là. Mais ç'aurait pu être un pis-aller. Comme disait Juliette, un homme qui lui tienne compagnie le jour, et chaud la nuit. Elle n'en avait pas vraiment envie, mais elle aurait pu essayer. Qui sait, ç'aurait peut-être pu marcher ? Sa fille avait passé la soirée sur Internet, après l'avoir inscrite sur un site de rencontres. Elle lui avait créé un profil, avait compulsé une liste de candidats potentiels. Alors qu'elle-même mourait d'envie d'aller se coucher, elle lui avait présenté sa sélection, une petite dizaine de fiches. Elle en avait gardé deux : elle avait trouvé les autres trop vantards, trop sûrs d'eux. Ça ne lui plaisait pas. Elle ne voulait pas particulièrement d'un homme certes, mais encore moins d'un qui fasse du surf à Maui pendant ses vacances et passe le reste de l'année à klaxonner au volant de sa voiture tape-à-l'œil. Elle ne serait pas à l'aise avec cet univers-là. Elle avait – enfin Juliette avait – adressé un message aux deux derniers, plus simples, plus… « normaux ». Avait accepté de prendre rendez-vous avec le premier à lui avoir répondu. Sur son profil, il n'y avait qu'une phrase : « J'aime le roquefort et Jonathan Coe. » Elle n'aime pas les fromages cendrés, et n'a jamais lu Jonathan Coe – c'est Juliette, qui, après une recherche Google, lui avait dit que c'était un

romancier britannique –, mais elle s'était dit qu'au moins cet homme savait aller à l'essentiel.

À l'essentiel, peut-être, mais pas à ses rendez-vous, songe-t-elle avec amertume. Elle se demande pourquoi ça la blesse autant, finalement. Elle n'avait pas envie de ce rendez-vous. Elle avait posé son après-midi à contrecœur. Elle ne croyait pas vraiment, au fond, que ce fût la bonne solution. Mais elle était blessée. Parce que quelqu'un qui aimait le roquefort l'avait délibérément ignorée. Parce qu'elle avait *déjà* le sentiment de commencer à s'effacer. Je vais mourir seule, et je ne peux rien y changer. Et ça la blesse, de voir à quel point elle est condamnée, à quel point elle s'est condamnée. Au point que même une personne qui ignore qu'elle est fade choisit de ne pas la rencontrer. Et elle se rend compte que pendant tout ce temps, ces deux heures écoulées où chaque minute lui prouvait que personne ne viendrait, elle n'avait pas pu s'empêcher d'espérer. De croire qu'un miracle allait peut-être se produire. Qu'un homme allait surgir, comme dans les films, qui la sauverait d'elle-même, de son inanité. Aussi absurde que cela fût, elle en avait conscience, elle y avait cru. Parce que le café s'appelait « Au hasard » et que le hasard fait souvent bien les choses, comme on dit. C'était stupide, c'était puéril, mais une part d'elle s'y était raccrochée, qui désormais se trouve

obligée de lâcher prise. Parce que son thé est bu, son rendez-vous manqué, et qu'elle va devoir s'en aller. Et brusquement, après la sérénité qu'elle avait affichée – et ressentie – de plus en plus clairement au fil de ces deux dernières heures, elle se met à pleurer.

Il lève les yeux une dernière fois. *De* toute façon, il est temps qu'il s'en aille, *ses* chats doivent avoir faim, *et* il a du travail pour demain. *S*'il s'en va vite, en rentrant la tête dans les épaules, elle ne fera peut-être pas attention à lui. Alors, il voit les larmes sur ses joues. C'est incompréhensible, ces larmes, après deux heures d'indifférence, c'est tellement illogique… Et tellement humain. Il en ressent comme une confiance nouvelle. Elle est peut-être perdue, cette femme, elle est peut-être aussi seule que lui, finalement. Il a du mal à l'admettre, se sent coupable de tant de lâcheté, mais de la voir pleurer lui réchauffe le cœur. Elle est belle et digne, et le reste en pleurant, malgré son nez et ses yeux rouges, malgré sa bouche tremblante. Elle est désirable, mais pour la première fois depuis qu'elle est entrée, elle est désirable comme un projet d'avenir, pas comme un objectif irréaliste. Il n'est pas un monstre, il n'éprouve pas de plaisir à la voir pleurer. Simplement, son chagrin soudain l'a rendue concrète, et c'est ce qui le rassure. Mais si la chose est claire dans

sa tête, il serait bien en peine de l'expliquer. Il n'est à l'aise qu'avec les mots des autres ; les siens, il a toujours du mal à les formuler. Après deux heures passées à tergiverser, à reculer sans jamais oser sauter, il éprouve enfin, plus que l'envie, le besoin d'aller vers elle. Parce qu'il pourra peut-être l'aider, finalement. Parce qu'il trouvera peut-être quelque chose à dire. Et même si ce n'était pas le cas, même s'il se trouvait désemparé, comme souvent lorsqu'on lui demande de parler, au moins pourrait-il essayer de l'écouter. Les femmes qui pleurent ont toujours quelque chose à raconter. Il le sait : ses collègues sont trop promptes à se confier à lui, sous prétexte que ses oreilles sont toujours ouvertes et sa bouche toujours close. Alors, il les laisse évacuer, même si souvent ça ne l'intéresse pas. Elles, ça leur fait du bien, et lui, ça ne le dérange pas : après tout, s'il le veut, il ne les écoute pas. Comme il ne commente ni ne répète jamais, elles ne s'en aperçoivent pas.

Mais cette femme-là, il a envie de l'écouter. De l'entendre. Peut-être même d'essayer de comprendre, de la questionner. En prenant bien soin de régler sa note et de laisser un pourboire, il se lève, enfin. Avec moins de souplesse qu'il ne l'aurait souhaité : il est un peu engourdi, d'être resté si longtemps sans bouger. Il rejoint sa table à pas lents, mesurés, pour *que les* fourmis dans ses jambes se *dispersent*. Et pour

trouver quelque chose à dire. Aussi maladroit et peu à l'aise qu'il soit dans les rapports humains, il n'en est pas pour autant stupide : il sait qu'elle ne comprendrait pas qu'il soit resté deux heures à contempler ses chevilles, sans oser lui adresser la parole. Il s'assied en face d'elle, lui tend un mouchoir. D'un geste qu'il aurait voulu fluide et rassurant et qui se révèle être brusque, hésitant. Il déteste être aussi gauche, déteste sa maladresse, déplacée, pesante, quand cette femme aurait sans doute eu besoin d'un point d'ancrage, solide et fiable. Mais elle semble ne pas remarquer que sa main tremble, ou a la politesse de *ne pas le montrer*. Elle se mouche, sans pudeur et sans fioritures, essuie ses yeux du revers de la manche. Son regard, encore troublé par les larmes, *brille de curiosité* lorsqu'il se pose enfin sur lui. Jusqu'à présent, elle ne l'a pas vraiment vu, elle s'est contentée d'accepter la main secourable qu'il lui tendait – ou plutôt ce qu'elle contenait. À présent, elle l'observe, et il tâche de ne pas imaginer ce qu'elle peut bien penser de ses yeux trop ronds, de son visage trop long. Elle lui sourit. Comme si elle avait décidé qu'il était acceptable. Il essaie de sourire à son tour, n'est pas sûr d'y parvenir. Tout cela est trop inédit pour lui. Son sourire à elle est patient, mais ses yeux lui posent mille questions.

Qui est-il ? Que lui veut-il ? Qu'est-ce qui l'a poussé à intervenir, à la libérer, même pour une seconde, de cette solitude qui l'oppressait ? Oui, dans ses yeux rougis, il lit aussi bien la curiosité que l'angoisse, et il sait qu'il doit leur répondre, leur répondre avec des mots. Il ne sait pas faire ça. Il n'a jamais fait ça, et son estomac se noue face à cette mise en danger. Il aurait mieux fait de s'en aller. Mais maintenant qu'il est là, il ne peut plus reculer. Il doit dire quelque chose, et il doit être à la hauteur. À la hauteur de ce mètre cinquante-cinq assis en face de lui. À la hauteur de ce que cette femme attend peut-être de lui.

Alors, puisqu'il ne peut plus reculer, il décide de sauter. Enfin. La peur au ventre et le souffle court, il choisit de se lancer. Pour une fois, il agit sans savoir, sans avoir calculé au préalable la teneur des risques et des conséquences éventuelles. Parce qu'ils se trouvent Au hasard et que c'est peut-être bien le hasard qui l'a fait pleurer au moment même où il s'apprêtait à s'en aller, il choisit de le laisser trancher.

« Excusez-moi… Je vous ai observée un petit moment et… enfin, juste avant que vous vous mettiez à pleurer, je me disais que vous étiez vraiment très jolie. Je pensais que, peut-être, si vous

n'avez rien de prévu et que vous n'attendiez personne… je pourrais peut-être vous inviter à dîner ? »

Il est minuit passé. En tirant le rideau de fer devant la porte vitrée, il se dit qu'il est vraiment, vraiment fatigué. Comme il ne l'a pas été depuis longtemps. La journée a été longue, intéressante à défaut d'être fructueuse. Pas beaucoup de clients, ce soir. Tant pis. Ou tant mieux, il ne sait pas. Il est pressé de retrouver Mathilde, qui doit dormir comme un bébé. Il marche à grands pas dans les rues désertes. Il veut juste aller se coucher, sentir la chaleur de son corps contre sa peau. En souriant, il repense à cette nuit, des années plus tôt. Ils venaient juste d'acheter le bistrot. Pour fêter ça, ils avaient bien mangé, ils avaient un peu bu. Ils avaient fait l'amour, en prenant garde de ne pas réveiller le petit qui dormait à côté. Et puis, ils avaient discuté. Longtemps. Pour trouver un nom au café. Ils n'auraient pas imaginé que ce serait aussi compliqué.

« Tu ne vas quand même pas l'appeler Chez Mathilde !

– Et pourquoi pas ? C'est un beau prénom, Mathilde !

– Oui, ben ça me suffit de l'avoir sur ma carte d'identité.

– Eh bien, vas-y, trouve un nom, toi, puisque t'es si maligne !

– Je ne sais pas moi, tu prends le premier truc qui te passe par la tête, on s'en fiche ! C'est qu'un nom, après tout, on n'a qu'à choisir au hasard !

– Au hasard ?

– Oui, tiens ! "Au hasard" ! Et quand les gens nous demanderont pourquoi, on dira qu'on a choisi, comme ça, au hasard... »

Sophie Lenoir : de formation théâtrale, elle est aujourd'hui vendeuse dans une librairie parisienne. Auteur de plusieurs romans et pièces de théâtre, elle écrit également des critiques sur un portail culturel.

Auteurs favoris : René Barjavel, Jonathan Coe, Daniel Keyes, Katherine Pancol, Daniel Pennac, Oscar Wilde...

Elle aime recevoir des amis, dessiner, jouer au tennis, mais aussi écouter le silence, la pluie, et le fromage et les champignons.

La naissance de la poésie
Olivier Magdelaine

Mardi est le jour d'audience du roi des mots. Assis sur son trône dans la grande salle du palais royal, il reçoit chaque semaine une foule interminable de mots : il accorde des faveurs aux uns, et tranche les différends des autres. Il arrive souvent que les mots se chamaillent : ils ont des querelles de voisinage fort semblables aux nôtres. Deux mots s'installent dans deux jardins proches l'un de l'autre, qu'ils appellent leurs *sens* ; d'abord ils y sont à l'aise, et ne songent pas à barrer l'entrée de leur domaine à leur voisin : les voilà qui se rencontrent, qui s'entendent, qui se lient d'amitié ; on passe l'après-midi dans le sens de l'un, on dîne dans celui de l'autre, on vit chez son prochain comme chez soi-même, et l'on y fait tout ce qui peut venir à l'esprit de deux mots qui se côtoient chaque jour. Mais, un matin, l'un des deux se réveille et se dit : « On n'est plus chez soi, ici » – et il met l'autre à la porte. « Fort

bien ! s'écrie alors l'expulsé. Qu'il se garde son petit sens étriqué pour lui, il ne viendra plus se promener sur le mien. » Ils se séparent, et font mine de ne pas se connaître ; mais bientôt : « Holà, gredin, profanateur de sens, tu as passé la limite de mon domaine ! » L'interpellé, tout écumant d'indignation, et désignant sur le champ sémantique quelque borne minuscule que les mots seuls peuvent voir, aussitôt lui rétorque : « Cette pierre marque notre frontière ; vois : c'est toi qui l'as franchie ! » On s'insulte copieusement (en quelle discipline les mots ne manquent jamais de ressource), on prend le voisinage à témoin, et comme enfin on ne saurait tomber d'accord, on va porter l'affaire devant le roi : rien n'est plus commun parmi les mots. Du reste, pour que nous soyons devenus si procéduriers, il faut bien que quelqu'un nous en ait fourni l'inspiration.

Le roi des mots n'est pas un de ces mots exubérants, comme certains béotiens se le figurent parfois. S'il est vrai que l'ampleur et l'ornement confèrent à quelques-uns de la considération parmi leurs semblables, Anacoluthe même, ce parangon d'élégance, n'a jamais été tenu pour autre chose qu'un courtisan bien poudré, tout au plus digne d'émailler les compositions françaises, mais absolument impropre aux circonstances graves de l'existence lexicale. Le roi au contraire est un mot fort simple, mais de son

existence dépend celle de ce curieux peuple tout entier : c'est le mot MOT.

Or, un mardi que le roi tenait sa séance habituelle, arriva le tour des derniers visiteurs. Le roi en était à sa mille deux cent soixante-treizième audience de la journée ; il avait accordé trois cent vingt et une faveurs, refusé deux cent sept autres, et prononcé sept cent quarante-cinq jugements ; comme chaque semaine, il avait entendu la sempiternelle répétition des mêmes sollicitations flagorneuses et des mêmes démêlés mesquins, et finissait par s'endormir. Quand il vit s'approcher l'ultime délégation, il poussa un soupir et pensa : « Allons, expédions bien vite ces trois-là ; ensuite, nous irons goûter au jardin d'une tasse de thé et de quelques biscuits au gingembre. » (Mot, le roi des mots, était, comme tous les mots distingués à l'époque, un parfait anglophile.)

« Majesté, disait-on, ça ne peut plus durer. Les hommes nous maltraitent ; ils nous emploient à tort et à travers, ils nous confondent, nous déforment, nous trahissent. Ils font parfois appel à nous dans des circonstances si peu adaptées à nos compétences, qu'ils nous donnent l'impression de ne plus savoir qui nous sommes. Voyez ce mot, Majesté. (L'orateur désigna un mot qui l'accompagnait, à l'aspect singulier, qui présentait les marques d'une très grande lassitude.) C'est Charme. C'était jadis un mot redoutable,

plein de ténèbres envoûtantes, et ses yeux jetaient des flammes où chacun succombait. Il avait cette barbe d'airain que vous lui voyez. Mais les hommes l'ont commis à de plus bas offices. Ce dieu, qui les tenait sous son pouvoir, ils en firent une jeune fille aux joues roses et à la taille légère. Un piaillement frivole a coulé dans sa voix, où chantaient autrefois les orgues des Enfers. Incapable aussi bien de demeurer ce qu'il était, que de l'oublier, le voilà comme en exil de lui-même, plus désemparé et malheureux que s'il fût tombé dans un abandon complet.

– J'avais bien remarqué, dit le roi, que les hommes inclinent toujours à nous amoindrir, à mesure que notre carrière s'allonge. Mais que pouvons-nous faire ? Ils sont maîtres de leurs lèvres.

– S'ils ne sont pas trop ingrats, ils ne voudront pas traiter si durement ceux qui leur rendent à chaque instant un si grand service.

– Eh bien ! dit le roi, j'irai voir le roi des hommes. Va ! »

Les mots s'en retournèrent, et Mot passa au jardin.

Le lendemain, il était reçu par le roi des hommes, et lui exposait ses revendications.

« Mais, cher Mot, que voulez-vous que je fasse ? Comment pourrais-je imposer le sens des mots à mes sujets ?

– Il faudra bien le faire, pourtant, rétorqua Mot, car les miens ne décolèrent pas, et je dois admettre qu'ils n'ont pas tort. »

Le roi des hommes eut une moue de mépris, certain, comme nous le sommes souvent, de la supériorité d'un être de chair et d'action sur cette petite chose purement sonore, presque immatérielle, à peine existante, qu'est un mot. Mot n'était pas un imbécile : il s'en aperçut aussitôt ; il décida alors d'une ruse qui lui obtiendrait ce qu'il voulait, et au surplus le vengerait de cette insupportable présomption humaine.

« Dis-moi, commença-t-il, de quoi tiens-tu ton pouvoir ?

– Cette question ! De ce que je suis le roi.

– Le conserverais-tu, si tu étais roi mais que chacun l'ignorât ?

– Certes, non, je pense. Mais, crois-moi, il y a peu de chance qu'on l'oublie.

– C'est peu probable, en effet. À moins… »

Les mots sont joueurs et jouent souvent entre eux ; mais ils aiment mieux encore se jouer des hommes : Mot marqua une pause, pour mieux savourer l'effet que sa dernière remarque produisait sur son interlocuteur.

« À moins… ? Que veux-tu dire ? maugréa le roi des hommes, qu'un agacement piqué d'inquiétude commençait à chatouiller.

– À moins que le mot *roi* ne soit plus en usage parmi les hommes. Ça ne lui ferait pas plaisir de n'être plus jamais employé, mais la raison d'État, n'est-ce pas ? »

Quiconque ne s'est jamais trouvé en face d'un mot vous expliquant le plus tranquillement du monde qu'il pourrait, d'un seul claquement de syllabes, réduire à néant votre existence sociale ne pourrait comprendre l'ahurissement du roi des hommes dans cet instant ; aussi y aurait-il de l'impertinence à se moquer de lui.

Cependant, il consentit à tout, et dicta sur l'heure un nouveau décret, qui reprenait, mot pour mot, les exigences de son redoutable adversaire, et fixait le sens des mots d'après l'opinion que celui-ci en avait.

Le décret publié agita le monde des hommes d'un long fou rire, puis sombra dans l'oubli.

Mot était furieux. Vraiment, ces gens ne respectaient rien !

Les conseillers du roi furent convoqués, Lexique, Vocabulaire, Sens, Grammaire, Syntaxe et quelques autres. On discuta longtemps – Dieu sait que les mots sont bavards –, on hésita, et enfin on prit la résolution la plus grave et la plus désespérée : quitter les hommes. Un mot que personne ne prononce est dans un profond sommeil sans rêve. Il ne lui faut pour reprendre vie que reparaître sur les lèvres, sous

la plume, dans les pensées ou les songes d'un homme, qui sont pour lui le baiser du prince à la belle endormie ; mais que la belle choisisse de s'endormir en tel lieu que le prince ne pourra jamais y accéder, et son sommeil n'est pas moins absolu et définitif que la mort. Les mots savaient tout cela ; mais ils sont fiers ; et cet affront à leur communauté n'appelait d'autre réponse qu'un divorce complet.

Le monde fut plongé dans une grande confusion. Ne sachant plus rien nommer, on ne connaissait plus rien que les plaintes de son estomac, de sa vessie ou de ses hémorroïdes. De toutes ces belles et utiles inventions dont ils s'étaient enorgueillis, les hommes n'en comprenaient plus que les plus simples et les plus instinctives ; les lois, qui garantissaient leur harmonie, ne retenaient plus les débordements naturels de leur caractère ; et, avant un mois, ils semblaient être retournés à l'état de sauvagerie que leur espèce avait connu dans son enfance.

Dans leur retraite, les mots enduraient généreusement leur solitude nouvelle. Dans l'endormissement progressif de leur conscience et de leurs facultés, leur affliction devenait plus vague et moins obsédante ; et bientôt – suprême honte ! – ils en vinrent à oublier leur propre existence.

Cependant, un bruit curieux arriva un matin aux oreilles ensommeillées de Mot, le roi des mots : il

existait un homme si respectueux et si prévenant envers les mots, que quelques-uns avaient désobéi et continuaient à lui rendre visite. Aussitôt Mot voulut le connaître ; et la nouvelle s'en propagea si rapidement que le lendemain, quand Mot frappa à la porte du bonhomme, tous ses sujets l'accompagnaient, en sorte que M. Poëte (c'était son nom) disposa pour répondre à Mot de tous les mots existants.

M. Poëte était un petit fonctionnaire, très consciencieux, et très mécontent de la régression que connaissaient ses semblables. Il supplia les mots de revenir parmi les hommes.

« Impossible, disait Mot. Les hommes nous maltraitent.

– Le temps aussi les maltraite, répondit M. Poëte. Qu'est-ce que la longévité d'un homme, en regard de celle d'un mot ? Il nous faut vieillir, voir changer le monde, et bientôt le quitter, avant même d'avoir pu le comprendre. Vous vivez des siècles, parfois mille ans, parfois deux mille, et vous voudriez en plus ne pas vieillir ? »

Ce discours fit grande impression sur les mots, qui n'en avaient jamais entendu de semblable. Et Vieillissement frissonna à l'idée que la dégradation qu'il désignait était peut-être à l'œuvre en lui-même. Mais M. Poëte poursuivait.

« Je vous propose un arrangement. Si vous retournez vivre avec les hommes, vous pourrez venir me voir à tour de rôle, et je panserai les blessures qu'ils vous auront faites ; je vous rendrai vos couleurs, je restituerai la vérité de vos formes ; je vous apprendrai à vieillir tout doucement, et vous vivrez sans peine et sans chagrin. »

Cette offre enthousiasma l'assistance, car les mots désiraient retrouver les hommes. Et Mot fut sur le point d'accepter, quand une condition supplémentaire fut exigée. (Les mots sont comme tout le monde, il suffit qu'on leur tende la main pour qu'ils réclament le bras.)

« Monsieur, disait Anacoluthe, qui ne manquait pas une occasion de se faire remarquer, est-ce que vous nous aimerez ? Car vous, les hommes, vous êtes aimés et admirés, et nous aussi, les mots, nous voudrions l'être. N'avons-nous pas, nous aussi, notre beauté, notre charme et notre caractère ? »

M. Poëte baissa les paupières et sourit doucement, car cette demande répondait chez lui à une vocation secrète ; et cette clause fut ajoutée à l'accord qui fut conclu ce jour-là entre Mot, roi des mots, au nom de son peuple, et M. Poëte.

Ainsi naquit la poésie, du nom de son inventeur.

Olivier Magdelaine a vingt-trois ans, mais cela lui passera. Il est parisien, germanophile et joue à la belote à la première occasion. Petit, il voulait être bandit de grand chemin ; son naturel paisible l'a détourné de cette voie pourtant prestigieuse. Il étudie la tragédie grecque. Il aime Bernard Blier, Jean Siméon Chardin et le cardinal de Richelieu.

Les chiens sauvages
Laurence Olivier

À la mémoire de M., de D., de C.

C'est lorsqu'on espère tout oublier de peur de craquer et d'en révéler trop que les souvenirs reviennent avec le plus de vivacité. À plat ventre sur le ciment du sous-sol, les mains liées derrière le dos, on écrit des romans. Et, à côté de soi, chaque léger mouvement, chaque clignement de paupière du camarade bâillonné dont on n'a jamais su le vrai nom ni le passé revêtent un sens lourd et clair.

Encore en train de tousser du poivre et d'espérer le soulagement du lait de magnésie, nous avons été balancés sur le plancher du poste où déjà étaient étendus, lèvres contre le béton, une centaine de corps rétifs. Depuis lors, à chaque quart d'heure, on nous demande si quelqu'un a besoin d'utiliser les toilettes, et celui qui a le malheur de grogner affirmativement (la bouche toujours en train de goûter le ciment) part escorté de trois gardiens et revient,

chaque fois, les vêtements imbibés d'urine, avec le visage de ceux qui se battent jusqu'à l'étourdissement pour ne pas se plier en deux en se tenant les côtes fêlées.

L'attente sans mesure et tremblante est ponctuée seulement par l'entrée régulière d'autres trébuchants dont on ne peut qu'entendre les glapissements – si l'on tente de se tordre la tête afin d'apercevoir un visage que l'on souhaite à la fois ni connu ni inconnu, on se fait replacer le sien à coups de botte.

Taxi bouge tranquillement vers moi. Je le vois se tortiller pour s'approcher en râpant ses vêtements, sa peau contre le sol, puis, lorsque sa bouche est assez proche de mon oreille, il me chuchote des souvenirs dans un souffle qu'il n'interrompt que pour réprimer ses haut-le-cœur ou pour me laisser cracher mon sang.

Son grand frère, sa sœur et lui s'étaient déguisés et jouaient sur le balcon du premier étage. La sœur, Wonder Woman, lassée d'entendre l'aîné, déguisé en Superman, dire qu'il allait voler sans jamais pourtant effectuer le grand saut, lui assena un coup de pied l'envoyant choir dans le jardin, le bras cassé. Une fois Superman parti vers l'hôpital avec une

tante, Taxi et sa sœur furent punis par leurs parents : à genoux face à un mur, le petit lutteur mexicain portant toujours son masque bariolé et Wonder Woman devaient tenir, les bras étendus en croix, les œuvres complètes de Lénine et *Le Capital*. Taxi dit encore se souvenir du tremblement de ses bras qui fatiguaient.

Lorsque son murmure se tait, ça fait déjà un bon moment qu'on a cessé de faire entrer des gens. L'air commence à devenir irrespirable : visiblement le mot a circulé et plus personne n'ose demander à aller aux toilettes.

*

À peine trente minutes après ma naissance, ma mère me remit entre les bras de ma grand-mère paternelle : « C'est bon, tu peux y aller, je vais m'occuper de l'australopithèque. » Encore vibrante d'avoir expulsé son deuxième-né, elle repartait dans les montagnes, où une intervention militaire était en cours.

Nettoyage rapide à la débarbouillette, pantalon de toile, pistolet glissé sous la ceinture, juste à côté des reins malades depuis toujours, elle me quitta presque en courant. Elle me l'a raconté ainsi.

Les enfants de guérilleros naissent trop souvent en portant déjà des cagoules ; c'est ce qu'elle voulait nous éviter, à ma sœur et à moi, en s'éloignant de nous et en nous séparant. Mais la cagoule est arrivée malgré elle. À chaque fois qu'on voyait notre mère, tout était cagoule. Ma sœur, elle, aura réussi à l'enlever.

J'habitais avec ma grand-mère, qui m'a légué son adresse pour chasser les pigeons à la fronde et ses recettes pour les cuire au repas du soir. Elle me prenait par la main et m'emmenait à la maternelle où l'on parlait une autre langue que celle qu'elle m'avait apprise. Devant le petit bâtiment qui rassemblait la meute d'enfants du quartier, les *« India ! India ! »* qu'on lui lançait m'ont longtemps semblé des salutations enthousiastes.

*

Certains commencent à être libérés (ou envoyés ailleurs ?), le sous-sol se vide peu à peu. Les corps fumants s'espacent, l'air se refroidit, humide. On les sort par groupes de quinze, de vingt, à quelques heures d'intervalle. Nous ne sommes plus que quelques-uns. Les visages qui m'entourent sont

connus, mis à part celui d'un homme, assez vieux, à l'arcade sourcilière fendue, en proie à une hémorragie.

*

À l'école, mes amis me demandaient pourquoi je me dessinais toujours quatre petits points au stylo bleu foncé sur le dos de la main gauche. Je leur disais que je ne savais pas ce que c'était, que ça avait toujours été là. Ils pensaient que je voulais me rendre intéressant, alors j'allais dans la salle de bains me frotter les mains avec du savon. Les quatre points ne s'effaçaient pas.

Un soir, ma grand-mère me dit que ma sœur avait les mêmes, que c'était pour nous reconnaître. Je n'ai pas trop compris. Avec de l'encre et une aiguille.

*

Le temps passe, on nous garde. Lèvres contre le ciment toujours. Les autres sont pourtant sortis il y a longtemps. Il semble que cela fait longtemps ; aucun moyen d'apercevoir un cadran, aucune lumière venue de l'extérieur pour me donner une idée de l'heure.

On a seulement voulu nous effrayer. L'urine refroidit sous moi et je grelotte. Taxi ne me raconte plus d'histoires.

*

Quiconque n'habitait pas le quartier s'y faisait inévitablement remarquer. Les vols n'étaient jamais commis par des gens qui y résidaient. À quelques reprises, durant mon enfance, je levai les yeux de mon jeu de billes ou de mes osselets pour voir un étranger se faire lyncher par les habitants dans une cérémonie de justice directe et improvisée.

Il n'y a que des gens qui ne connaissaient pas cette dynamique qui ont pu croire qu'il aurait été possible d'envoyer rôder des militaires habillés en civil autour des écoles afin que soient pris des clichés de certains enfants. À voir la réaction du quartier, ce devait être plus facile de s'en prendre aux troupes lorsqu'elles ne portaient pas leur uniforme.

La réponse de la meute fut toutefois tardive ; des enfants avaient disparu. Que des enfants de guérilleros.

*

La libération devait être imminente. On nous fait lever pour nous menotter en file, les bras au niveau des chevilles, ma main droite est attachée à celui qui me précède (il ne porte pas de chaussures), ma main gauche, entre mes propres jambes, est attachée à celui qui me suit. On mène dans le panier à salade la chenille ainsi formée. Mon échine courbée par cette façon de nous entraver, je ne peux pas lever la tête. J'entends des voix amicales qui se réveillent soudain, les insultes que je leur connais, puis leur étouffement nouveau, le coup sourd qui empêche de parler davantage.

Le véhicule démarre, se met en route, on est balancés d'un côté et de l'autre du compartiment aux parois de métal sans voir quoi que ce soit. Je m'étais imaginé ainsi le transport des chevaux sur l'autoroute. Ma figure étampée sur le derrière de celui qui me précède me rappelle notre trouille première qui pourtant s'était évaporée, l'odeur de la pisse, tout ça. La libération devait être imminente.

*

Ma mère était venue, avec ma sœur, me cueillir chez ma grand-mère. Il nous fallait traverser la ville d'un bout à l'autre dans un trolleybus bondé. Ma sœur et moi avions pris place sur la banquette et notre mère nous faisait face, debout, la main agrippée à la barre horizontale au-dessus de sa tête.

Je devais être en train de somnoler à la berceuse des vieux rails quand je vis ma mère faire volte-face, frapper de sa main armée le visage d'un homme qui s'affala parmi les passagers nombreux, le tenir en joue en hurlant.

On descendit à l'arrêt suivant. Elle replaça son arme sous sa ceinture, contre ses reins. Elle expliqua qu'elle avait senti une main dans la poche arrière de son pantalon de toile. Un autre trolleybus nous ramassa. Ma mère au pistolet gardait son argent dans sa brassière, de toute façon.

*

On m'a assis, attaché les mains derrière une chaise, entravé les chevilles. On tourne autour de

moi. Il y a même la lumière aveuglante des mauvais films. J'ai l'impression qu'ils sont plus gênés que moi de ce qu'ils font ; ils me pincent, me claquent sans conviction, me tirent les oreilles, ils ne comprennent pas eux-mêmes les questions qu'ils me posent, puis ils en arrivent aux méthodes plus sérieuses, le tabassage en règle auquel je goûte depuis plusieurs jours déjà, mais malgré cela je ne peux m'en empêcher : entendre le grand moustachu me demander le plus sérieusement du monde « C'est qui, le chef des anarchistes ? » suffit pour que je sois pris d'un fou rire vibrant, à la fois nerveux et sincère.

À deux, ils me foutent un sac en plastique pardessus la tête, serrent ma gorge, mon rire et sa respiration hoquetante pour laisser place au son de la pellicule de plastique qui moule mes lèvres lorsque j'inspire et qui me laisse sans souffle.

*

Si ma grand-mère maudissait mon indiscipline, ce n'était que parce que celle-ci l'obligeait à des entretiens réguliers avec le directeur de la petite école. Lors de ces rencontres, mon rôle était de traduire au directeur les réponses de ma grand-mère, qui se refusait à parler « l'autre langue ».

Un jour où on l'avait encore dérangée pour une idiotie sans envergure, je me vis traduire les insultes qu'elle articulait en ne quittant pas des yeux ceux du directeur. Soulevé de colère par ce que ma fonction d'interprète m'avait fait formuler, il mit en doute ma qualité de traducteur, mais ma grand-mère arrêta net le directeur en lui répondant dans sa langue pour la première fois, en répétant elle-même les mots injurieux : « Oui, c'est bien ce que j'ai dit, l'australopithèque dit vrai. »

*

Ils m'ont ramené dans la cellule. Je m'étais évanoui et ils ne voulaient pas que ça se termine aussi facilement. « Des noms, des noms ! » C'est peut-être terminé pour aujourd'hui. Au son de l'ouverture de la porte, les camarades qui occupent la cellule avec moi lèvent leurs yeux vers la brèche éblouissante avant que le garde leur ordonne de ne pas regarder. Ils me demandent si tout va bien, je réponds avec une de mes blagues, puis m'effondre, ils n'ont pas ri, ils me ramassent, me traînent jusqu'à l'une des deux planches surélevées qui servent de lit et m'y étendent. Je ne me souviens plus de ce que j'ai bien pu raconter comme blague.

Le vieil homme que je ne connais pas, celui qui a l'arcade sourcilière fendue, est toujours là. Il nous raconte s'être trouvé au mauvais endroit au mauvais moment et ne rien savoir du tout de ce qu'on a pu faire. Ils ont quand même décidé de le garder. Il porte une nouvelle marque sur la mâchoire.

Je ne sais pas combien de temps a passé. Quand on ne mange pas, le temps prend une texture particulière, s'étend et se recroqueville aléatoirement, nous faisant complètement perdre son compte. Et il n'y a pas de fenêtre où pouvoir guetter le lever du soleil durant nos insomnies.

« Des noms, des noms ! » Ils veulent des noms.

*

J'avais rencontré un narcotrafiquant lorsque j'avais eu besoin de nous procurer des armes. C'est assez inattendu, l'ardeur que ces hommes mettent à protéger certaines communautés, certains quartiers, leurs habitants tranquilles. Ils disent ne pas faire la guerre contre le peuple, mais contre l'État ; c'est là-dessus que nous nous rejoignons. Mais le type avec qui j'avais fait affaire avait souligné ce qui nous distinguait : lui ne pouvait tuer que pour l'argent. Il disait même nous respecter.

J'ai reconnu Taxi.

On m'a ramené dans la salle où tout ça se passe, mais cette fois-ci ce n'est pas moi, sur la chaise. Malgré le sac en plastique noir, j'ai reconnu Taxi. J'appréhende chacun des coups de batte de base-ball dans son estomac, chacun d'eux me fait sursauter, je me plie moi-même comme pour les amortir. Je vois la forme de sa bouche ouverte cherchant l'air derrière le sac en plastique. C'est le grand moustachu qui le frappe. On me dit que c'est ce qui m'arrivera si je refuse d'identifier les gens sur les photographies. On me fait sortir avant que le sac sur la tête de Taxi soit enlevé.

Je n'ai reconnu personne.

Lorsque le policier moustachu arrête de me frapper un instant, je me mets à l'imaginer, il rentre chez lui le soir et il embrasse sa femme. Je l'imagine, il raconte sa journée en mangeant le poulet au *mole* que sa femme a cuisiné.

Je crache une autre dent par terre.

Lorsque le policier moustachu demande à quelqu'un de me détacher de la chaise et de me ramener à la cellule, j'essaie de redresser la tête et je lui demande s'il est capable d'embrasser sa femme, s'il peut aller jouer au base-ball avec ses enfants après le repas.

Je ne pensais pas que mon nez cassé aurait pu l'être davantage. Ni que le visage pouvait enfler au point qu'on ne puisse plus rien voir. Le flic n'a pas aimé mon indiscrétion.

J'imagine que sa maison n'est pas bien grande.

Quand ils font ça, ils ne veulent pas simplement te casser la figure. De la cellule, tout s'entend : on entend les hurlements de ses amis les plus proches et puisqu'on revient soi-même de là-bas, on sait précisément ce qui arrive, on sait ce que représente chaque craquement, chaque coup mat, chaque claquement, chaque cri. On est deux fois, trois, huit, onze, douze fois dans la pièce où tout ça arrive.

Mais on ne s'en parle pas. Ce n'est pas nécessaire, on devient la même personne, on doit tous en penser la même chose. Et puis, encore plus, en parler c'est comme y retourner, alors on l'évite.

Dans la cellule, on se tait à quatorze.

*

Ma grand-mère m'a appris à laisser les noyaux d'avocat dans le guacamole une fois celui-ci préparé. Ainsi, il ne s'oxyde pas et peut être conservé près d'une semaine.

*

On m'a changé de cellule, il y a un gros « 2 » peint en jaune qui s'écaille à côté de la porte de la pièce minuscule où nous sommes entassés. Tous sont debout, à l'exception d'un écroulé à qui le garde assène un coup de pied sous le menton et à qui il intime de se lever comme tous les autres. Un camarade le soutient discrètement par l'arrière de son pantalon afin que ses jambes ne cèdent pas. Le garde referme la porte et s'éloigne.

Un autre (ou le même) passe, plus tard, crie de demeurer assis. Un autre (ou le même) passe, encore plus tard, crie de se lever. Un autre (ou le même), toujours plus tard, s'approche, entre dans la cellule, ordonne à tous de s'asseoir, en agrippe

quelques-uns par la nuque afin de les propulser vers le sol ou de fracasser leur front sur le mur, puis cale la tête d'un autre dans la cuvette de toilettes qui semblent n'avoir jamais fonctionné. Pourtant si nombreux, nous ne faisons que regarder l'autre avoir des spasmes.

*

Ma grand-mère m'a appris à faire tremper les oignons quelques minutes avant de les couper. Ainsi ils ne font pas pleurer.

*

On finit par nous donner à boire.

*

« Toi et moi, on est comme des chiens sauvages, me disait-elle. On a beau se faire maltraiter, on revient, éperdument amoureux de celui qui nous a laissé fouiller ses ordures avant de nous chasser à la fronde. »

*

J'entends dire que c'est bientôt fini. On nous transporte de la même façon que la dernière fois, on nous dit que c'est fini. Dans le camion, hurlements de bêtes et pleurs secs.

On nous fait descendre du véhicule, on nous mène les yeux bandés vers un mur où l'on nous corde, on semble être proche de la mer, ça se sent, et il y a le vent aussi. Celui qui pleurait maintenant hoquette et râle. Malgré le bandeau, la sueur coule dans mes yeux. Le vent fait refroidir l'urine dont j'ai une fois de plus taché mon pantalon.

On dit qu'on va nous tuer. Les salves se font attendre, mais non les supplications. Il ne reste plus beaucoup de dignité à préserver. Le vent porte le bruit métallique des chargeurs. On entend la respiration des armes.

Des pas s'approchent, le métal froid touche ma tempe, je m'étouffe. La sueur pique toujours autant mes yeux, rien ne vient. Celui qui tenait l'arme rit et s'éloigne. Il y a des souffles saccadés à côté de moi.

Évidemment personne ne récite de prière, personne n'essaie d'insulter les gardes.

Un décompte commence, c'est fini. Quelques chiffres encore. Puis, au lieu du vacarme des hommes qui font feu, ce qui devait être le dernier hurlement de quelques-uns, les gardiens éclatent de rire, imitent les suppliques, les cris, les pleurs en nous faisant remonter dans les véhicules.

À la fin du trajet, lorsqu'on nous fait descendre, je me mets à fredonner une chanson populaire stupide. Certains camarades reprennent le chant enjoué, esquissent, même menottés, quelques pas de la chorégraphie connue. Plusieurs autres continuent, reprennent le chant en riant presque. Le grand moustachu arrive, m'envoie par terre en me frappant le crâne de la crosse de son fusil, puis m'accorde toute son attention pendant ce qui semble être des heures. La chanson s'arrête.

Il m'escorte lui-même à l'intérieur, vers un endroit où je serai gardé seul. Alors que celui aux soins duquel il me laisse se masse les poings avec envie et prend son élan, le grand moustachu l'arrête, « il

en a déjà eu assez ». Je me retourne vers lui, et c'est la bouche pleine de sang et essayant de le regarder dans les yeux que j'articule « *fuck you, fuck you* ». Les deux s'y mettent.

*

Tous les quatre nous meublions l'après-midi en fumant des cigarettes au soleil, en observant leur poésie stable, en écoutant leur crépitement. Rien n'avait remué l'air chaud depuis des heures lorsqu'une ribambelle de chiots surgit en sautillant à l'autre bout de la ruelle. Ils se chamaillaient en poussant des jappements aigus, trébuchaient, entraient en collision, se pourchassaient, fuyaient, revenaient. Ils avaient les gestes maladroits des êtres vivants en croissance. L'un d'eux en particulier, avec ses oreilles encore molles et tombantes, avec ses improbables pattes blanches, affectait la félicité de l'innocence qui attendrit à tous les coups. Je sortis ma fronde de ma poche arrière, lui envoyai un caillou juste sur la mâchoire, il s'effondra en couinant sans plus remuer. Le soleil plombait toujours autant et je m'allumai une autre cigarette.

*

La solidarité de ceux qui avaient réussi à se sauver, de ceux qui n'avaient pas été pris, de ceux qui n'avaient rien à voir a permis de payer ma caution. Les amis parviennent à nous sortir au compte-gouttes. Depuis lors, je joue la carte de la discrétion et de la paranoïa, des actions souterraines et de l'insomnie.

Un après-midi ensoleillé, mon métier de conducteur de bicy-taxi m'amène à me retrouver dans un quartier dans lequel je vais rarement. Après avoir déposé mon client, je décide de me promener. Devant une maison modeste, une fillette rousse joue à la balle avec son père. Je m'allume une cigarette en pédalant, reconnaît le grand moustachu, laisse tomber ma cigarette. Il attrape la balle, me fixe, immobile. Il semble se douter de mon identité sous ma nouvelle apparence. Je pose une main sur mes reins, sens le pistolet sous mon pantalon de toile. Du bout des doigts, je détaille la forme de sa crosse, de son chien, de son canon ; des yeux je jongle avec la petite fille et son père. Je glisse une main dans ma poche arrière, en sort mon paquet de cigarettes, m'en allume une autre et m'éloigne en pédalant.

Il connaît déjà les détonations, la mort, elles n'auraient pas eu d'impact. Il aurait fallu que je m'arrête et que je lui fasse comprendre les cris – pas les clameurs qu'on entend aux barricades, pas les hurlements des prisons, pas les exclamations de ceux qui voient leur course stoppée par une balle dans la jambe ; il les connaît déjà. Je parle plutôt des cris des voisins, ceux qu'on entend durant la nuit tout juste après le moteur d'un véhicule qui semble passer mais qui s'arrête devant chez soi. J'aurais dû lui parler de ce à quoi chacun s'attend après le bruit des bottes sur le bitume, puis après le bruit des bottes dans un escalier qui semble toujours être le sien : le vacarme que fait ce voisin qui ne crie pas le nom de sa femme ou de ses enfants alors qu'il se fait enlever, le boucan de cette jeune fille qui ne crie pas le nom de ses parents ou de ses camarades dissidents alors qu'elle se fait enlever ; ces hurlements s'étirent, passent au travers des mains gantées de cuir épais et prennent toujours la forme de leur propre nom, afin que tous sachent qui est en train de disparaître, qui ils ne verront plus, qui part sans que soit laissé d'indice de son passage dans cet immeuble. Les prénom et nom de famille résonnent longtemps après que le moteur de la voiture, lui, n'est plus audible.

Quelques-uns d'entre nous se lèvent alors et, aux fenêtres, nous murmurons une litanie composée de tous les noms entendus depuis que ces disparitions ont pris le rythme de l'habitude, nous répétons tous les noms que les disparus eux-mêmes ont criés, nous les répétons en ordre de disparition, les murmurant jusqu'au lever du jour.

Carmen Avilés, Carmen Avilés, Carmen Avilés.

Carmen Avilés, Ignacio Garc'a. Carmen Avilés, Ignacio Garc'a. Carmen Avilés, Ignacio Garc'a.

Carmen Avilés, Ignacio Garc'a, Ernesto Paz. Carmen Avilés, Ignacio Garc'a, Ernesto Paz. Carmen Avilés, Ignacio Garc'a, Ernesto Paz.

Carmen Avilés, Ignacio Garc'a, Ernesto Paz, Sandra Burgoa, Cuauhtémoc Márquez, Mesli Márquez, Gabriela Diaz, Elias Arroyo, Octavio Perez, Sofia I–guez, Suzana Calesco, José López, Jaime Ram'rez, Paula López, Hugo López, Teresa López, Francisco Orosz, Oscar Rodr'guez, Alejandra Flores, Ignacio Uribe, Cuauhtémoc Torales, Sergio Juarez, Marco Arellano, Esperanza Burgoa, Joaqu'n Calado, Sara Sobarzo, Mauricio Gonzalez, Daniel Padilla,

Miguel Alvarado, Lucia Avilés, Jorge Torales, Raul Escobar, Ronaldo Rivera, Andrés Paz, Catrina Juarez, Pablo Jiménez, Ramon Flores, Emiliano Cardenas, Carlos Madrazo, Maria Carballo, Juan Cortez, Verónica Calcagno, Mario Bernal, Manuel Guerrero, Rafael Contreras, Maria Derbez, Miguel I–arittu, Simon Torres, Ernesto Navarro, Anna Juarez, Anna Juarez, Anna Juarez, Anna Juarez, Anna Juarez.

Laurence Olivier : étudiante à l'université du Québec à Montréal (UQAM), elle prépare un baccalauréat en études littéraires, profil création. Très impliquée dans la vie de son université, elle publie régulièrement dans la revue du département *Main blanche* ; elle est par ailleurs coordinatrice générale de l'Association facultaire des étudiants et étudiantes en arts de l'UQAM. Elle consacre, dit-elle, beaucoup de temps et d'énergie au militantisme. Elle lutte « pour des idéaux libertaires de gratuité scolaire, d'économie participative, d'écologie et de droits des femmes (entre autres) ». Finaliste au concours intercollégial de poésie deux années de suite, 1er Prix du concours Critère 2007 avec une nouvelle, elle participe également à une toute nouvelle revue indépendante, *Somnambules*.

Les écrivains « auxquels elle voue un culte presque malsain » sont Antoine Volodine, Lutz Bassmann, Maria Soudaïeva, Ignacio Padilla, Jean-Marc Desgent, Hervé Bouchard.

La cabane
Noémi Schaub

J'ai perdu mon nom.

On dit que, souvent, ce genre de chose commence par une souffrance. Dans mon cas, c'est presque vrai. Disons que c'est une petite souffrance. De celles que l'on remarque à peine. Ou alors juste avant de s'endormir. Ou dans un train. Ou dans une odeur. Une odeur qui ramène à un souvenir, tellement furtif que l'on a beau courir après, il nous échappe. Et cette sorte de petite souffrance nécessaire, celle-là, peut-être, secrètement, guide nos actes. Je ne sais pas, j'imagine. J'imagine que c'est ça. Je cherche.

Mais, je vous l'accorde, je pourrais être plus concrète.

Il faut choisir un point de départ. Un endroit d'où partir. Ma naissance ? Trop loin. J'y ai beaucoup pensé. Du coup, je suis sûre de moi : le point de

départ, c'est Bastien. Bastien avait de grandes mains, mais c'est un détail qui importe peu ici. Bastien est le point de départ, car c'est le premier à avoir traité ma mère de *folle*. C'est à partir de là, je crois, que s'est installée cette petite souffrance. Et Bastien, je ne l'ai jamais revu. Mais j'ai toujours à l'esprit ses petits yeux paniqués, et ses grandes mains, même si c'est moins important. Le mot *folle* faisait naître en moi une fulgurance d'images assez peu cohérentes. Une voisine à moitié sorcière, une grand-tante paranoïaque, une amie de papa et de la poudre blanche, une copine de classe avec des nattes. Et des rires, et de la peur. Je ne savais dire si c'était une bonne ou une mauvaise chose : être *folle*.

Pour en avoir le cœur net, j'ai demandé à ma mère si elle était folle. Elle était la mieux placée pour le savoir, pensais-je. J'ai dit : « Maman, est-ce que tu es folle ? » Elle a ri, elle m'a embrassé le front, m'a pris la main et m'a présenté Georges. Georges était mon nouveau père. C'est sans doute lui le deuxième point de départ. Il y en aura plusieurs, vous verrez.

Georges était nez. Mais un petit nez. Non, ce n'est pas une question de taille. Georges était nez pour un fabricant de gel douche. Un petit nez, donc. Je ne sais pas trop pourquoi il avait décidé de se mettre avec ma mère. Nous n'étions pas riches, elle était très moyennement jolie et, comme l'avait dit

Bastien, elle était folle. En y repensant bien, elle donnait cette impression, parce qu'elle avait cette grande capacité à passer du rire aux larmes. Un jour, ma maîtresse l'avait convoquée pour lui expliquer que j'avais de grandes difficultés à me concentrer. D'abord ma mère a ri, évoquant les habituels « ah, les enfants, vous savez, tous des rêveurs ». La maîtresse s'est mise à rire aussi, un peu. Là, ma mère a bondi en hurlant, a attrapé un pot rempli de crayons et l'a jeté au visage de ma maîtresse. Elle criait tellement fort que je me bouchais les oreilles. Elle a saisi ma maîtresse par le col de son chemisier et lui a hurlé que, si elle s'avisait encore une fois de dire du mal de moi, elle la tuerait. La lueur dans ses yeux ne permettait pas d'en douter.

Ma mère était comme ça : prête à s'engouffrer dans la moindre brèche que son esprit ouvrait. Et quand je dis que Georges est le deuxième point de départ, je veux dire que c'est lui qui a fait découvrir le monde des gels douche à ma mère.

Georges était un passionné, on peut au moins lui reconnaître ça. Il expliquait à ma mère que la conception d'un gel douche était d'une complexité extrême. La balance des arômes, un art subtil. Ma mère écoutait en poussant des aaaah et des ooooh. Elle n'exagérait même pas et Georges se gonflait d'orgueil. Il parlait du monde des gels douche comme d'une

tribu reculée aux traditions ancestrales. Ma mère ouvrait grands sa bouche et ses yeux. Le gel douche était devenu la chose la plus fascinante du monde, Georges un grand savant. Pour lui, c'était un jeu érotique, pour elle une chasse au trésor. « Et combien y en a-t-il ? demandait-elle. – De quoi ? disait-il. – De gels douche », répondait-elle. Il souriait, se penchait vers elle, soulevait doucement ses cheveux et murmurait dans le creux de sa nuque : « Une infinité. » Et je voyais le regard de ma mère s'illuminer, et dans ses yeux autant de merveilles que de malheurs.

Troisième point de départ : Georges quitte maman. Troisième point de départ. Si je devais en faire un roman, j'écrirais ici : *le début de la fin*. D'abord parce que c'est une formule efficace, ensuite parce que c'est vrai.

Georges quitte maman, maman sombre.

Maman n'a plus parlé pendant des semaines. Ça me rendait triste. Je pensais qu'elle était fâchée contre moi. Ça me faisait pleurer de désespoir, au début. De rage, à la fin.

Elle ne sortait plus de la maison. J'avais peur de rentrer chez moi après l'école, parce que je savais qu'elle n'attendait pas mon retour. Elle ne pleurait que sur son sort. Elle ne faisait jamais attention à

mes efforts pour la consoler. Elle ne savait plus vivre que dans l'intense désespoir. Malgré mes douze ans, j'avais réussi à reconnaître la complaisance de sa souffrance. Elle m'agaçait. Mais ce qui me faisait plus peur encore, c'était de la trouver morte, pendue dans le salon. Cette image me hantait. Et devenait toujours plus. Vraie. De semaine en semaine, cette peur devenait un espoir secret.

Comme les placards de la maison étaient vides, je volais dans les sacs des autres élèves. Un jour, ils ont convoqué ma mère. Et ainsi, pour la première fois depuis plus de deux mois, elle est sortie de la maison. Comme je l'ai dit, elle avait cette grande facilité à passer d'un état à l'autre. Aussi, pendant l'entretien, afficha-t-elle le sourire enjoué de la mère dévouée. Elle me caressait la joue, me jetait des regards tendres, me trouvait de gentilles excuses, flirtait avec le directeur.

Nous sommes allées dans un magasin.

Ma mère a rempli le chariot.

Le chariot débordait.

Je me souviens de ma fascination devant tant de nourriture.

Par accident, nous sommes passées devant le rayon des gels douche. J'ai vu ma mère se mordre la lèvre. Chute du temps dans mes chaussettes. J'ai retenu mon souffle. J'imaginais qu'elle allait

renverser le rayon, ou ouvrir toutes les bouteilles. Ou s'écrouler en sanglots.

Mais elle a tourné la tête.

Elle est passée tout droit.

Et moi je ne comprenais plus rien.

Toutes les semaines, faire des courses. Et toutes les semaines, ma mère m'achetait un jouet, une poupée, du maquillage, des habits. Et toutes les semaines, elle passait tout droit devant le rayon des gels douche. Et toutes les semaines, j'avais moins peur.

Et toutes les semaines, elle s'embourbait dans le rôle de la mère exemplaire.

Alors je n'ai pas eu peur, quand, un jour, elle a pris un gel douche dans ses mains.

Elle l'a tenu longtemps, elle l'a tourné, retourné. On aurait dit qu'elle cherchait quelque chose. Et c'était peut-être vrai. Une photo de Georges. Je ne sais pas. Elle l'a acheté, et je l'ai à peine remarqué. Je n'ai pas non plus remarqué qu'elle ne l'utilisait pas, je ne l'ai plus revu.

Le temps passait, rien ne changeait. Elle était juste un peu plus nerveuse. Parfois elle me semait. Et quand je la retrouvais, elle faisait comme si de rien n'était. Elle me souriait. On passait à la caisse. Je ne remarquais rien.

Une fois, après avoir rangé les courses dans les placards, je l'ai surprise. Assise sur une chaise, se balançant imperceptiblement, marmonnant, chuintant une sorte de prière, le regard plaqué sur la porte. C'était la porte de la pièce secrète, la « pièce interdite », comme elle plaisantait, pour étrangler ma curiosité. Elle répétait : « trois cent cinquante, trois cent cinquante, trois cent cinquante, trois cent cinquante… »

Trois cent cinquante quoi ? Ma main sur son épaule, mes yeux armés sur la porte. Pas de réponse. Mes yeux sur son crâne. Trois cent cinquante quoi ? La patience qui s'évade, la terreur qui envahit la trachée. Trois cent cinquante quoi ? Un hurlement qui surgit dans la maison. Elle lève le menton, la clé est sur la porte.

J'ai ouvert.

Et j'ai vu l'arc-en-ciel.

Ces bouteilles de gel douche. Ces bouteilles de gel douche entassées dans la petite pièce. Ces centaines de taches de couleur qui me firent soudain saisir le sens du mot *folle*. Cette terrifiante montagne semblait vivante. La muraille de gels douche grandissait, tellement, tellement que j'ai refermé précipitamment la porte, pensant que j'allais me faire écraser.

Elle s'est soudain levée, un sourire aux lèvres, j'étais tellement fâchée. Fâchée de n'avoir rien vu,

fâchée que finalement Bastien ait raison, fâchée que ma mère soit folle, fâchée qu'elle fasse semblant du contraire. Je dis fâchée, en fait c'était plutôt désemparée. J'ai hurlé, je lui ai hurlé qu'elle était folle. Elle a éclaté de rire. Elle a dit : « Tu es trop drôle, ma chérie. » Elle a ri. Elle a dit : « Je fais juste une collection, on n'est pas fou quand on collectionne, hein ? Sinon il y aurait vraiment beaucoup de fous sur terre, tu ne crois pas ? Tu te souviens, Georges m'avait dit qu'il y avait une infinité de sortes de gels douche. Eh bien, je vais juste lui prouver le contraire. Je vais collectionner toutes les sortes de gels douche possibles, tous les parfums. Et je lui montrerai, je lui montrerai qu'il a tort, je lui montrerai qu'il m'a menti, parce que moi, moi, je les aurai tous. Il verra qu'il n'y en a pas une infinité. Il verra que c'est moi qui ai raison. »

Je sais aujourd'hui qu'elle pensait vraiment ce qu'elle disait. Les fous ont toujours une raison de l'être. Ce jour-là, je l'ai crue, simplement parce que je voulais la croire. J'avais quatorze ans, j'avais besoin d'être rassurée. La folie de sa propre mère n'est pas une chose que l'on peut admettre. Alors je me suis sentie coupable, un moment, et puis j'ai oublié.

J'étais au courant de son secret, alors ma mère avait décidé de tout me dire. Dès qu'elle trouvait un

nouveau parfum, elle me le montrait. Elle en était toujours fière, elle pouvait en parler des heures. Elle voulait que je partage sa joie, mais c'était au-dessus de mes forces. Au départ, ça ressemblait vraiment à une collection. Il n'y avait pas deux exemplaires identiques et ma mère les rangeait soigneusement. Ça a duré longtemps. Et petit à petit, la pièce secrète n'a plus suffi, alors elle a commencé à remplir la cave. À chaque nouvelle bouteille, elle descendait dans l'antre sombre. À chaque nouvelle bouteille, elle tremblait un peu plus de joie.

Ma mère était sale. Elle puait. Il n'y avait que ses cheveux qu'elle continuait à laver avec soin. Mais son corps était dégoûtant. Elle ne le lavait plus.

L'année de mes dix-huit ans, un voyage d'étude a été organisé. Le séjour durait une petite semaine. J'avais oublié que ma mère était folle. Il y avait vaguement cette histoire de gel douche, mais j'avais fini par ne plus y prêter attention. J'avais oublié. Quand je suis rentrée, j'étais tellement heureuse d'avoir des histoires normales et intéressantes à raconter à ma mère, j'ai couru dans toute la maison pour la trouver. Rien.

Je me suis arrêtée dans le hall d'entrée. J'ai repris mon souffle. Et j'ai senti. L'horreur de cet air pesant, puissant, répugnant. La sueur, le soufre, la

pourriture, l'angoisse. J'ai pressé mon avant-bras sur mon nez.

Une intuition pernicieuse a pénétré mes veines, m'a paralysée, jusqu'à ce que j'ose. J'ai osé regarder ce que je voyais. L'évier était rempli de bouteilles de gel douche. Tremblante, j'ai ouvert le placard juste devant moi, il débordait de gel douche. J'ai mordu ma langue. J'ai retenu mes larmes jusqu'au salon. J'ai fait voler les coussins du canapé, ils cachaient des bouteilles. J'ai éclaté en sanglots. À l'étage, dans la chambre de ma mère, des centaines de bouteilles du même gel douche. Le parfum de Georges. J'ai ouvert chaque porte. Chaque pièce était bourrée à craquer. La suivante encore plus. C'était un jeu de piste morbide qui devait me mener à ma mère.

Je l'ai trouvée. Elle était dans la cave. Au milieu des gels douche, dans la pénombre. Je ne l'ai pas vue tout de suite. Elle serrait fermement des bouteilles entre ses bras. Elle tremblait. Moi aussi, lorsque je me suis approchée, sans y croire. Je n'avais plus de voix, je ne réfléchissais plus. Quand j'ai été assez proche, j'ai pu entendre ce qu'elle murmurait. « Je les ai, je les ai, tous, je les ai tous, je les ai, tous, je les ai tous, je les ai, tous, je les ai tous, je les ai, tous, je les ai tous, je les ai, tous, je les ai tous, je les ai, tous, je les ai tous, je les ai, tous, je les ai tous, je les ai, tous, je les ai tous, je les ai, tous, je les ai tous, je les

ai, tous, je les ai tous, je les ai, tous, je les ai tous, je les ai, tous, je les ai tous, je les ai, tous, je les ai tous, je les ai, tous, je les ai tous, je les ai, tous, je les ai tous, je les ai, tous, je les ai tous, je les ai, tous, je les ai tous, je les ai, tous, je les ai tous, je les ai, tous, je les ai tous, je les ai, tous, je les ai tous. »

Je n'ai rien dit. Je ne pensais rien. Mon esprit s'était réfugié dans un endroit inconnu. Je n'ai pensé à rien. Je me suis accroupie face à elle, j'ai caressé ses cheveux si soyeux. Elle me soufflait son haleine honteuse à la figure. Je lui ai souri. Elle ne me voyait pas. J'ai inspiré lentement. Je lui ai chuchoté : « Georges est en haut. » Elle a sursauté. Et je l'ai regardée se précipiter vers l'escalier.

Je suis sortie dans le jardin. J'ai attendu calmement de la deviner, s'extrayant d'une fenêtre. Funambule sur le toit. Il faisait nuit. Elle balbutiait des « Georges » et des « viens » et des « pitié » et des « tu vas voir » et des « je suis là ». Et des « J'ai peur. Viens me chercher ». Elle s'est mise à sangloter et à trébucher encore plus. Je la voyais se perdre et se diriger vers le vide.

Et puis elle est tombée.

Je suis allée vérifier qu'elle était bien morte. Et je suis partie chercher mon appareil photo. J'ai photographié son corps. Avec les pieds gigantesques au

premier plan, et sa tête, au loin, comme détachée de son buste. Une photo grotesque.

Je suis allée prendre des bouteilles de gel douche, le plus possible, et j'ai recouvert le corps de ma mère. J'ai pris une deuxième photo. Ma mère écrasée par son amour. Une photo pathétique.

J'ai mis la carte de l'appareil dans une enveloppe, j'ai ajouté un bout de papier, où j'ai inscrit : « Elle les a tous. » J'ai envoyé tout ça à Georges, à l'adresse qu'il m'avait donnée, en cachette, « pour le cas où ».

Ensuite…

J'ai laissé mon corps agir. Mon corps a pris la clé de la voiture, mon corps a entassé les bouteilles, toutes les bouteilles possibles, dans le coffre, mon corps a porté ma mère jusque dans la voiture, mon corps a conduit cette voiture, puis mon corps a cherché ces baignoires que l'on trouve dans les champs, celles qui servent à abreuver les vaches, mon corps en a trouvé une, au milieu de nulle part, mon corps a vidé toutes les bouteilles de gel douche pour la remplir. Mon corps a plongé ma mère dedans. Noyée dans son bain multicolore, son bain arc-en-ciel et onctueux, qui avait toutes les senteurs possibles. Le bain de sa folie. Mon corps est rentré à la maison, et s'est lavé.

Je sais que je me suis sentie laide, après. Vraiment laide. Face au miroir j'ai tiré ma peau dans tous les sens pour retrouver mon ancien visage. Il avait disparu. Inexplicablement. Le calme que j'avais s'est enfui soudain. C'était comme si tout s'enchaînait dramatiquement. Tuer maman, me tuer. J'ai pleuré. Je ne vous laisserai pas dire que c'était à cause du meurtre. J'ai pleuré de rage. Parce que maman ne pouvait pas s'empêcher de prendre toute la place. J'ai brisé le miroir.

Mon premier réflexe a été de fuir. J'ai fui. Je ne saurais l'expliquer rationnellement. Je suis partie à l'aveuglette, même pas guidée par l'instinct, j'ai suivi une force sourde. Sourde à ma peur. J'ai erré, plus longtemps qu'il n'aurait fallu. Et j'ai trouvé une cabane. Au fin fond d'une forêt touffue, sombre et rassurante. J'ai décidé d'y rester. Un signal viendrait et il faudrait partir. Avant ça : rester. Attendre. Ce qui est difficile à comprendre, c'est que je ne me sentais pas coupable. J'attendais un signe inconnu, je voulais m'éloigner du monde. L'oublier.

J'ai fui dans un monde où tout s'étirait, s'allongeait. Le temps. Mes nuits, peuplées de rêves tordus où l'absurde tournait à l'effrayant, semblaient ne jamais pouvoir finir. Je revivais sans cesse des cauchemars énigmatiques dont la clé n'était jamais délivrée. Et le

jour, gouffre d'ennui, dans lequel se précipitaient des pensées spirales, des idées sans racine. Le jour n'éteignait jamais sa lumière. La nuit s'éternisait.

Mon corps se salissait. La saleté, la puanteur, tout tentait de dissimuler ma nouvelle laideur. Il n'y avait aucun miroir. J'ai pu, petit à petit, sans m'en rendre compte, oublier mon apparence immonde. Et mon corps. N'être plus qu'un esprit errant.

Le temps est devenu étrange. Il est passé de chronologique à chaotique. D'abord, mes idées. Mes idées se perdaient puis revenaient. Ce que je savais disparaissait, ce que je ne savais pas était lumineux. J'ai oublié beaucoup de choses, mais je me suis souvenue d'une tache sur ma robe de baptême. J'y ai pensé longtemps avant de me rendre compte que c'était inutile. Ensuite, les jours. Les jours ont cessé de s'enchaîner. Les jours se sont encastrés. Ils tombaient les uns sur les autres, se fracassaient les uns contre les autres. Le temps a pris des formes effrayantes. Il a cessé d'être fluide pour devenir violent.

Je me souviens d'une nuit. Couchée dans l'herbe grasse et froide d'une clairière. J'ai regardé le ciel et je me suis dit : le mouvement des étoiles est si infiniment ample, et moi je cligne des yeux, ça m'a fait frissonner.

J'ai perdu mon nom. Qui étais-je ? Il m'était devenu impossible de répondre tant mon identité était

floue. Ce que je savais, à jamais, la seule chose, c'était la nature. La nature est la chose la plus sûre au monde. Ne sachant pas qui j'étais, ne sachant pas où j'allais, je pouvais pleurer longtemps, emportée par l'allée que les hépatiques ouvraient sous mes pas. De partout elles m'observaient avec leur regard violet. Je devinais leur bienveillance et cela soulevait en moi une confiance indescriptible. Même aujourd'hui je ne trouve pas de mot. La nature m'était tellement bienveillante que, lors de mes errances, mon esprit semblait s'écouler en elle. Devant un crocus, une primevère, un champignon, une mousse, mon esprit remuait. C'est étrange de sentir son esprit remuer.

Et puis, un jour, le chant d'un oiseau. Un coucou, je crois. J'ai vu ma mère morte. Dans la baignoire. Au milieu du champ. Au premier plan de ma mémoire. Alors j'ai couru. J'ai traversé la forêt et j'ai trouvé une rivière. J'y ai plongé mon corps, mon visage. Je me souviens de l'eau glacée qui compressait mes vaisseaux. De ce corps qui voulait exploser.

Et puis, il y a eu Fritz. Fritz est aussi un point de départ. Mais de manière un peu différente. En mieux, je dirais. C'est lui qui m'a sortie de la rivière. Il a mis son gros manteau sur mes épaules. Il n'a rien dit. Moi non plus. Il m'a emmenée chez lui. Je n'ai pas eu peur. Il a séché mes cheveux, j'en aurais

été incapable, il m'a fait du thé. Quand j'ai eu l'air de me remettre, il m'a demandé : « Que s'est-il passé ? » J'ai répondu : « J'ai tué maman. » Là, je l'ai aimé. Il n'a pas dit un truc du genre : « Oh ! mon Dieu ! » ou « Mais c'est terrible ! » ou encore « Où est-elle ? » Il a juste demandé : « Et c'était quand ? » Je ne savais pas : « Je ne sais pas. » Il s'est tu et moi je réfléchissais. Quand était-ce ? C'est vrai que je l'ignorais, je ne savais même pas combien de temps j'avais passé dans la forêt. C'était peut-être hier, c'était peut-être il y a dix ans. J'ai dit : « Je ne sais plus. » Là, il n'a pas pu retenir un : « Oh ! mon Dieu ! » Mais je l'excuse, parce que personne n'est parfait. Et puis, il y avait de jolies boucles sur sa nuque. Ensuite il a dit que c'était moi qui devais décider ce que je voulais faire. Et on n'a plus reparlé de cette histoire. Je restais chez lui. Il m'apprenait à cuisiner et il me racontait des blagues. J'aimais bien.

Je dois avouer qu'à ce moment, même si je me souvenais d'avoir tué ma mère, les causes de cet acte s'étaient pour ainsi dire éloignées. Elles étaient très loin de moi. Et même le meurtre, je n'en avais pas conscience. Je savais que je l'avais commis, mais j'avais l'impression que c'était dans une autre vie. Peut-être un autre monde. Dans un autre moi.

J'aimais beaucoup Fritz. Et parfois, je voulais me pencher tout contre lui et lui dire :

Je frissonne, Fritz
Quand tu me frôles
Ces frémissements sont des friandises
Je les protégerai avec fracas
Contre toutes les Frida friandes de toi
S'il le faut je les frapperai
J'en ferai de la fricassée

Tu es le frigo de mes désirs frustrés, Fritz
Tu apaises mes frayeurs
Et je veux te faire frire, Fritz
Et croquer ton froc, Fritz
Je ne suis plus frileuse
Je crois que je t'aime
Et si tu pars avec Frida, Françoise ou n'importe quelle frisée, Fritz
Je me laisserai pousser la frange,
Pour ne pas vous voir fricoter,
Et c'est tout.

Mais quand je me penchais, mes mots trébuchaient sur mes dents. Alors je disais juste que je voulais encore entendre une blague. Il m'en racontait une, on rigolait. Et voilà.

Je crois que si Fritz m'avait aimée, je serais restée toute ma vie avec lui. Dans sa maison, dans la campagne, et on se serait raconté des blagues jusqu'à notre mort. Mais, soit que ses mots trébuchaient aussi, soit que je lui étais indifférente, il ne semblait pas remarquer mes frissons. Alors, au lieu de lui faire des bisous dans le cou, je passais mes journées allongée dans l'herbe, où mon esprit sautillait. Sautillait d'image en image, inconnues. Comme un tableau qui se dessine par touches, je reconstruisais ma vie dans le ciel bleu de l'été. Parfois je m'endormais, puis je me réveillais, sans m'en rendre compte. De petites bêtes escaladaient mon visage, je les laissais faire. J'ai compris.

J'ai compris que j'avais bel et bien tué ma mère. J'ai compris pourquoi. J'ai compris que celle que j'étais avant n'existait plus. J'ai compris que Fritz ne m'aimait pas. J'ai compris que je ne pouvais pas passer ma vie dans ce pré.

J'ai compris que je n'avais pas peur.

J'ai retrouvé mon nom.

J'ai demandé à Fritz de m'acheter une belle robe. Je l'ai mise, j'ai préparé le repas. On a mangé presque en silence. À la fin, je me suis levée et je l'ai pris dans mes bras. Longtemps.

Et me voici.

Pour confesser un crime que, j'espère, vous comprendrez. Mon seul mobile a été ma mère. Mon seul mobile a été moi. Pas d'histoire d'argent, de jalousie, ou peu importe.

Et me voici pour confesser un crime que je ne regrette pas. La seule question qui occupe mon esprit est : Fritz viendra-t-il me raconter ses blagues au parloir ? Pour moi. J'y pense tout le temps.

Le meurtre ? Non. Je n'y pense plus. Il est résolu. Chaque pion à sa place. Maman dans la baignoire, Fritz dans la campagne. Moi en prison.

Noémi Schaub : étudiante à l'université à Neuchâtel, elle a déjà écrit plusieurs nouvelles et participé à de nombreux concours littéraires. Elle aime, pour l'instant, surtout le théâtre, « l'incarnation des mots », mais aussi les découvertes musicales et les concerts « fous ou intimistes ou les deux ». Elle fait partie du GTA, le groupe de théâtre antique de son université. Elle a aussi « un vif intérêt pour les tables de bistrot et les discussions tardives dans les salons mal éclairés ».

Parmi ses lectures préférées, elle cite *Une saison en enfer* de Rimbaud (pour la rage), *Gros câlin* d'Émile Ajar (pour le rire et le drame), mais aussi *Tristan et Iseult*, *Cent ans de solitude* ou *Océan mer* de Baricco… et « tout Desproges » (pour la finesse et l'implacable alliance des mots et de l'humour).

Elle résume ainsi sa vie : « Aller vers de nouveaux univers : littéraires, artistiques, musicaux ou personnels. »

Papillons
Laurine Thizy

À Françoise,
de tout mon cœur

La pulsation, régulière, mécanique, lancinante comme une blessure, dans le silence de la chambre. Le cœur bat. Doucement. Mais il bat.

La lumière ensuite. Aveuglante. Ce jour qui envahit la pièce pour s'excuser peut-être de l'oublier dans les ténèbres, d'oublier si souvent. Ceux qui entreront là ne verront que ça d'abord. Ne verront rien. Le soleil qui se déverse par la fenêtre éblouit trop. Quand les yeux s'habitueront, quand la pupille se contractera, quand les paupières enfin auront cligné suffisamment pour annihiler les larmes, on commencera à distinguer la chambre, les murs, le blanc, le lit. On commencera à voir, à assimiler. À comprendre peut-être. Pour certains, cela prendra du temps.

Qu'importe. On la verra, elle. On finira bien par la voir.

Elle est allongée là, sur les draps blancs de la chambre blanche. Ses paupières closes lui épargnent

ce monde dont elle ne fait partie qu'à moitié maintenant. Dont elle n'a toujours fait partie qu'à moitié, il semblerait. Ses narines se dilatent, se relâchent. Elle respire. Ses lèvres s'étirent dans un demi-sourire, comme si elles défiaient quiconque de se moquer de leur situation. Son corps est abandonné, loin, à peine relié à l'adversité par des électrodes. Elle paraît sereine. On dirait qu'elle dort. Drôle de Belle au bois dormant en vérité, qui aurait elle-même choisi son repos et n'attendrait nul autre prince que le sommeil, comme pour y trouver une quiétude longtemps cherchée, espérée.

Elle pourrait avoir vingt ans, peut-être plus, certainement moins. Pour le savoir, il faudrait s'approcher du panonceau qui la catalogue. On s'approchera.

Mais pas avant d'être allé jusqu'à la fenêtre, pour jeter, un si bref instant, un coup d'œil dehors. Juste pour se rassurer. Pour se dire qu'en bas l'herbe est verte, le ciel bleu et rose les fleurs du pommier. Que les enfants courent, les papillons volent, le soleil vraiment brûle les yeux, les gens se promènent, ou s'affairent à leurs tâches plus urgentes, qu'il doit être bon de s'étendre, prendre un livre, faire des colliers de pâquerettes, discuter à l'ombre en buvant quelque chose de frais, marcher pieds nus, sortir la table de jardin, étrenner ses jupes, écouter les oiseaux, sentir l'odeur des fleurs, observer les abeilles et… et non,

on n'aura pas le temps de se dire tout ça, toutes ces conneries printanières oubliées ici, alors on vérifiera juste que le monde existe toujours pendant les quelques minutes où, sans prudence, on l'a laissé derrière soi. Oui, en bas, la vie est là. Tout va bien.

Puis on tirera les rideaux, et on retournera vers cette chambre. On s'assoira du bout des fesses, on croisera pieusement les mains, on fixera la perfusion les yeux vagues ou embrumés, enfin on baissera la tête et on se demandera comment. Oui, ici, on essaiera. De savoir comment on en est arrivé là. Ce qu'on fait là.

Mais aucune interrogation vraiment ne percera l'épaisseur de cette chambre où l'absurdité questionne le vide. Vide de paroles, de compréhension, vide de raisons. Personne n'a rien affiché aux murs. C'est inutile. C'est provisoire. Le vide répond à l'absurdité ; on attend.

*

« Elle s'appelle Lou. Lou Artignac. Elle est ici depuis maintenant un mois, à peu près.

« En soin intensif. Si vous pouviez m'indiquer sa chambre… Je ne sais pas… Je ne suis jamais venue…

– Artignac, vous dites ? A-R-T-I-G-N-A-C ? Oui, effectivement. Louise Artignac.

« Chambre 379, au troisième étage. Vous pouvez y aller. Les visites s'achèvent à 18 heures. L'ascenseur est au fond, à gauche.

– Je… Merci. »

Soupir de soulagement. Bon. La première épreuve est passée. Anaëlle suit la direction indiquée par le doigt efficace, professionnel, blasé. Chambre 379, au troisième étage, elle a dit l'autre à l'accueil. La secrétaire à l'accueil, plutôt. De toute façon, elle doit en voir tellement…

Anaëlle monte, tourne, cherche. Tous les couloirs se ressemblent dans un hôpital. Les mêmes allées vides et aseptisées, les rires des infirmières pour y croire encore un peu, les affichettes demandant pourtant le silence, repos des convalescents oblige, et cette espèce de lutte indicible et perpétuelle contre la souffrance qui rôde. Puis les panneaux indicateurs. Chirurgie ambulatoire. Vous en faites pas, vous resterez pas avec nous longtemps. Gynécologie, stomatologie, ophtalmologie, hépatologie, hémato-oncologie, néphrologie, endocrinologie, neurologie… Ces noms en –logie dont on préfère parfois ignorer le sens. Qui attribuent à chacun sa spécialité, hop, ce petit bout de corps pour toi et l'autre pour moi. Et puis les dénominations qu'on regarde avec plus ou moins de compassion et d'horreur. Celles qui veulent dire non, allez, il faudra un peu plus de

temps cette fois… combien ? Un peu plus… Soin intensif, oui. Troisième étage.

La succession de portes. Anaëlle s'avance. Sa démarche est assez particulière. Comme si elle voulait courir mais ne pouvait que marcher. Ou l'inverse. On ne sait si ses jambes la portent et qu'elle rechigne ou si toute sa volonté est focalisée sur le fait même de mettre un pied devant l'autre.

377, 378… 379. Ah. C'est donc ici. Derrière cette porte que rien ne distingue des autres. Ici. Depuis des jours. Et sans qu'elle en sache rien.

Elle respire profondément, avec le ventre et tout, comme on a dû lui apprendre, pour calmer. Elle plisse les yeux très fort. Les rouvre. Regarde droit devant en fronçant les sourcils et se pince les lèvres, une fois.

Puis elle tourne le bouton, rapidement, ouvre la porte, s'engouffre, la claque derrière elle.

Voila. On y est.

Lou,

Enfin. Enfin tu es là.

Le soleil sur le corps de sa sœur, là, sur le lit.

Ou, du moins, une partie de toi, là.

Ses mains, sa bouche, son nez. Ses sourcils. Le froncement inquiet et obstiné en moins. Mais toujours provocante.

Même étendue comme ça, tu es belle.

Anaëlle s'approche, à peine assez pour distinguer les veines qui bleuissent la peau, dans le cou, au creux du bras.

Tu sais, il a fallu que je te retrouve. Tu m'en as fait voir. Mais, maintenant, maintenant je suis là.

La petite fille au fond d'elle tremble. Elle ferme les yeux. Se replie sur elle-même, les bras autour des genoux et le menton au-dessus. Elle laisse les émotions enfouies depuis des semaines l'envahir, flouter les contours de la pièce et naufrager sur ses joues. Juste un peu. Pas d'inondation surtout. Quoique, le nettoyage à grande eau, c'est peut-être efficace…

Reste là un moment.

Puis elle se mouche avec le papier toilette de la salle de bains et s'approche du lit, vraiment, enfin. Elle glisse sa main dans celle de sa grande sœur. Elle l'observe, longtemps. Peut-être simplement pour être certaine que c'est elle. Peut-être pour l'accepter.

Ce n'est que quand l'infirmière vient toquer à la porte, longtemps après semble-t-il, fin des visites, qu'elle se penche et l'embrasse sur le front. Si le froid de sa peau la fait frémir, elle n'en laisse rien paraître. Fermement elle repose la main, lisse le drap du bout des doigts, et ajoute :

« Je dois partir ; c'est l'heure. Bouge pas surtout. Je reviens demain. »

*

Lou,

C'est pas là que je pensais te trouver. Mais là ou ailleurs après tout… L'essentiel c'est que maintenant je sais où tu es. Même si on voulait pas que je sache.

On me disait que tu étais en Espagne. En stage quelque chose comme ça. J'y croyais pas. Tu serais pas partie sans dire au revoir. Et puis, t'aurais pris des nouvelles. Tu m'aurais adressé un petit « Ana comment ça va ? »… t'aurais jamais oublié, grande… Alors leur histoire, elle sonnait faux.

J'ai patienté. Je me suis forcée à y croire. Je me suis dit t'en fais pas… elle a rencontré un bel Espagnol et perdu la tête, complètement… J'étais pas loin du compte… pour perdre la tête je veux dire…

Et puis, je suis pas totalement idiote. Je savais bien que c'est pas ton genre, de laisser les autres s'inquiéter. Et t'aurais vu la tête de maman… pis que quand sa chef lui balance des réflexions. Ah. Pardon. C'est pas drôle. Et puis, papa s'y est mis aussi, dans le genre dramatique et soupe à la grimace. Et ça allait de mal en pis. Alors je me suis inquiétée davantage. Je suis devenue un peu trop curieuse. Tu sais, les adultes, ils se rendent pas compte que je comprends. Qu'en laissant traîner les silences à table et les yeux dans le trouble trop longtemps ils m'en avouaient bien plus qu'ils n'en taisaient. Tu me dis je

suis trop têtue. Peut-être trop attentive aussi. Je voyais bien que maman souriait plus du tout du tout et que papa décrochait un mot à personne. Ils se repliaient doucement sur une douleur que je ne pouvais que soupçonner.

Alors j'ai cherché.

J'ai appris que t'avais jamais posé un orteil en terre espagnole.

J'ai appris que le pays où t'as voulu te rendre, c'est celui dont on ne revient pas, que tu t'étais embarquée dans un drôle de voyage, en équilibre entre deux destinations.

J'ai appris que tout le monde le savait, et que rien n'est jamais acquis. J'ai appris à apprendre aussi, à faire de mes certitudes un petit tas bien propre, m'asseoir dessus et ne plus y toucher.

J'ai appris à écouter et à déduire. J'ai fini par savoir. Savoir où. Ça m'est tombé dessus d'un coup, comme ça, je m'y attendais qu'à moitié je crois, j'étais pas préparée de toute façon mais il fallait… il fallait que je sois là moi aussi, que je te retrouve. Et j'ai fini par te retrouver. Par…

Attends. Pause. Que je pleure.

Ça sert à rien, je sais. Tu me l'as assez répété. Je fais pas exprès.

*

Cette fois-ci, elle a l'air de savoir où elle va, la gamine. En moins de vingt-quatre heures, elle a pris

de l'assurance, on dirait. Se présenter, sourire, escalier au fond, à gauche, étage, le troisième oui, et puis tout droit. Elle se perd un peu moins en route. Elle sait ce qui l'attend derrière le numéro 379. On grandit vite à cet âge. On s'adapte.

Anaëlle pousse la porte.

« Salut, grande. »

Ses paroles résonnent, bouleversent le silence rythmé seulement par les battements du cœur. La pièce, toujours la même, la fenêtre, le lit, les machineries de branchements électroniques, le blanc. Impersonnel. Quelle identité pour une âme qui a voulu se détacher du monde ? Aucune, une fiche avec des lettres et des chiffres. Aucune, hormis celle qu'une petite demoiselle lui prêtera.

« T'as pas bougé d'un pouce hein ? Je savais pas que t'étais obéissante comme ça… »

Anaëlle commence par poser sur le sol tout le bordel qu'elle a emporté avec elle. Des affiches enroulées qui dépassent de la grande poche, la Patafix dans celle extérieure, les ciseaux le Scotch les punaises, et tout un barda personnel qui gonfle son sac.

Elle en tire une vieille peluche toute déchirée. Ça devait être un lapin dans une autre vie, il a encore une oreille, et même deux yeux de verre qui fixent le plafond avec étonnement. Ses quatre pattes pendent fièrement en essayant de retenir le peu de bourrage

qui leur reste. Son habit a la bigarrure du raccommodage de grand-mère, tous les tissus qu'on a pu trouver au fil des années pour que survive encore l'ami tant mâchonné et toujours fidèle. Pour pouvoir encore lui confier ses tourbillons d'états d'âme, torturer la fibre avec ses dents et balancer l'animal à l'autre bout de la pièce comme résolution de tous les maux. Histoire qu'il souffre pour soi, puisque lui ne sent rien. Absolument rien.

« Je t'ai pris Jojo. Il jettera un œil sur toi quand je suis au lycée. Tu m'en veux pas si je te refais la déco ? Je me suis dit ça serait une bonne idée. »

S'activer surtout. Bouger remuer organiser découper coller trier malaxer aplatir refaire. Ne pas s'arrêter pour occuper l'esprit et éviter qu'il ne sorte son grand numéro. Anaëlle choisit d'abord un poster immense. C'est une photo de Yann Arthus-Bertrand : une foule africaine joyeuse et bercée de toutes les couleurs du monde, les bras levés, en train de sourire aux étoiles. À côté de la fenêtre. Et puis des cartes postales, celles de tous les pays où ceux qui l'aiment sont allés… le sable du Sahara, les sommets des Alpes, les cyprès de la Toscane, la Sagrada Familia, le bord de mer, tant de paysages accompagnés des bisous attentionnés pour égayer un peu. Ça vous transforme un mur.

« Je te mets aussi les Caraïbes… c'est pour le rêve, ça. Et je t'ai amené ton pêle-mêle. Je te le place en face du lit. Je sais que tu l'aimes bien. »

Le tissu à fleurs et les rubans soutiennent tout ce dont un jour la grande n'a su que faire. Mais en leur trouvant une dimension… artistique, mettons. Un as de cœur échappé d'un jeu antique, des étiquettes de fringues colorées, une boucle d'oreille sans sa jumelle, des dessous de verres provenant de quelque bar, des miniprospectus ; quelques photos en vrac, Lou bébé, Lou avec sa sœur dans les bras, Lou et Ana, au parc, à la plage, en train d'attraper les papillons comme autant de souvenirs ; une barrette de petite fille avec un chat bleu, des lacets, des pin's, un ticket de caisse, de brèves missives avec des citations en tous genres, philosophiques ou moins sérieuses, un poème de Cécile Chabot intitulé *Partir !*, des porte-clés, un joyeux foutoir oublié. Anaëlle se bat un instant avec les clous, hésite, c'est qu'il n'est pas dans son droit de trouer des murs qui ne lui appartiennent pas, et puis zut, allez !, un petit clou et ça tiendra. Puis elle s'assoit à côté du lit.

« C'est mieux comme ça non ? Enfin je crois… »

Silence.

« Tu sais, Lou… j'en aurais des choses à te dire. Je crois je vais commencer par ce que t'as raté, hein ? »

Alors Ana raconte les silences et les mots, les potins du lycée et les détails de la vie familiale, ces petits bouts de rien qu'elle ne veut surtout pas lui laisser oublier. Elle s'attarde sur des épisodes sans aucune importance, en rajoute dans le ton et le geste, elle ne parle pas toute seule, et puis bon, quand j'ai failli me faire tout l'escalier sur le derrière c'était quelque chose y a qu'à moi que ça arrive ce genre de trucs hein tu crois pas et *(oh, Lou, s'il te plaît, allez rigole !)* puis souviens-toi, l'été dernier, quand on mangeait des gaufres à l'océan… et les nuages qu'on regardait… je voyais un éléphant rabougri, tu voyais une pomme de terre tuberculeuse… et la fois où je m'étais pris le lampadaire dans le nez… ce que t'avais ri dis… et puis… et puis…

Et puis, comme la veille, la dame en blanc vient taper à la porte et interrompre son monologue. Comme la veille, Ana se penche, l'embrasse et sort sans se retourner.

À demain.

*

Lou,

J'imagine assez mal comment tu en es arrivée là. Et pourquoi vraiment. Qu'est-ce qui a pu te pousser

à vouloir cela. Ou à ne plus vouloir. Toi qui… Bref. Je comprends pas.

Mais.

On s'en fout maintenant, non ? C'est pas ce qui compte, le passé, à présent… l'important aujourd'hui c'est comment on va te sortir de là…

Faudrait d'abord que tu daignes ouvrir les yeux, grande sœur. C'est trop facile de rester là à dormir. T'as encore jamais été lâche. Une fois on peut pardonner. Mais va falloir que t'affrontes un peu. Je savais pas que ça te faisait si peur tout ça. Que t'aies pu ce jour-là craquer tellement et tout abandonner. T'es pas si forte en fait…

Oh, bien sûr. Ta belle coquille antichoc-incassable-inusable, elle était pas invisible. Ni garantie à vie. Bien sûr. Mais elle avait au moins le mérite de te satisfaire. Je voyais bien qu'elle te protégeait. Juste je la croyais irréductible, moi aussi. Je croyais que toujours elle tiendrait le coup, contre tout, et que jamais un peu trop d'émotion n'en viendrait à bout. Ouais. C'est bête, hein ?

De croire comme ça à l'éternité des victoires, je veux dire… à l'éternité contre la douleur…

Et puis tu l'as plus supporté, ce mensonge. Cette joie de vivre jouée qui pesait chaque jour un peu plus. Alors t'as foncé droit dans le mur. Je suppose. Je sais pas pourquoi, Lou. Je veux pas savoir ce qui a pu te pousser à exploser une carapace que t'avais construite avec tant de patience

autour de ton cœur. Peut-être était-elle seulement devenue trop lourde… alors t'as tout fait péter…

Mais va falloir remonter la pente maintenant. Ça a assez duré. J'attendrai, tu sais. J'ai le temps, moi…

Si tu pouvais te presser un peu juste… je crois qu'ils commencent à comprendre tous, va… c'était frappant comme leçon.

Mais maintenant, ça suffit… Il est temps de revenir chez les aveugles et d'allumer la lumière. De retrouver patiemment le chemin du soleil… d'avancer doucement, oui. Il est temps.

Reviens, Lou. Reviens. J'ai besoin de toi.

*

Quinze heures cinquante-trois. Ana n'est pas seule aujourd'hui. Deux fantômes aux yeux vides l'accompagnent. Deux grandes personnes qui furent probablement joyeuses et dynamiques et dont il ne reste au-dedans que fumée et vertiges. Bien sûr, physiquement, elles sont présentes : un corps avec bras jambes et douleurs. Mais sans plus vraiment de visage.

Le père se cale dos au mur et fixe la ferraille du lit, infiniment.

La mère s'assoit au bord de la fenêtre, replie un bras sur ses genoux et l'autre à la perpendiculaire

du premier, pose son visage au creux de sa main, les yeux fermés, et ne bouge plus.

Anaëlle hésite, étrangère dans un rituel qui semble s'être mis en place depuis quelque temps déjà et auquel elle assiste, témoin impuissant d'une dramatique fatalité. Elle finit par se poser au pied du lit, dos à la commode.

Silence.

Mais le cœur bat.

Anaëlle s'agite de l'intérieur. C'est pas tenable. Les yeux fixent les murs. Ou les transpercent. Ou les observent.

« Vous croyez pas qu'elle doit se sentir un peu seule quand personne est là ? Je me dis… enfin…

– Ana. »

Se taire. Le ton ne souffre aucune réplique.

« C'est toi qu'as mis ça au mur ?

– C'est moi.

– Ah…

– …

– Pourquoi ? »

Parce que personne n'y a pensé avant.

« …

– T'as le droit ?

– Je ne sais pas.

– … »

Seize heures trente-deux. L'expiation est terminée. Assez pour aujourd'hui, il y a des limites à l'insupportable, on les impose.

*

Lou,

Pardonne-leur. Ils ont déjà baissé les bras. Ils ne t'attendent plus. Ils ne t'espèrent plus. Ils ne croient plus.

Pour eux, le monde s'est arrêté ce jour-là. Depuis ils n'ont plus la force d'essayer de le remettre en marche. Tu vois, des conneries comme le courage, l'espoir, ces notions qu'on essaie de nous inculquer depuis petites, qui brodent les histoires pour enfants et les contes, ils les ont perdues de vue…

Parfois je me demande pourquoi on prend la peine de nous les raconter si c'est pour les renier dans la vie courante… c'est vrai… bon je veux bien le happy end ils vécurent heureux gnagna, beaucoup de bambins et tout, c'est débile… bobonne à la maison, aux fourneaux et monsieur qui nourrit et protège la famille, la tripotée d'enfants blonds aux joues roses, ça fait longtemps que c'est dépassé…

Je me fais pas d'illusion hein… je sais bien, y a pas une bonne fée qui va venir au-dessus de ton drôle de berceau, dire trois formules magiques et te tirer de là… tu te

réveillerais que pour lui foutre un coup de pied au cul de toute façon...

Non, ce que je veux dire c'est qu'à défaut de marraine avec tout l'attirail paillettes-clochettes les contes, ça véhicule un minimum d'espoir... enfin je sais pas... l'espoir d'autre chose... de mieux peut-être... l'espoir de l'espérance...

Et Ana de revenir, chaque jour, veiller la fragile nymphe qui repose sur la soie. Même si en vrai, c'est du coton. Faut pas croire, on n'a pas les moyens de tout se permettre ici.

Simplement les grands ils sont plus des enfants hein... peut-être c'est pour ça ils croient plus en rien... ils détournent les yeux parce que c'est moins dur... ils ressassent... essaient de vivre comme ça, avec un trou dans la poitrine et les jambes qui flageolent...

Mais moi, continuer à moitié, je peux pas, tu vois. J'ai jamais eu un équilibre particulièrement développé... souviens-toi à la gym, quand on jouait sur la poutre, c'est toujours moi qui finissais par terre, avec des bleus partout... alors avancer comme si ça allait, avancer à demi, je peux pas... je me casserais la gueule lentement, en voyant le sol arriver, j'aurais l'attente du boum final et l'incapacité d'y remédier... et je finirais par l'atteindre, ce sol, après une chute interminable... et j'exploserais en

petits morceaux… tout petits, les morceaux… difficiles à recoller… tu sais bien…

C'est pour ça que je regarde en face. C'est dur. Mais au moins si je tombe ça sera franchement. Entièrement (ne pas faire les choses à moitié, ça, c'est de toi). Entièrement et parce que je n'aurais pas pu supporter. Alors ce jour-là, oui, si je ne veux plus lutter, si je n'ai plus l'espoir, je peux bien devenir l'ombre de moi-même et me contenter de voir au lieu d'observer, d'entendre au lieu d'écouter, de survivre au lieu de vivre. Mais si je m'arrête de croire, je préfère que ça soit d'un coup plutôt que de subir une désillusion interminable.

C'est peut-être bête.

Ces longues méditations solitaires jetées sur de vieilles feuilles de classeur. Quand elle ne peut parler, elle écrit. Anaëlle ne sait pas si elle les lui fera lire un jour. Elle espère juste qu'elle aura à se poser la question.

Mais même. Je veux pas de pitié. Je veux pas de compassion, de regards plutôt bienveillants et surtout hypocrites fixés sur ma petite misère. C'est pour ça, le vous-savez-c'est-dur-je-souffre-moi-mais-je-suis-forte-moi-je-fais-aller-moi… j'évite. J'évite, parce que je veux pas comparer, prétendre qu'y a que moi qui connais la « vraie » douleur… Et c'est quoi la vérité là-dedans ?

Ouais… le petit jeu du « c'est moi qui connais le plus la vie parce que j'ai vécu » je peux pas, Lou, je peux pas. Ce serait comme me confectionner une pantomime d'honneur, me faire une gloire ridicule ou une fierté dérisoire de ma détresse, croire que mon malheur à moi autorise le mépris du malheur des autres – forcément moins violent que le mien. Comme ramper aux pieds des gens en leur demandant de m'ignorer, puisque tant qu'on est en vie on peut encore se traîner seul sur ses moignons. Sauf qu'ils seraient obligés de compatir, et ça serait peut-être sincère, je dis pas… Mais je veux pas de fausses amitiés. Alors pour les éviter, je veux garder ma dignité, et je suis obligée d'avancer sur mes pieds, bien droite, en souriant à tout ce monde. C'est que ça va…

Quand ça ira mal, vraiment mal, certainement je dirai plus la même chose… certainement je marcherai en crabe… de traviole et recluse dans ma coquille…

Mais pour l'instant, non. On n'en est pas là que je sache. Tu roupilles mais tu vis, Lou. Merde, tu vis. L'oublie pas.

*

Les infirmières commencent à la connaître maintenant. Une ou deux la laissent aider à la toilette parfois. Un soin qu'elle prodigue dans un silence religieux. Elle ne peut parler et se concentrer.

Mais autrement elle raconte, elle raconte de plus en plus, elle raconte tout ce qu'elle peut, ce qui lui passe par la tête. Elle renforce le lien si ténu qui relie sa sœur à son monde. Elle note précieusement les petites anecdotes qui lui arrivent. Les détails insignifiants de sa vie. Histoire de.

Jeudi.

« Lou, l'été va revenir. T'aurais vu les orangers du parc aujourd'hui… des fleurs partout. Et le parfum… j'étais allongée là, je pensais un peu, ça m'arrive, des fois… je pensais à toi. Juste à ce moment-là, y a un tout petit papillon qui s'est posé en face de moi. Et puis il s'est envolé. Je me dis que ça doit plutôt être un bon présage. Ça se métamorphose, un papillon. Ça a besoin d'un cocon aussi, pour renaître dans tout son éclat… je sais pas, dis-moi… »

Lou, ce que je veux te dire, c'est que l'espoir c'est pas grand-chose.

Vendredi.

« Lou, tu sais aujourd'hui on a parlé du Phénix en français. Je sais plus comment mais la conversation a dérivé… y a deux abrutis de la classe qui connaissaient pas la légende… alors le prof nous l'a racontée. Tu vois, moi, le coup de cet oiseau qui renaît de ses cendres, je crois que ça me plaît bien… »

Je veux m'en persuader aussi.

Samedi.

« Lou, je voulais me refaire un Disney mais j'ai été stupide, j'aurais mieux fait de pas choisir *La Belle au bois dormant*. J'ai même pas tenu jusqu'à la quenouille. »

Je savais très bien que je tiendrais pas mais je voulais voir quand même.

Dimanche.

« Lou, j'ai peur qu'on commence à me prendre pour une asociale à filer comme une voleuse juste après les cours sans donner de raison. Je m'en fiche je fais mes choix, même si c'est tranquille le lycée… »

Mais crois quand même pas que nos histoires les regardent, non, ils n'ont rien à y foutre et je leur en parlerai pas ! Au petit jeu du faire semblant j'ai été pas mal éduquée, tu sais…

Lundi.

« Lou, j'ai croisé une copine à toi qui voulait de tes nouvelles. J'ai dit que t'étais en Espagne… »

Pardon.

Mercredi.

« Lou, on est en mai, d'habitude on commence à planifier les vacances, là. Le soleil et la mer… le vent… la liberté, Lou… la liberté… »

Samedi.

« Lou… fainéante… t'es en train de te rater les premiers jours de beau… me suis déjà baignée moi…

bon d'accord c'était pas chaud-chaud et un peu solitaire mais n'empêche… »

Vendredi.

« Lou… Reviens… Le bonhomme en blanc il a dit que tu m'entendais, tu sais… que peut-être tu n'étais pas très loin… mais j'avais pas besoin de lui pour le savoir, hein…

« Lou, souviens-toi alors… si on a peur de devant, on regarde derrière… "avant de regarder où tu vas, regarde d'où tu viens"… c'est je sais plus qui a dit ça… bon, c'est discutable… mais en désespoir de cause… »

Disons que je gagne du temps.

Et de nouveau des souvenirs, des sourires volés au temps, de petits instants de bonheur qu'elle fait doucement remonter à la surface comme autant de bulles d'espoir, des moments inoubliables où elles ont partagé l'absolu, où elles ont caressé du bout des doigts les joies de la vie, où ensemble elles ont appris à aimer. Ce n'est pas facile d'être conteur. Mais Anaëlle s'applique… retrouve les sentiments… les fous rires quand la tante Astrid a fait tomber ses lunettes Dior dans le chou à la crème… les larmes quand le petit chaton s'est perdu… les crises quand Lou s'est aperçue qu'Ana lui avait taxé précisément les fringues qu'elle comptait mettre ce jour-là… le départ à la fac de la grande et la difficulté de la

séparation… mais aussi les étés… ah ça ! inoubliables les étés… rien que regarder l'horizon en écoutant le ressac… se jeter à l'eau, en sortir, et se rouler dans le sable sec… en avoir partout après… manger des glaces sur le port et puis crémer ses coups de soleil… attention, faut revenir plus bronzées que les copines… discuter jusque tard dans la nuit… faire le mur même… se disputer le fond de céréales, la station radio, mais être d'accord sur le film du soir… critiquer le monde avant de lui trouver des excuses… oui, tellement de souvenirs… ensemble… Ana raconte.

Lou, s'il te plaît. S'il te plaît. J'ai peur, Lou.

Et encore un samedi, puis dimanche, lundi mardi mercredi jeudi vendredi…

« Mais Lou tu sais… tous ces moments… ils sont derrière maintenant… ils sont pas morts puisqu'ils nous appartiennent… mais ils sont à jamais révolus… alors maintenant c'est à nous d'en créer d'autres… des différents… sans comparer ni rien… mais juste en le voulant… en voulant rire de nouveau… »

Elle ne sait pas comment le lui dire, le lui faire comprendre, elle est bien maladroite mais elle est têtue, alors elle s'obstine.

Oui, elle s'obstine. Longtemps.

*

La course. Depuis chez elle jusqu'à l'hôpital. Trois kilomètres, une chance d'habiter si près. En sprint, ça a l'air de s'éterniser. On la savait sportive, la petite Artignac. Mais quand même, là, elle bat des records de vitesse. On se demande bien pourquoi, le cross du lycée est passé depuis trois mois et courir ainsi sans faiblir, pour le plaisir… ça semble un peu étrange. Mais le monde est bien étrange aujourd'hui, il paraît.

Lou… il paraît… je veux le voir de mes yeux… je veux me voir dans tes yeux…

Le couloir l'escalier elle connaît, à présent… la porte. Ana reprend son souffle. Ne veut pas transpirer trop. Elle préfère respirer calmement. Elle renoue même son lacet, tiens. Tire son tee-shirt et se recoiffe. Et puis non. S'avoue probablement qu'il n'y a rien de plus à arranger pour retarder cet instant fatidique, qu'elle espère autant qu'elle le redoute. Elle craint la désillusion. Mais entre malgré tout. Doucement, comme on réveille le passé.

« Lou ? Lou, allez, fais pas chier, merde… Je sais bien que là tu fais semblant… »

La supplique trouve son équilibre dans la provocation.

« Lou… le médecin a appelé, tu sais… il paraît que ça fait un moment que t'aurais dû ouvrir les yeux, grande… physiquement, t'es en forme… tout fonctionne de nouveau… mais il a dit aussi… il a dit aussi que t'étais consciente depuis ce matin… vraiment consciente. C'est plus un demi-sommeil où tu peux nous entendre, mais comme au travers d'un voile, il m'a expliqué. C'est un vrai état de veille. C'est son machin à bip-bip qui lui a dit. L'électroencéphalographe-là. »

Elle désigne rapidement l'entrelacs de fils et d'intelligence artificielle.

« Lou ? Je suis pas pressée tu sais. »

Seul résonne l'écho de ses paroles et du tintement régulier des machines. Puis :

« T'es lourde, petite sœur. »

Cette voix.

Râpée de n'avoir connu la lumière depuis si longtemps. Les mots ont un peu de mal à sortir. Les mots…

Ce qu'on pense à cet instant précis, c'est que d'abord les mots, ça peut pas résumer les émotions comme ça. Dire l'étonnement et les remerciements et les regrets et la souffrance et l'amour en une seule fois, c'est trop compliqué. Il faut bien choisir, mettre le ton et tout, mais non, là c'est une situation d'urgence, alors autant faire comme si ces longues

semaines de vacillement n'étaient qu'un lointain souvenir qui s'estompe déjà devant le futur. La voix s'y essaie.

« Ana ?

– Lou ?!

– Ana… »

Merci.

*

La lumière toujours, dans cette chambre dont ne subsiste du passage éphémère d'un papillon perdu qu'un trou minuscule dans le mur en face du chevet. Le lit est vide, avec des draps propres. En attente peut-être d'un prochain occupant. On ne sait pas, on n'y est pas encore et on s'en fiche bien pour le moment.

La pièce n'a plus rien qu'on puisse contempler. Il faut s'approcher de la fenêtre, puisqu'il n'y a plus qu'elle maintenant et s'abandonner au paysage. Observer ce qui grouille en bas.

Si l'on est attentif, on peut voir un petit groupe avancer doucement dans le renouveau du jour. Deux silhouettes un peu en retrait, une petite soutient une à peine plus grande et la guide. Pas à pas.

Si l'on s'approche encore, on distinguera l'hébétude de la grande, ses yeux qui clignent devant cette luminosité oubliée, l'étonnement qui naît peut-être devant ces fleurs qui ne l'ont pas attendue pour s'épanouir, et tout ce vrombissement des êtres et des animaux. Cette vie. On verra peut-être un sourire se dessiner avec lenteur, avec douleur aussi, comme une résurrection de ce qui fut, un sourire qui éclaire, illumine le visage, lui rend ses couleurs. Peut-être aussi des larmes étinceler au bord des paupières.

Alors, comme la petite à côté, on détournera les yeux, non parce qu'on refuse de regarder mais par pudeur, pour laisser la jeune revenante découvrir à son rythme ce qu'elle avait cru abandonner. Ce ne sera pas facile, on le sait. Cela va prendre du temps, on ne sera pas là pour le voir. Trop à faire déjà, trop à penser. Mais on peut se le permettre. Il y a quelqu'un d'autre. La gamine veille.

« Allez, viens. Viens, on rentre à la maison. Tu vas voir, y a du nouveau, tout petit minuscule. Qui miaule. Il aura besoin de toi. »

Laurine Thizy : élève en khâgne B/L, elle envisage d'intégrer Normale sup ou à défaut une école de journalisme ou

Sciences-Po. Elle danse (classique, contemporain et modern jazz), fait du sport (gymnastique, équitation, lutte), adore la création manuelle et les voyages. *Papillons* est sa première œuvre vraiment construite.

Ses écrivains favoris : René Barjavel, Boris Vian, Anna Gavalda, Olivier Adam, Jean Anouilh, John Steinbeck, Ernest Hemingway… et bien d'autres !

Le prix du Jeune Écrivain

Palmarès du vingt-cinquième prix du Jeune Écrivain de langue française (quinze à vingt-sept ans)

1er prix : *L'enfant sur la falaise*, Guy Chevalley, vingt-quatre ans, Suisse.

2e prix : *Orange sanguine*, Alexis Spitsas, dix-neuf ans, Suisse.

3e prix : *La violence ordinaire*, Laëtitia Chrislit, vingt-sept ans, Paris.

4e prix : *Une certaine idée du bonheur*, Lydiane Tsague Tsayem, vingt-trois ans, Cameroun.

5e prix : *Maria*, Fabienne Loÿe, vingt-six ans, Boulogne-Billancourt (Hauts-de-Seine).

6e prix : *Un lent vacillement*, Aurélien Lepage, vingt-sept ans, Meistratzheim (Bas-Rhin).

Le jury a également distingué :

L'étrange cas des deux amours de Jean-Baptiste Robert, Clémentine Beauvais, vingt ans, Paris.

Le fleuve d'Or, Thomas Jonas, vingt-deux ans, Denain (Nord).

La Morora, Nina Kogni Edibi, vingt-cinq ans, Cameroun.

Au hasard, Sophie Lenoir, vingt-quatre ans, La Varenne (Val-de-Marne).

La naissance de la poésie, Olivier Magdelaine, vingt-trois ans, Paris.

Les chiens sauvages, Laurence Olivier, vingt et un ans, Québec.

La cabane, Noémi Schaub, vingt ans, Suisse.

Papillons, Laurine Thizy, dix-huit ans, Rabastens (Tarn).

Les jurys

Le jury du 25e prix du Jeune Écrivain de langue française était présidé par Christiane Baroche et Gisèle Pineau et composé de :

Alain Absire, Stéphane Audeguy, Christiane Baroche, Georges-Olivier Châteaureynaud, Vincent Delecroix, Ananda Devi, Marie Didier, David Foenkinos, Anne-Marie Garat, Pascale Kramer, Marie-Hélène Lafon, Danièle Lebrun, Carole Martinez, Léonora Miano, Gisèle Pineau, Alain Rey, Jean Rouaud, Boualem Sansal, Philippe Ségur, Minh Tran Huy.

Remerciements

Le Prix du Jeune Écrivain de langue française bénéficie du soutien de la Fondation BNP Paribas, de l'Organisation internationale de la francophonie et du *Magazine littéraire*.

Il bénéficie également du parrainage du ministère des Affaires étrangères et de la Francophonie, du ministère de la Culture et de la Communication, du ministère de l'Éducation nationale,

Et de l'appui de la direction régionale des Affaires culturelles Midi-Pyrénées, du conseil régional de Midi-Pyrénées, du conseil général de la Haute-Garonne, de la ville de Muret, de Pro Helvétia, fondation suisse pour la culture, de Véolia Environnement, de la clinique d'Occitanie, de l'imprimerie Cazaux, de la SACD, de la Ligue de l'enseignement, de France 3 Sud, de *La Dépêche*

du Midi, des éditions Buchet/Chastel, Gallimard, Milan, Privat, Frémeaux et associés, des librairies Ombres blanches, La Préface et Encre bleue.

Prix du Jeune Écrivain de langue française

Le prix du Jeune Écrivain de langue française a été créé en 1985 à Muret (Haute-Garonne) sous l'impulsion d'une petite équipe de bénévoles amateurs de littérature et désireux d'encourager l'expression littéraire de jeunes écrivains.

Il récompense chaque année une œuvre d'imagination *inédite*, en prose (nouvelle, conte, récit), de cinq à vingt pages, de jeunes auteurs de nationalité française *nés entre le 2 février 1983 et le 2 février 1995* et de nationalité non française nés *entre le 19 janvier 1983 et le 19 janvier 1995* pour le présent millésime (soit entre quinze et vingt-six ans révolus). Le(s) texte(s) proposé(s) n'aura(ont) été présenté(s) ni à un jury littéraire ni à aucun média. Les anciens

lauréats, à l'exception des premiers prix, peuvent être de nouveau candidats s'ils respectent les conditions d'âge.

Chaque candidat ne peut envoyer *au maximum que deux textes*.

Le format de la *nouvelle* a été privilégié : texte d'avenir, texte bref, où la brièveté n'est pas minceur, où l'écrivain peut faire apprécier son sens de l'économie, la vigueur du trait, la justesse du tracé, la beauté de la chute, disant le moins en suggérant le plus, où le lecteur peut, cheminant d'une nouvelle à l'autre, picorer tout à loisir.

Tous les ans, six à sept cents manuscrits sont acheminés vers une centaine de comités de lecture répartis à travers la France. Les textes présélectionnés sont soumis à un jury, composé d'écrivains et de critiques littéraires, placé sous la présidence de Christiane Baroche, prix Goncourt de la nouvelle 1978.

Les lauréats voient leurs textes publiés dans un recueil de nouvelles, grâce au mécénat de la Fondation BNP Paribas.

Le prix du Jeune Écrivain a ainsi révélé trente-deux jeunes écrivains : Marie Debray, Marie-Agnès Vermande-Lherm, Caroline Terrée, Vincent Cuvellier, Florence Seyvos, Leïla Haddad, Marie

Darrieussecq, Marie Christine Bernard, Julie Delfour, Anne Kerloc'h, Dominique Mainard, Antoine Bello, Cyril Delhay, Xabi Molia, Olivier Balazuc, Bertrand Ferrier, Nafissatou Dia Diouf, Stéphane Gaudet, Fabrice Anfosso, Kateri Lemmens, Ingrid Astier, Sébastien Cagnoli, Yasmina Traboulsi, Mélanie Vincelette, Hugo Boris, Hilaire Dovonon, Véronique Bessens, Didier Lalaye, Joëlle Nsambi Nzeba, Charles Tenguene Gomtsou, Hervé Tadié, Jean-Baptiste Del Amo qui, depuis lors, ont été publiés par d'autres éditeurs.

Restée fidèle à ses racines murétaines, cette initiative originale en faveur de la création littéraire bénéficie aujourd'hui d'une audience dont le rayonnement dépasse nos frontières.

Règlement

Comment présenter le texte ?

– Il doit être envoyé en double exemplaire.

– Il comportera 5 pages au minimum, 20 au maximum.

– Il sera composé en Times New Roman, n° 12, interligne double (soit 1 500 caractères environ à la page, espaces non compris).

– Un titre est indispensable.

– Les pages seront numérotées et agrafées (ni trombone, ni reliure).

– Pour respecter l'anonymat, le texte ne doit porter ni nom, ni signature.

Quel contenu pour le dossier d'inscription ?

Pour les candidats de nationalité française, le texte sera accompagné :

– d’un chèque de 15 € à l’ordre du prix du Jeune Écrivain,

– de 3 enveloppes libellées à l’adresse du candidat,

. l’une au format 225 × 320 environ, timbrée à 3,02 €,

. les deux autres au format 110 × 220, timbrées à 0,56 €,

– d’une photocopie d’une pièce d’identité (la mention de la date de naissance est obligatoire),

– de quelques renseignements inscrits sur papier libre : statut (lycéen, étudiant, salarié, etc.), numéros de téléphone fixe et portable, adresse postale et, le cas échéant, adresse électronique.

Pour les candidats de nationalité non française, le texte sera accompagné :

– d’une photocopie d’une pièce d’identité traduite en français (la mention de la date de naissance est obligatoire),

– de quelques renseignements inscrits sur papier libre : statut (lycéen, étudiant, salarié, etc.), numéros de téléphone fixe et portable, adresse postale et, le cas échéant, adresse électronique.

Où et comment envoyer texte(s) et dossier ?

Texte(s) et dossier seront envoyés :

– avant le 19 janvier 2010 pour les candidats de nationalité non française (le tampon de la poste faisant foi) à l'adresse ci-après.

La transmission électronique du texte et du dossier n'est autorisée que pour les pays d'Afrique, d'Amérique du Sud, d'Asie et d'Océanie. Dans ce cas, la pièce d'identité doit être scannée. Les dossiers envoyés par télécopie ne seront pas enregistrés.

– avant le 2 février 2010 pour les candidats de nationalité française (le tampon de la poste faisant foi) à l'adresse ci-après.

L'envoi postal est seul autorisé.

Un accusé de réception sera envoyé au candidat. Un exemplaire du recueil des textes primés lui sera adressé ultérieurement. Les tapuscrits ne seront pas retournés. Les dossiers incomplets, les textes non conformes au règlement seront refusés.

Les décisions du jury sont sans appel.

PRIX DU JEUNE ÉCRIVAIN
18, rue de Louge
BP 40055
31602 MURET CEDEX
Courriel : pje@pjef.net
Site : http//www.pjef.net

Les lots consisteront en livres ou en stages d'écriture.

Les textes lauréats, s'ils sont de qualité, seront édités aux éditions Buchet/Chastel (mars 2011).

Le jury

Le 26e prix du Jeune Écrivain sera remis par un jury présidé par Christiane Baroche et composé de : Alain Absire, Lise Bissonnette, Georges-Olivier Châteaureynaud, Jean-Baptiste Del Amo, Vincent Delecroix, Ananda Devi, David Foenkinos, Anne-Marie Garat, Hubert Haddad, Marie-Hélène Lafon, Alain Mabanckou, Carole Martinez, Léonora Miano, Bernard Quiriny, Alain Rey, Jean Rouaud, Boualem Sansal, Philippe Ségur, Minh Tran Huy.

Trente-deux écrivains ont été révélés par le prix du Jeune Écrivain.
Voici le portrait de quelques-uns d'entre eux :

1987 – Florence Seyvos, lauréate du PJE pour sa nouvelle *Correspondance*, a été prix Goncourt du premier roman et prix France Télévisions 1995 pour *Les Apparitions* (Éd. de l'Olivier). Elle a publié à l'École des loisirs *Comme au cinéma, Le jour où j'ai été le chef, L'Erreur de Pascal, Sans enthousiasme, La Nuit chez Salomé, Voleuse de peluche, La Tempête, Poché* et récemment *L'Ami du petit tyrannosaure,* mais aussi des romans comme *Gratia* aux éditions de l'Olivier…

1988 – Marie Darrieussecq, lauréate du PJE pour sa nouvelle *La Randonneuse*, a publié avec le succès que l'on sait *Truismes, Naissance des Fantômes, Le Mal de mer, Précisions sur les vagues* (Éd. POL), *La*

Plage (Éd. Plume), *Bref séjour chez les vivants, Le Bébé, Zoo* (nouvelles), *Le Pays, Tom est mort* (Éd. POL).

1991 – Dominique Mainard, lauréate du PJE pour sa nouvelle *Edna Marvey*, traductrice, a obtenu le prix Prométhée pour *Le Second Enfant* (Éd. La Différence), le prix de la Vocation Bleustein-Blanchet 1997 pour *Le Grenadier* (Éd. Gallimard) et a publié en 1999 *La Maison des fatigués*, en 2001 *Le Grand Fakir* (Éd. Joëlle Losfeld). *Leur histoire*, rebaptisé *Les Mots bleus* (Éd. Joëlle Losfeld), a remporté le prix du Roman Fnac 2002 et le prix Alain-Fournier 2003 et a été porté à l'écran par Alain Corneau. En 2004 est paru son troisième roman *Le Ciel des chevaux* puis, en 2006, *Je voudrais tant que tu te souviennes* (Éd. Joëlle Losfeld)… Elle a reçu, le 9 mars 2009, le prix des Libraires pour son roman *Pour vous*, publié aux éditions Joëlle Losfeld.

1993 – Antoine Bello, lauréat du PJE pour sa nouvelle *Manikin 100*, a obtenu le prix de la Vocation Bleustein-Blanchet 1996 pour *Les Funambules* (Éd. Gallimard), a publié en 1998 *Éloge de la pièce manquante* (Éd. Gallimard) et en 2007 *Les Falsificateurs* (Éd. Gallimard). Il a été couronné par le prix France Culture-Télérama, le 11 mars 2009, pour son roman *Les Éclaireurs*, édité chez Gallimard.

1996 – Xabi Molia, lauréat du PJE pour sa nouvelle *Le Roi dépouillé*, en 1997 pour *Le Temps des Cerises* et en 1998 pour *Spinoza et moi*, a publié aux éditions Gallimard, en 2000, *Fourbi*, en 2004 *Supplément aux mondes inhabités*, en 2005 *Le Contraire du lieu*, et en 2007 *Reprise des hostilités* (Le Seuil).

1997 – Olivier Balazuc, lauréat deux années consécutives du PJE pour ses nouvelles *L'Odyssée interrompue* (1997) et *Icare* (1998). Après des études de lettres, il entre au Conservatoire national d'art dramatique (promotion 2001). Au théâtre, il travaille avec Olivier Py : *Le Soulier de satin* de Claudel (2003), repris cette saison à l'Odéon-Théâtre de l'Europe, *Les Vainqueurs* (2005), *Illusions comiques* (2006) ; avec Clément Poirée : *Kroum l'ectoplasme* d'Hanokh Levin (2004) ; avec Christian Schiaretti : *Par-dessus bord* de Michel Vinaver (2008). Au cinéma et à la télévision, il tourne avec Nina Companeez, Léa Fazer, Charles Nemes et José Pinheiro. Après avoir adapté et mis en scène *L'Institut Benjamenta* de Robert Walser (2002), il fonde la compagnie La Jolie Pourpoise et monte *Elle* de Jean Genet (2005), *Un chapeau de paille d'Italie* de Labiche (2006) et l'une de ses pièces, *Le Génie des bois* (2007). Il est auteur de scénarios pour le cinéma et la télévision, ainsi que d'un livret d'opéra pour enfants, *L'Enfant*

et la Nuit, musique de Franck Villard (2008). Ses pièces sont publiées chez Actes Sud-Papiers.

1999 – Fabrice Anfosso, lauréat du PJE pour sa nouvelle *Ave Maria*. Depuis lors, il s'essaie à tous les visages de la littérature : poésie (1er prix du festival Encre et Lumière 2000 à Cannes), théâtre, roman. Son genre de prédilection demeure l'imaginaire. Deux romans, deux recueils d'écriture, de nombreuses nouvelles. A publié, au printemps 2006, *Le Chemin des fées* (Nestiveqnen).

2000 – Jocelyn Bonnerave, 1er Prix du Jeune Écrivain pour sa nouvelle *Rom*, a publié son premier roman *Les Nouveaux Indiens* (Le Seuil) pour lequel il reçoit, en novembre 2009, le prix du Premier Roman.

2003 – Mélanie Vincelette, canadienne, lauréate du PJEF pour sa nouvelle *Chinook*, a publié en septembre 2004 *Qui a tué Magellan ? et autres nouvelles* aux éditions Leméac et son premier roman en août 2006 : *Crimes horticoles* (Éd. Robert Laffont). Pour ce roman, elle est finaliste du prix littéraire Association France-Québec 2006. Au Québec, Mélanie Vincelette a fondé les Éditions Marchand de feuilles.

2003 – Hugo Boris, lauréat du PJE pour sa nouvelle *N'oublie pas de montrer ma tête au peuple*. Après des études de sciences politiques, il s'est tourné vers

le cinéma. Diplômé de l'École nationale supérieure Louis-Lumière, il a réalisé une dizaine de courts métrages et travaille régulièrement comme assistant réalisateur. Son premier roman *Le Baiser dans la nuque* est paru aux éditions Belfond en 2005 et en poche en 2007. Il a obtenu le prix Emmanuel-Roblès 2006 de l'académie Goncourt, le prix Jeune Talent littéraire 2006 de la ville de Saint-Germain-en-Laye. Hugo Boris a obtenu, en 2006, une bourse du Centre national du livre. *La Délégation norvégienne* (Éd. Belfond, 2007) a reçu un très chaleureux accueil. Il vient de publier, toujours chez Belfond, *Je n'ai pas dansé depuis longtemps*.

2006 – Jean-Baptiste Del Amo, 1er Prix du Jeune Écrivain pour sa nouvelle *Ne rien faire*, a publié son premier roman *Une éducation libertine* pour lequel il reçoit le Prix Laurent-Bonelli 2008 remis par *Lire* et Virgin Megastore. Il est l'un des quatre derniers finalistes de la troisième et ultime sélection du Goncourt 2008 et reçoit, le 3 mars 2009, le prix Goncourt du premier roman attribué à l'unanimité au premier tour de scrutin.

Tout renseignement complémentaire
auprès du prix du Jeune Écrivain,
BP 40055, 31602 MURET CEDEX, France
Tél./fax : 05 61 56 13 15
Courriel : pje@pjef.net
Site Internet : http//www.pjef.net

Table

CET OUVRAGE
A ÉTÉ TRANSCODÉ
ET ACHEVÉ D'IMPRIMER
SUR ROTO-PAGE
PAR L'IMPRIMERIE FLOCH
À MAYENNE EN FÉVRIER 2010

N° d'impression : 75715.
Dépôt légal : mars 2010
Imprimé en France